As altas montanhas de Portugal

Yann Martel

As altas montanhas de Portugal

Tradução de
Marcelo Pen

TORDSILHAS

Copyright © 2016 Yann Martel
Copyright da tradução © 2017 Tordesilhas
Edição publicada por acordo com Westwood Creative Artists Ltd.

Título original em inglês: *The High Mountains of Portugal*

Todos os direitos reservados. Nenhuma parte desta edição pode ser utilizada ou reproduzida – em qualquer meio ou forma, seja mecânico ou eletrônico –, nem apropriada ou estocada em sistema de banco de dados, sem a expressa autorização da editora.

O texto deste livro foi fixado conforme o acordo ortográfico vigente no Brasil desde 1º de janeiro de 2009.

PREPARAÇÃO Ibraíma Dafonte Tavares
REVISÃO Fernando Nuno e Sergio Alves
CAPA CS Richardson
IMAGENS DE CAPA Shutterstock
PROJETO GRÁFICO Kiko Farkas e Thiago Lacaz/Máquina Estúdio

1ª edição, 2017
Impresso no Brasil

Dados Internacionais de Catalogação na Publicação (CIP)
(Câmara Brasileira do Livro, SP, Brasil)

Martel, Yann
As altas montanhas de Portugal / Yann Martel; tradução de Marcelo Pen.
- São Paulo: Tordesilhas, 2017.
Título original: The high mountains of Portugal

ISBN 978-85-8419-054-6

1. Romance 2. Romance canadense I. Título.

17-04044   CDD-813

Índices para catálogo sistemático:
1. Romances: Literatura canadense em inglês 813

2017
Tordesilhas é um selo da Alaúde Editorial Ltda.
Avenida Paulista, 1337, conjunto 11
01311-200 – São Paulo – SP
www.tordesilhaslivros.com.br

 /Tordesilhas

Sumário

Primeira parte: Sem casa   13
Segunda parte: Para casa   131
Terceira parte: Em casa   207

As altas montanhas de Portugal

Para Alice, e para Theo, Lola, Felix e Jasper:
a história da minha vida.

Primeira parte

Sem casa

Tomás decidiu seguir a pé.

É uma boa caminhada por grande parte de Lisboa, de seu apartamento modesto na rua São Miguel, no bairro da Alfama, de má reputação, até a esplêndida propriedade na opulenta Lapa. Deverá tomar-lhe uma hora. Mas a manhã raiou clara e agradável, e o passeio deve acalmá-lo. No dia anterior Sabino, um dos criados do tio, veio buscar sua mala e o baú de madeira com os documentos de que precisa para sua missão nas Altas Montanhas de Portugal, de modo que nada resta a ser transportado senão ele próprio.

Tomás apalpa o bolso superior do casaco. O diário do padre Ulisses está ali, embrulhado em um tecido fino. Tolice levá-lo dessa forma tão casual. Seria desastroso se o diário se perdesse. Se tivesse juízo, o teria deixado no baú. Mas precisa de apoio moral naquela manhã, como sempre que visita o tio.

Mesmo em sua empolgação não se esquece de trocar a bengala habitual pela que o tio lhe dera. Com cabo de marfim e bastão de mogno africano, ela guarda a estranha peculiaridade de dispor de um pequeno espelho redondo saindo da lateral, bem abaixo do cabo. O espelho é ligeiramente convexo, de modo a projetar uma imagem bastante ampliada. Mesmo assim, é absolutamente inútil, uma ideia fracassada, pois, ao ser usada, uma bengala está, por natureza, em constante movimento, e a imagem que o espelho reflete desse modo é demasiado oscilante e fugaz para que tenha qualquer serventia. Mas a bengala elegante é um presente do tio, feita sob medida, e toda vez que lhe faz uma visita Tomás a leva consigo.

Ele sai da rua São Miguel em direção ao largo São Miguel e depois para a rua São João da Praça antes de dobrar no Arco de Jesus – a perambulação tranquila de um pedestre que conhece a cidade como a palma da mão, uma cidade cheia de beleza e movimento, comércio e cultura, desafios e recompensas. No Arco de Jesus, a lembrança de Dora, sorrindo e estendendo a mão para acariciá-lo, pega-o de surpresa. Para isso a bengala é útil, pois essas recordações sempre o fazem vacilar.

– Arranjei um homem rico – ela lhe disse uma vez, quando estavam deitados na cama do apartamento de Tomás.

– Receio que não – ele retrucou. – Meu tio é rico. Sou o filho pobre do irmão pobre. Meu pai foi tão malsucedido nos negócios quanto meu tio Martim foi bem-sucedido, na exata proporção inversa.

Nunca havia dito isso antes para ninguém, nunca falara de modo tão categórico e sincero sobre a carreira malograda do pai, os projetos destruídos um a um, deixando-o cada vez mais dependente do irmão, que o socorria todas as vezes. Mas, para Dora, podia revelar tais segredos.

– Ah, você diz isso, mas gente rica sempre tem rios de dinheiro escondido.

Ele riu.

– Tem? Nunca pensei em meu tio como um homem que fizesse segredo de sua fortuna. E, se é verdade, se sou rico, por que não casa comigo?

Os transeuntes reparam nele. Alguns fazem observações de teor zombeteiro, mas a maioria com boa intenção.

– Cuidado, o senhor pode cair! – grita uma mulher, preocupada. Está acostumado com a atenção pública; afora um aceno sorridente com a cabeça para os bem-intencionados, ignora a atenção.

De passo em passo chega à Lapa, o movimento livre e tranquilo, erguendo alto cada pé e pisando com desenvoltura. A marcha é graciosa.

Pisa em uma casca de laranja, mas não escorrega.

Não percebe um cão adormecido, escapando por pouco de acertar-lhe a cauda.

Dá um passo em falso ao descer uma escada curva, mas está se segurando no corrimão e se reequilibra com facilidade.

E outros pequenos contratempos como esses.

O sorriso de Dora desaparece com a menção ao casamento. Ela era assim; passava da faceirice à gravidade em um instante.

– Não, sua família o deserdaria. A família é tudo. Você não pode dar as costas para a sua.

– Você é minha família – ele respondeu, o olhar fixo nela.

Dora meneou a cabeça.

– Não, não sou.

Seus olhos, em grande parte aliviados do fardo de dirigi-lo, relaxam no crânio como dois passageiros sentados em espreguiçadeiras na popa de um navio. Em vez de perscrutar o chão o tempo todo, eles vagam em torno, com ar sonhador. Observam as nuvens e as árvores. Lançam-se atrás dos pássaros. Contemplam um cavalo resfolegar puxando uma carroça. Pousam sobre detalhes arquitetônicos aos quais nunca atentaram antes. Assistem à movimentação na rua Cais de Santarém. Em suma, trata-se de uma deliciosa caminhada matinal nesse dia agradável do final de dezembro do ano de 1904.

Dora, a bela Dora. Ela trabalhava como criada na casa do tio. Tomás notou sua presença na primeira vez que visitou Martim depois de ela ter sido contratada. Mal conseguiu desgrudar os olhos dela ou tirá-la da cabeça. Fez um esforço para ser especialmente cortês e entabular breves diálogos sobre um assunto ou outro. Assim, pôde continuar contemplando seu nariz delicado, seus olhos escuros e brilhantes, seus pequenos dentes brancos, o modo como ela se movia. De repente passou a fazer visitas constantes. Podia lembrar-se com clareza do momento em que Dora percebeu que ele não se dirigia a ela como uma criada, mas como mulher. Ela alçou o olhar, eles se entreolharam por um momento e então ela se virou – não sem antes curvar o canto da boca em um sorriso rápido e cúmplice.

Sentiu algo imenso invadi-lo, algo que fez desaparecer a barreira de classe, o *status*, a completa improbabilidade e inadmissibilidade. Na visita seguinte, quando lhe entregou o casaco, as mãos se tocaram e ambos prolongaram o toque. Tudo avançou rapidamente a partir desse ponto. Ate então, ele só experimentara intimidade sexual com umas poucas prostitutas, em ocasiões a um só tempo terrivelmente excitantes e terrivelmente deprimentes. Fugira todas as vezes, envergonhado de si mesmo, prometendo nunca mais repetir a experiência. Com Dora, foi apenas terrivelmente excitante. Com a cabeça encostada nele, ela brincava com os pelos grossos de seu peito. Tomás não tinha nenhuma vontade de fugir.

– Case-se comigo, case-se comigo – ele implorava. – Seremos o bastante um para o outro.

– Não: viveremos pobres e isolados. Você não sabe o que é isso. Eu sei, e não quero que passe por isso.

Em meio ao impasse amoroso, nasceu o pequeno Gaspar. Não fosse por suas súplicas enfáticas, ela teria sido despedida da casa do tio ao descobrirem a gravidez. Encontrou o único apoio no pai, que lhe disse para viver o amor por Dora, em oposição à reprovação silenciosa do tio. Dora foi relegada a tarefas invisíveis na cozinha. Gaspar viveu igualmente invisível em meio à criadagem, sendo amado invisivelmente pelo pai, que amava invisivelmente a sua mãe.

Tomás os visitava até onde a decência lhe permitia. Dora e Gaspar vinham vê-lo na Alfama nos dias de folga. Eles iam ao miradouro, sentavam-se em um banco, assistiam às brincadeiras de Gaspar. Nesses dias eram como qualquer casal comum. Tomás estava apaixonado e feliz.

Ao passar por um ponto, um bonde elétrico amarelo e brilhante surge trovejante sobre os trilhos; com menos de três anos de existência, era uma novidade nos transportes. Os passageiros avançam para subir enquanto outros se apressam para descer. Ele logra desviar-se de todos – com exceção de um, com quem colide. Após uma rápida troca de desculpas, segue adiante.

Há várias pedras soltas na calçada, mas ele se desloca com tranquilidade sobre elas.

Tropeça no pé de uma cadeira de café. Apenas um esbarrão, nada mais.

Implacável, a morte levou Dora e Gaspar, um depois do outro, o médico chamado pelo tio exauriu as suas habilidades em vão. De início, garganta inflamada e cansaço, depois febre, tremores, dores, dificuldade de engolir, dificuldade para respirar, convulsões, uma perda da consciência sufocada e de olhar arregalado – até que eles se entregaram, o corpo cinzento, torcido e imóvel como os lençóis que amarfanharam. Tomás acompanhou cada um. Gaspar tinha cinco anos de idade e Dora, vinte e quatro.

Não foi testemunha da morte do pai, uns dias depois. Estava na sala de música da casa de Lobo, sentado em silêncio com um dos primos, paralisado pela dor, quando Martim entrou, o rosto constrito.

— Tomás — disse —, tenho uma notícia horrível. Silvestre... seu pai, morreu. Perdi meu único irmão. — As palavras eram meros sons, mas Tomás sentiu-se esmagado fisicamente, como se uma rocha imensa tivesse caído sobre ele, e se ajoelhou como um animal ferido. Seu pai, grande e afetuoso! O homem que o criara e encorajara os seus sonhos.

No curso de uma semana — Gaspar morreu numa segunda-feira, Dora na quinta, seu pai no domingo — seu coração se desfez como um casulo que arrebenta. Não foi uma borboleta que emergiu, mas uma mariposa cinzenta, que pousou na parede de sua alma e ali permaneceu.

Houve dois funerais, um miserável para uma criada e seu filho bastardo; outro suntuoso, para o irmão pobre de um homem rico — cuja falta de sucesso material discretamente não foi comentada.

Ao descer do meio-fio, não vê uma carruagem que se aproxima, mas o grito do cocheiro o alerta e ele desvia do corcel.

Esbarra em um homem de pé, de costas para ele. Ergue a mão, pedindo desculpas. O homem dá de ombros, com ar gentil, e o observa afastar-se.

Um passo por vez, a cada poucas passadas voltando a cabeça para a frente, Tomás avança em direção à Lapa, andando de costas.

— Por quê? Por que está fazendo isso? Por que não caminha como uma pessoa normal. Pare com essa bobagem! — o tio gritou, mais de uma vez.

Em resposta Tomás veio com bons argumentos em defesa de seu jeito de andar. Não fazia mais sentido enfrentar os elementos — o vento, a chuva, o sol, o assalto dos insetos, o ar sombrio de desconhecidos, a incerteza do futuro — com o escudo constituído pelo dorso da cabeça, as costas do casaco, a traseira das calças? Esses são nossa proteção, nossa armadura. São feitos para resistir aos caprichos do destino. Enquanto isso, quando se anda de marcha a ré, nossas partes mais delicadas – o rosto, o peito, os detalhes atraentes da vestimenta – ficam ao abrigo do mundo cruel, exibidas quando e para quem quisermos com um simples volteio voluntário, que destrói nosso anonimato. Sem mencionar razões de natureza mais atlética. Que meio mais natural de caminhar ladeira abaixo do que de revés? O peito do pé pisa com ágil delicadeza e os músculos dos calcanhares podem calibrar a tensão e a distensão de modo preciso. Portanto, o movimento descendente se dá de maneira elástica e sem fadiga. E, se tropeçarmos, que jeito melhor que há do que cair de costas, com as nádegas amortecendo a queda? Melhor do que quebrar os pulsos num tombo de frente. E ele não é excessivamente teimoso com relação a isso. Abre exceções, quando galga a comprida e sinuosa escadaria de Alfama, por exemplo, ou quando precisa correr.

O tio descartou impaciente todos esses pretextos. Martim Augusto Mendes Lobo é um impaciente homem de negócios. Ainda assim, sabe por que Tomás anda de costas, a despeito de seus interrogatórios irritados e das explicações especiosas de seu sobrinho. Certo dia, Tomás ouviu por acaso o tio conversar com um visitante. Foi o modo de Martim abaixar a voz que o fez aguçar os ouvidos.

– ... a cena mais ridícula – dizia o tio, em voz baixa. – Imagine: diante dele... ou seja, atrás dele... havia um poste de iluminação. Eu chamei meu secretário, Benito, e observamos em mudo fascínio, preocupados com a mesma coisa: meu sobrinho trombaria com o poste? Nesse momento, outro pedestre surge na rua, do outro lado. Esse homem vê Tomás andando de costas em sua direção. Podemos ver pelo altear de cabeça que o modo curioso de meu sobrinho caminhar chamou-lhe a atenção. Por experiência, sei que algo ocorrerá; ele fará um comentário, ou uma troça, no mínimo lançará um olhar aparvalhado quando passar por Tomás. De fato, poucos passos antes de meu sobrinho topar com o poste, o outro homem aperta o passo e o interrompe com um tapa nos ombros. Tomás se volta. Benito e eu não podemos ouvir o que os dois dizem um para o outro, mas conseguimos acompanhar a pantomima. O estranho aponta para o poste de iluminação. Tomás sorri, acena afirmativamente com a cabeça e leva a mão ao peito em sinal de apreço. O desconhecido sorri, em retribuição. Apertam as mãos. Com um aceno eles se despedem, cada qual seguindo o seu caminho; o desconhecido desce a rua e Tomás, virando-se, andando de costas outra vez, sobe. Contorna o poste sem nenhuma dificuldade.

"Mas espere! Não terminou. Depois de dar alguns passos, o pedestre gira a cabeça e olha para Tomás; está claramente surpreso ao ver que ele continua andando de costas. Seu rosto parecia preocupado – *cuidado, você vai se acidentar se não prestar atenção!* –, mas também um pouco constrangido, pois Tomás está de frente para ele e viu que se virou para olhar e todos sabemos que é rude ficar encarando. O homem rapidamente volta a cabeça para a frente, mas é tarde demais: ele tromba com outro poste de iluminação. Colide com ele como o badalo com o sino. Tanto Benito quanto eu estremecemos, apreensivos. Trôpego, ele faz uma careta enquanto apalpa a cabeça e o peito. Tomás corre para ajudá-lo; corre *de frente*. Você pensaria que ele recuperaria a aparência normal ao marchar para a frente, mas não. Não há ritmo. Avança com passadas largas, o torso deslizando em linha reta como se estivesse numa esteira rolante.

"Outro intercâmbio se dá entre os dois. Tomás expressa sua grande preocupação, o outro homem faz um gesto de que não é nada, enquanto mantém a mão pressionada contra o rosto. Tomás apanha o chapéu dele, que havia caído no chão. Com outro aperto de mão e outro aceno mútuo, o pobre homem se afasta cambaleando. Tomás, além de mim e Benito, observa-o ir embora.

Apenas quando o desconhecido dobra a esquina é que Tomás, na sua marcha de costas habitual, segue seu caminho. Mas é evidente que o incidente o perturbou, pois ele agora deliberadamente colide contra o poste que havia evitado com tanta maestria um minuto atrás. Esfregando a nuca, vira-se para contemplá-lo.

"Mesmo assim, Fausto, ele persiste. Independentemente de quantas vezes bata a cabeça, de quantas vezes vá ao chão, ele segue caminhando de costas."

Tomás ouviu a risada do tio, acompanhada pela do amigo Fausto. Em seguida, o tio continua de modo mais sombrio.

– Começou no dia em que o filho dele, Gaspar, morreu de difteria. O menino nasceu de um romance que ele teve com uma criada aqui de casa. A doença também a levou. Então, quis o destino que meu irmão Silvestre morresse uns dias depois, durante o dia, enquanto conversava. Tomás já havia perdido a mãe quando criança. Agora, o pai. Ser acossado dessa forma pela tragédia! Algumas pessoas nunca voltam a sorrir. Outras começam a beber. Meu sobrinho, em seu caso, preferiu andar de costas. Faz um ano. Até quando vai durar esse luto absurdo?

O que o tio não entendeu é que, ao andar de costas, de costas para o mundo, de costas para Deus, ele não está lamentando, mas protestando. Pois quando tudo o que você ama na vida lhe é tomado o que mais lhe resta senão protestar?

Tomás segue por um caminho mais longo. Vira na rua de São Francisco de Paula e começa a subir a rua do Sacramento à Lapa. Está quase chegando. Ao girar a cabeça para olhar sobre os ombros – havia se lembrado de um poste no trajeto –, avista a parte traseira da residência luxuosa do tio, com suas cornijas, frisos intrincados e janelas altas. Sente que o observam e distingue uma figura à janela, no canto do segundo andar. Já que lá se localiza o escritório do tio, é provável tratar-se de Martim, de modo que gira a cabeça de volta e se esforça para caminhar com confiança, tomando o cuidado de contornar o poste de iluminação. Acompanha o muro que cerca a propriedade do tio até chegar ao portão. Volta-se para puxar o sino, mas se interrompe. Abaixa a mão. Embora saiba que o tio o está observando, ele se demora. Apanha o velho diário de couro no bolso superior do casaco e senta-se na calçada. Fixa o olhar na capa.

*A vida em palavras
e as instruções para a oferenda
do Padre Ulisses Manuel Rosário Pinto
humilde servo de Deus*

Conhece bem o diário do padre Ulisses. Sabe trechos inteiros de cor. Abre ao acaso e lê.

À medida que se aproximam da ilha para descarregar, os navios negreiros têm muitas contas e atividades de limpeza a fazer. Ao avistar o porto, lançam ao mar corpos e mais corpos, tanto a bombordo quanto a estibordo, alguns frouxos e sem vida, outros gesticulando de leve. São os mortos e os gravemente enfermos, os primeiros descartados porque não têm mais serventia, os segundos porque, independentemente da moléstia que os tenha acometido, ela pode se espalhar e afetar o valor dos outros. Ocorre que o vento carrega aos meus ouvidos os gritos dos escravos vivos, em seu protesto contra a expulsão do navio, e o ruído que seus corpos fazem quando caem na água. Eles desaparecem no Limbo populoso que é o fundo da baía de Ana Chaves.

A casa do tio também é um Limbo de vidas interrompidas e inacabadas. Fecha os olhos. A solidão aproxima-se dele como um cão farejador. Ela o circunda, insistente. Ele a afasta com um gesto, mas ela se recusa a abandoná-lo.

Topou com o diário do padre Ulisses poucas semanas depois de ver sua vida irremediavelmente arruinada. A descoberta foi um acaso relacionado com seu trabalho no Museu Nacional de Arte Antiga, onde trabalha como assistente do curador. José Sebastião de Almeida Neto, cardeal-patriarca de Lisboa, havia acabado de doar ao museu uma série de objetos eclesiásticos e seculares, acumulados ao longo dos séculos pelo reinado português. Com a permissão do cardeal Neto, Tomás foi enviado pelo museu para fazer uma pesquisa no arquivo episcopal da rua Serpa Pinto e estabelecer a exata procedência desses belos objetos, a história segundo a qual um altar, um cálice, um crucifixo ou um saltério, uma pintura ou um livro haviam caído nas mãos da diocese de Lisboa.

Não encontrou arquivos exemplares. Os sucessivos secretários dos diversos arcebispos de Lisboa claramente não perderam muito tempo com a tarefa terrena de organizar milhares de papéis e documentos. Foi numa das prateleiras abertas, relativas ao patriarcado do cardeal José Francisco de Mendonça Valdereis, patriarca de Lisboa entre 1788 e 1808, numa seção sortida a que se deu o nome ligeiro de Miudezas, que localizou o volume bordado com a capa de couro castanho, o título manuscrito ainda visível apesar das manchas de despigmentação.

Que vida era aquela, que oferenda?, perguntou-se. Quais eram as instruções? Quem foi esse padre Ulisses? Quando descerrou o volume, a lombada fez um som como o de pequenos ossos partindo-se. As letras manuscritas acenderam-se com um frescor surpreendente, a tinta negra em firme contraste contra o papel alvo como marfim. A escrita itálica, de bico de pena, era de uma outra época. As bordas das páginas estavam ligeiramente amareladas, indicando que viram pouca luz desde o dia em que foram escritas. Não acreditava que o cardeal Valdereis houvesse lido o volume; na verdade, como não havia anotações de arquivo na capa ou mesmo no miolo

– nenhum número de catálogo, data ou comentário – e nenhuma referência ao livro nos registros, tinha a distinta impressão de que *ninguém* jamais o lera.

Examinou a primeira página, observando uma entrada encimada por uma data e um local: 17 de setembro de 1631, Luanda. Virou as páginas com cuidado. Outras datas surgiram. O último ano registrado, porém, sem data ou mês, foi 1635. Um diário, portanto. Aqui e ali, observou referências geográficas: "as montanhas de Bailundo... as montanhas de Pungo Ndongo... a velha rota de Benguela", locais que pareciam pertencer à colônia portuguesa de Angola. Em 2 de junho de 1633, encontrou outro nome de lugar: São Tomé, a pequena colônia insular no golfo da Guiné, "aquele salpico de caspa na costa úmida deste continente pestilento". Seus olhos toparam com uma frase escrita poucas semanas antes: "Aqui é minha casa". Mas não fora grafada uma vez apenas. As palavras cobriam a página. Uma página inteira recoberta pela mesma frase curta, a escrita espremida, as linhas repetidas oscilando um pouco para cima e para baixo: "Aqui é minha casa. Aqui é minha casa. Aqui é minha casa". Então param, sendo substituídas por uma prosa mais habitualmente digressiva, reaparecendo na frente, algumas páginas depois, cobrindo metade da página: "Aqui é minha casa. Aqui é minha casa. Aqui é minha casa". Outra vez, adiante, seguindo por uma página e um quarto: "Aqui é minha casa. Aqui é minha casa. Aqui é minha casa".

Que significava? Por que a repetição maníaca? Acabou descobrindo uma possível resposta em um trecho com as mesmas reiterações das outras vezes, perfazendo quase duas páginas agora, com uma diferença, um transbordamento, uma pista de que a frase seria uma elipse que o autor sempre completava em sua mente: "Aqui é minha casa. Aqui é minha casa. Aqui é minha casa, onde Deus me pôs até que Ele me leve a Seu Seio". Era evidente que uma saudade profunda atormentava o padre Ulisses.

Em uma página, Tomás descobriu um desenho curioso, a imagem de um rosto. Os traços foram esboçados com rapidez, com exceção dos olhos tristonhos, meticulosamente desenhados. Tomás mergulhou na tristeza daquele olhar. Lembranças do filho, há pouco perdido, rodopiaram por sua mente. Quando saiu do arquivo naquele dia, ocultou o diário entre papéis inocentes de sua pasta. Era honesto consigo próprio acerca de seus objetivos. Não se tratava de um empréstimo informal – era roubo puro. O arquivo episcopal de Lisboa, tendo negligenciado o diário do padre Ulisses durante mais de duzentos e cinquenta anos, não sentiria sua falta agora, e Tomás queria ter liberdade para examiná-lo com cuidado.

Começou a ler e a transcrever o diário assim que teve tempo. Avançava lentamente. A escrita variava de facilmente inteligível a emaranhados caligráficos que requeriam que determinasse que tal rabisco representava tal sílaba, enquanto tal garrancho significava outra. Era notável como a escrita, que começou equilibrada nas primeiras partes, tornou-se marcadamente pior adiante. As últimas páginas mal puderam ser decifradas. Houve algumas palavras com que não conseguiu atinar, por mais que tentasse.

O relato do padre Ulisses enquanto esteve em Angola não passou de um esforço zeloso, de modesto interesse. Era apenas outro subalterno do bispo de Luanda, "assentado à sombra do cais em seu trono de mármore", enquanto ele mesmo trabalhava à exaustão, correndo de lá para cá batizando lotes de escravos. Mas em São Tomé uma força desesperada tomou conta do religioso. O padre Ulisses começou a fabricar um objeto, a oferenda do título. Sua produção consumiu-lhe a mente e esgotou toda a sua energia. Fez menção à busca da "madeira mais perfeita" e das "ferramentas adequadas", lembrando-se de seu treinamento na oficina do tio, quando era jovem. Ele descreve repetidas aplicações de verniz para ajudar na conservação da peça, "minhas mãos lustrosas artesãs do amor devoto". Perto do final do diário, Tomás encontrou estas palavras estranhas, exaltando o caráter grandioso de sua criação:

> Eis que brilha, guincha, ladra, urra. Verdadeiramente o Filho de Deus emitindo um grito alto e dando o último suspiro enquanto a cortina do templo se rasga de cima a baixo. Está terminado.

Qual foi o treinamento que o padre Ulisses recebera e o que a oficina do tio produzia? O que ele envernizava com as próprias mãos? O que era brilhante e guinchava, ladrava e urrava? Tomás não conseguiu achar uma resposta clara para o diário do padre Ulisses, apenas pistas. Quando o Filho de Deus emitira um grito alto e dera seu último suspiro? Na Cruz. Tomás se indagava se o objeto em questão seria, portanto, um crucifixo. Certamente se tratava de algum tipo de escultura. Mas era mais do que isso. De acordo com o relato, constituía uma obra muito peculiar. A mariposa no espírito de Tomás agitou-se. Lembrou-se das últimas horas de Dora. Já acamada, ela se agarrou com as duas mãos a um crucifixo; não importava quanto se mexia e virava, quanto gritava, não o largava. Era uma efígie barata de latão, de tamanho modesto e que emitia um brilho baço, do tipo de pendurar na parede. Morreu com a peça apertada contra o peito, em seu quarto pequeno e desguarnecido, acompanhada apenas por Tomás sentado em sua cadeira ao lado da cama. Quando chegou o momento derradeiro, assinalado pela dramática extinção de sua respiração sonora e rascante (ao passo que seu filho havia partido de modo tão silencioso, como as pétalas que tombam de uma flor), ele se sentiu como uma chapa de gelo sendo lançada em um rio.

Nas horas que se seguiram, enquanto a noite chegava ao fim e o novo dia se descortinava, enquanto esperava o agente funerário, que nunca aparecia, muitas vezes ele fugiu do quarto de Dora e depois voltou, afastado pelo horror, atraído pela compulsão. "Como viverei sem você?", suplicara ao lado de Dora a certa altura. Sua atenção recaiu sobre o crucifixo. Até aquele momento se deixara levar no que dizia respeito à religião, por fora observante, indiferente por dentro. Agora via que a fé era um assunto para ser levado radicalmente a sério, ou então, de modo igualmente radical, para não ser levado a sério. Contemplou o crucifixo, dividido entre a crença total e a total descrença. Antes de seguir adiante de uma forma ou de outra pensara em conservar o crucifixo como lembrança. Mas Dora, ou melhor, o corpo de Dora, não o largava. Suas mãos e seus braços se agarravam ao objeto com força inquebrantável, até mesmo quando ele praticamente ergueu o corpo dela da cama na tentativa de fazê-la desvencilhar-se do objeto (Gaspar, em comparação, fora muito gentil na morte, como uma grande boneca de pano.) Frustrado, aos soluços, desistiu. Naquele momento, uma resolução – ou melhor, uma ameaça – veio-lhe à mente. De olhos cravados no crucifixo, ele sibilou: "Você! Você! Darei um jeito em você, me aguarde!"

Por fim o agente funerário apareceu e levou embora Dora e seu amaldiçoado crucifixo.

Se o objeto criado pelo padre Ulisses era o que Tomás havia inferido a partir das garatujas delirantes do pároco, então se tratava de um artefato admirável e extraordinário. Poria o cristianismo de cabeça para baixo. Cumpriria sua vingança. *Mas teria sobrevivido?* A questão se apoderara de Tomás desde o momento em que terminara de ler o diário em seu apartamento, depois de tê-lo contrabandeado do arquivo episcopal. Afinal, o objeto poderia ter virado cinzas ou ter sido estraçalhado. Numa época pré-industrial, quando as mercadorias eram manufaturadas uma a uma e distribuídas com morosidade, elas brilhavam com um valor que desapareceu com a ascensão da indústria moderna. Não se descartavam nem mesmo as roupas. As vestes escassas de Cristo foram divididas entre os soldados romanos, que acreditavam que ele não passasse de um pobre demagogo judeu. Se se conservavam até mesmo as roupas comuns, era de supor que se conservaria um grande objeto esculpido, sobretudo em se tratando de um artefato religioso.

Como determinar o seu destino? Havia duas alternativas: ou o objeto permanecia em São Tomé ou não estava mais lá. Como era uma ilha pobre, dedicada ao comércio, suspeitava que havia sido levado. Tinha esperança de que o houvessem trazido a Portugal, a matriz, mas também poderia ter ido parar em um dos muitos entrepostos comerciais e cidades ao longo da costa africana. Qualquer que fosse o caso, teria seguido de navio.

Após a morte de seus entes queridos, Tomás passou meses à procura de evidências sobre a criação do padre Ulisses. No Arquivo Nacional da Torre do Tombo, vasculhou e analisou os diários de bordo dos navios portugueses que passaram pela costa oeste da África alguns meses depois da morte do padre Ulisses. Cogitava a hipótese de que o artefato houvesse saído de São Tomé a bordo de um navio português. No caso de ter sido transportado por uma embarcação estrangeira, então só Deus saberia aonde fora parar.

Enfim deu com o diário de bordo de um certo capitão Rodolfo Pereira Pacheco, cujo galeão partira de São Tomé em 14 de dezembro de 1637, transportando, entre outras mercadorias, "uma estranha e fabulosa versão de Nosso Senhor na Cruz". Sentiu o pulso acelerar. Foi a primeira e única referência a um objeto religioso de qualquer tipo que encontrara associado à colônia degradada.

Ao lado de cada um dos itens no diário se apunha o local de desembarque. Muitas mercadorias haviam sido descarregadas em um ponto ou outro ao longo da Costa do Ouro ou dos Escravos, vendidas ou trocadas por outros produtos pelos quais foram negociadas. Leu a palavra ao lado da cruz no diário de bordo do capitão

Pacheco: Lisboa. Havia tornado ao lar! Ele bradou de maneira nada condizente com uma sala de estudos no Arquivo Nacional.

Vasculhou a Torre do Tombo de alto a baixo procurando descobrir para onde o crucifixo do padre Ulisses fora levado ao chegar a Lisboa. Acabou encontrando a resposta não no Arquivo Nacional, mas no episcopal, onde começara. A ironia revelou-se ainda mais irritante. A resposta se deu na forma de duas cartas que estavam na mesma prateleira do cardeal Valdereis onde localizara o diário, bem ao lado de onde este último repousava antes de tê-lo furtado. Um simples barbante unindo o diário às cartas lhe teria poupado muito trabalho.

A primeira carta, datada de 9 de abril de 1804, era do bispo de Bragança, Antônio Luís Cabral e Câmara, que indagava se o bom cardeal Valdereis teria algum regalo para a paróquia na região das Altas Montanhas, cuja igreja sofrera um incêndio que destruíra a capela-mor. Dizia tratar-se de uma "bela igreja antiga", mas não lhe deu o nome nem revelou sua localização exata. Em resposta, como se vê por uma cópia anexa à carta do bispo Câmara, declara o cardeal Valdereis: "Será um prazer enviar-lhe um objeto de devoção há algum tempo presente na diocese de Lisboa, uma singular representação de Nosso Senhor na Cruz proveniente das colônias africanas". Como a carta se conservara perto do diário trazido da África, haveria alguma possibilidade de a referência ser de outra representação de Nosso Senhor, exceto a feita pelo padre Ulisses? Era inacreditável que, a despeito de estar com o artefato bem diante dos olhos, o cardeal Valdereis fosse incapaz de tomar o objeto por aquilo que era. Mas o clérigo não sabia – e, portanto, também não via.

A correspondência com a diocese de Bragança não trazia nenhuma menção ao fato de o artefato africano em si ter passado pela sucursal durante os anos do bispo Câmara. Tomás ficou exasperado. Uma criação estranha e fabulosa em seu ponto de origem se tornara singular em Lisboa e depois, nas mãos dos provincianos, convertera-se em algo trivial. Era isso, ou sua natureza havia sido deliberadamente ignorada. Tomás foi obrigado a tomar outro rumo. O crucifixo fora designado a uma igreja que se incendiara. Os registros mostravam que entre 1793, quando Câmara fora consagrado bispo de Bragança, e 1804, quando escrevera ao cardeal Valdereis, houve incêndios de proporções variadas em algumas igrejas serranas. Tal era o risco de iluminar igrejas com velas e tochas, e de acender incenso durante os feriados comemorativos. Câmara dissera que o crucifixo seria destinado a uma "bela igreja antiga". Que construção mereceria ganhar tal louvor do bispo? Presumiu tratar-se de uma igreja gótica, talvez romanesca. O que significava que seria uma construção do século XV, ou anterior. O secretário da diocese de Bragança não se revelou um grande historiador eclesiástico. Incitado por Tomás, sugeriu que havia cinco igrejas arruinadas por incêndios capazes de ser dignas destinatárias do louvor do bispo Câmara, a saber, os templos dispersamente localizados em São Julião de Palácios, Santalha, Mofreita, Guadramil e Espinhosela.

Tomás escreveu ao pároco de cada uma. A resposta foi inconclusiva. Todos louvaram sua igreja, exaltando sua idade e beleza. Pelo que contavam, era como se houvesse réplicas da Basílica de São Pedro espalhadas pelas Altas Montanhas. Mas nenhum deles tinha muito a esclarecer sobre o crucifixo situado no centro do templo. Todos alegavam tratar-se de um inspirador objeto de devoção, mas nenhum soube dizer quando a igreja o adquirira ou de onde provinha. Enfim Tomás decidiu que nada mais lhe restava senão determinar por si próprio se estava certo acerca da verdadeira natureza do crucifixo do padre Ulisses. Era um aborrecimento menor o fato de ter ido parar nas Altas Montanhas de Portugal, a região remota e isolada situada no nordeste do país. Em breve teria o objeto bem diante dos olhos.

Uma voz o surpreendeu.

– Olá, senhor Tomás. Veio nos ver, não veio?

Era o velho caseiro Afonso. Havia descerrado o portão e estava olhando para Tomás. Como conseguira abri-lo sem fazer barulho?

– Vim, Afonso.

– Sente-se mal?

– Estou bem.

Põe-se de pé, tornando a inserir o diário no bolso. O caseiro puxa a corda do sino, que ressoa, assim como os nervos de Tomás. Precisava entrar, era certo. Não era somente aquela casa, onde Dora e Gaspar morreram, mas qualquer moradia, que passou a produzir nele o mesmo efeito. O amor é uma casa com muitos aposentos, um para alimentar o amor, um para diverti-lo, um para limpá-lo, um para vesti-lo, um para permitir-lhe o repouso, e cada qual poderia ao mesmo tempo ser o aposento para rir, ou para ouvir, ou para contar segredos, ou para ficar amuado, ou para desculpar-se, ou para o aconchego íntimo e, naturalmente, havia quartos para os novos membros do lar. O amor é uma casa na qual o encanamento traz novas emoções borbulhantes a cada manhã, onde esgotos expelem as discussões e janelas claras se abrem para franquear a entrada do ar fresco da boa vontade. O amor é uma casa com fundação inabalável e teto indestrutível. Ele tivera uma assim, até ser demolida. Agora não tem um lar em lugar algum – seu apartamento na Alfama é tão desguarnecido quanto uma cela monástica –, e pisar em um é lembrar-se de como se encontra desabrigado. Ele sabia o que o unira ao padre Ulisses em primeiro lugar: o mútuo sentimento de saudade. Tomás se recorda das palavras do religioso na ocasião da morte da mulher do governador de São Tomé. Era a única europeia na ilha. A outra vivia em Lagos, cerca de oitocentos quilômetros do outro lado do oceano. O padre Ulisses na realidade não conhecera a esposa do governador. Só a vira em algumas poucas oportunidades.

A morte de um homem branco representa um abalo maior nesta ilha pestilenta do que em Lisboa. E sendo a de uma mulher então! Seu falecimento é um peso dos mais difíceis de suportar. Receio que nunca mais serei confortado pela visão de uma mulher de minha espécie. Nunca mais a beleza, a gentileza, a graça. Não sei quanto tempo mais conseguirei perdurar.

Tomás e Afonso cruzam o pátio de pedra, o caseiro cerimonioso um passo à frente. Como Tomás está seguindo de revés à sua maneira habitual, ambos caminham em sintonia, um de costas para o outro. Ao pé da escada que dá para a entrada principal, Afonso se afasta com uma mesura. Como não é uma escada grande, Tomás galga os degraus de costas. Antes de chegar à porta, esta se abre e ele entra de costas. Olhando por sobre os ombros, vê que o velho mordomo Damião, que o conhece de menino, aguarda-o com as mãos abertas, um sorriso no rosto. Tomás gira sobre os pés, para ficar de frente.

– Olá, Damião.
– Menino Tomás, que prazer revê-lo. Como vai?
– Vou bem, obrigado. Como está minha tia Gabriela?
– Esplêndida. Ela brilha como o sol sobre nós.

Falando do sol, seus raios atravessam as janelas altas, iluminando uma miríade de objetos no vestíbulo. O tio amealhara uma vasta fortuna com o comércio de mercadorias africanas, especialmente marfim e madeira. Duas imensas presas de elefante adornam uma das paredes. Entre elas figura um magnífico e lustroso retrato de dom Carlos I. O rei em pessoa postou-se diante da imagem quando honrou a casa com sua presença. Peles de leão, zebra, elande, hipopótamo, gnu e girafa enfeitam as outras paredes. É de pele também o estofamento das cadeiras e do sofá. Nichos e estantes exibem peças de artesanato africano: colares, bustos rústicos de madeira, amuletos, facas e lanças, tecidos coloridos, tambores e outros objetos. Vários quadros – paisagens, retratos de fazendeiros portugueses com seus criados nativos, mas também um grande mapa da África, com destaque para as possessões lusitanas – definem o cenário e evocam algumas das personagens. E à direita, engenhosamente disposto em meio a plantas altas, o leão empalhado, em posição de ataque.

O vestíbulo é uma mixórdia em termos estratégicos, uma confusão em termos culturais, com cada objeto tendo sido extraído do contexto capaz de lhe conferir algum sentido. Mas iluminou os olhos de Dora. Ela se encantou com aquela cornucópia colonial, que a fez orgulhar-se do Império Português. Dora tocava todos os itens que pudesse alcançar, exceto o leão.

– Fico feliz de saber de minha tia. Meu tio está em seu gabinete? – pergunta.

– Está à sua espera no pátio. Se fizer a bondade de me acompanhar.

Tomás dá meia-volta e acompanha Damião pelo vestíbulo, seguindo por um corredor guarnecido de pinturas e vitrines. Entram por outro corredor. À frente de Tomás, Damião abre uma porta-balcão e se afasta. Tomás chega a uma plataforma semicircular. Ouve a voz alta e exuberante do tio:

– Tomás, contemple o rinoceronte ibérico!

Tomás olha por sobre os ombros. Depois de enfrentar os três degraus até o amplo pátio, avança em direção ao tio, virando-se de frente. Eles se cumprimentam.

– Tio Martim, que bom vê-lo. Está bem?

– Como não? Tenho o grande prazer de estar com meu único sobrinho.

Tomás está prestes a perguntar sobre a tia de novo, mas o tio dispensa tais delicadezas.

– Basta, basta. Bem, que acha de meu rinoceronte ibérico? – pergunta, apontando. – É o orgulho da minha coleção!

A besta em questão está disposta no centro do pátio, não muito distante do alto e esguio Sabino, seu guardião. Tomás o aprecia. Embora a luz suave e leitosa envolva-o em uma gaze lisonjeira, para ele se trata de uma monstruosidade ridícula.

– É... magnífico – responde.

Apesar de sua aparência pouco graciosa, Tomás sempre lamentou o destino do animal que outrora vagara pelos rincões de seu país. Não seriam as Altas Montanhas o último bastião do rinoceronte ibérico? Curioso o fascínio que o animal vem exercendo na imaginação nacional. O avanço da humanidade pressagiou seu fim. Em certo sentido, foi atropelado pela modernidade. Caçado, perseguido até a extinção, o animal desapareceu, tão extravagante quanto uma ideia velha – só para que sua ausência fosse sentida e lamentada assim que se foi. Agora é alimento para o fado, repertório daquela forma peculiar de melancolia lusitana, a saudade. De fato, só de pensar na criatura há muito perdida Tomás é tomado pela saudade. Já que se sente, como se diz, "tão docemente triste quanto um rinoceronte".

A resposta dele agrada ao tio. Tomás o observa com alguma apreensão. Sobre uma sólida estrutura óssea, o irmão de seu pai forrou o corpo de riqueza, uma camada de imponência carregada com orgulho jocoso. Reside na Lapa, em plena opulência. Gasta rios de dinheiro com qualquer quinquilharia nova. Alguns anos antes seu capricho voltara-se para a bicicleta, um mecanismo de transporte de duas rodas impulsionado pelas pernas do próprio condutor. Nas ruas íngremes e cheias de paralelepípedos de Lisboa, uma bicicleta não apenas não é prática, como também é perigosa. Apenas se pode usá-la com segurança nas trilhas dos parques, constituindo a diversão dominical dos ciclistas, que dão voltas e mais voltas, perturbando os pedestres e assustando crianças e cachorros. Seu tio tem um estábulo cheio delas, da marca francesa Peugeot. Depois disso, saiu atrás de bicicletas *motorizadas*, que correm mais rápido do que as de pedal, embora façam muito mais barulho. E lá estava um exemplo de suas dispendiosas curiosidades, recentemente adquirido.

— Mas, meu tio — ele acrescenta, cauteloso. — Vejo apenas um *automóvel*.

— *Apenas*, você diz? — retruca Martim. — Bem, esse prodígio técnico é o eterno espírito nacional redivivo. — Ele põe o pé no estribo lateral, uma plataforma estreita que percorre a carroceria entre as rodas dianteiras e traseiras. — Fiquei na dúvida. Qual deveria lhe emprestar? Meu Darracq, meu De Dion-Bouton, meu Unic, meu Peugeot, meu Daimler, talvez até mesmo meu Oldsmobile americano? Foi uma escolha difícil. Por fim, como você é meu sobrinho dileto e em memória de meu irmão, que me faz muita falta, decidi pelo campeão de todos. Este é um novíssimo Renault quatro-cilindros, uma obra-prima da engenharia. Olhe para ele! É uma criação que não apenas reluz com o poder da lógica, mas canta com a sedução da poesia. Vamos nos livrar do animal que tanto polui nossa cidade! O automóvel nunca precisa dormir; que cavalo pode derrotá-lo nesse quesito? A potência também é incomparável. Estima-se que este Renault tenha um motor de catorze cavalos-vapor, mas se trata de uma avaliação cautelosa, conservadora. É mais provável que produza vinte cavalos de propulsão. E um cavalo mecânico é muito mais poderoso do que o animal. Então, imagine uma carruagem com *trinta* cavalos atados a ela. Consegue visualizar? Trinta cavalos alinhados em duas fileiras, pateando e resfolegando no bocal? Bem, nem precisa imaginar: está bem diante dos seus olhos. Esses trinta cavalos foram comprimidos numa caixa de metal instalada entre estas rodas dianteiras. O desempenho! A economia! Nunca o antigo fogo se prestou a um novo uso tão brilhante. E onde, no automóvel, se vê o refugo tão ofensivo no trato com o cavalo? Não há nenhum, apenas uma nuvem de fumaça, que se dispersa no ar. Um automóvel é tão inofensivo quanto um cigarro. Guarde as minhas palavras, Tomás: este século será lembrado como o século da nuvem de fumaça.

O tio está radiante, completamente tomado pelo orgulho e pela alegria com sua geringonça francesa. Tomás conserva-se discreto. Não se deixa envolver pelo fascínio do tio com os automóveis. Nos últimos tempos, alguns desses inventos modernos conquistaram as ruas de Lisboa. Em meio ao agitado tráfego de animais pela cidade, em geral não tão barulhento, esses automóveis agora urram como imensos insetos zumbidores, um incômodo ofensivo aos ouvidos, doloroso para a vista e fétido para o nariz. Tomás não vê neles nenhuma beleza, nem mesmo no exemplar bordô do tio. Falta-lhe elegância e simetria. Sua cabine lhe parece absurdamente desproporcional em comparação com o reduzido estábulo na frente, no qual enfiaram os trinta cavalos. O metal do veículo, e há metal de sobra ali, emite um brilho duro – inumano, ele diria.

Ficaria feliz de ser transportado por uma besta de carga convencional até as Altas Montanhas, mas terá de viajar durante o feriado de Natal, juntando as férias vencidas com alguns dias adicionais que implorou, quase de joelhos, ao curador-chefe do museu. Terá apenas dez dias para cumprir sua missão. A distância é longa, o tempo limitado. Um animal não seria capaz de tal proeza. Assim, precisa tirar proveito da invenção do tio, feia, mas oferecida com tanta gentileza.

Com um retinir das portas, Damião surge no pátio carregando uma bandeja com café e doces de figo. Fornece-lhes um suporte para a bandeja e duas cadeiras. Tomás e o tio se sentam. O leite é vertido; o açúcar, medido. O momento convida à conversa fiada, mas, em vez disso, Tomás pergunta sem rodeios:

– Então, tio, como funciona?

Faz a pergunta porque não quer contemplar o que se encontra pouco depois do automóvel, margeando o muro da propriedade, próximo à trilha que leva aos alojamentos da criadagem: os laranjais. Pois era lá que seu filho costumava esperar por ele, escondido atrás de um tronco de árvore não muito largo. Gaspar costumava fugir, gritando, assim que os olhos do pai recaíam sobre ele. Tomás corria atrás do palhacinho, fingindo que seu tio e sua tia, ou os seus muitos espiões, não o viam descer a trilha, assim como os criados fingiam não o ver entrar em seus alojamentos. Sim, melhor falar de automóveis do que fitar os laranjais.

– Ah, que bom que pergunta! Deixe-me mostrar-lhe essa maravilha por dentro – responde o tio, erguendo-se num pulo. Tomás o acompanha até a frente do veículo, enquanto ele destrava o pequeno capô metálico e arredondado, inclinando-o para a frente sobre as dobradiças. Revela-se um emaranhado de tubos e protuberâncias bulbosas de metal brilhante.

– Admire! – ordena o tio. – Um motor em linha de quatro cilindros com 3,054 cilindradas de capacidade. Uma beleza e uma façanha. Perceba a ordem do progresso: motor, radiador, embreagem de fricção, caixa de marchas de pinhão deslizante, tração traseira. Sob essa conjunção se fará o futuro. Mas primeiramente deixe-me explicar o assombro do motor de combustão interna.

Ele aponta um dedo destinado a tornar visível a mágica que ocorre dentro das paredes opacas do motor.

– Aqui o carburador pulveriza vapor de motonafta nas câmaras de combustão. O ímã ativa as velas de ignição; inflama-se assim o vapor, que explode. Os pistões, aqui, são acionados, o que...

Tomás não entende nada. Observa, calado. Ao final da explicação triunfante, o tio estica a mão para apanhar um livreto grosso no assento do compartimento do motorista. Coloca-o na mão do sobrinho.

– Este é o manual do automóvel. Ele esclarecerá o que possa não compreender.

Tomás espia o manual.

– Está em francês, tio.

– Sim. A Renault Frères é uma empresa francesa.

– Mas...

— Incluí um dicionário francês-português em seu *kit* de viagem. Você deve tomar o máximo cuidado de lubrificar o automóvel de forma adequada.

— *Lubrificar?* — Não teria entendido menos se o tio estivesse falando francês.

Lobo ignora a expressão de assombro. — Os para-lamas não são elegantes? Adivinhe do que são feitos? — indaga, batendo em um. — Orelhas de elefante! Pedi para que fizessem sob medida como uma lembrança de Angola. As divisórias externas da cabine também: somente o mais fino couro de elefante.

— Que é isso? — pergunta Tomás.

— A buzina. Para avisar, alertar, lembrar, persuadir, reclamar. — O tio aperta o grande bulbo de borracha afixado na extremidade do automóvel, à esquerda do volante. Um ruído grave como o de uma tuba, com um pequeno vibrato, irrompe da trombeta anexa ao bulbo. O som é alto e chama atenção. Tomás imagina um cavaleiro segurando um ganso como uma gaita de foles sob o braço, apertando o pássaro ao se aproximar de uma situação de perigo. Deixa escapar um riso engasgado.

— Posso experimentar?

Aperta o bulbo várias vezes. Ri a cada buzinada, mas, quando percebe que o tio não está achando tanta graça, para e se esforça para prestar atenção às novas patranhas mecânicas. Funcionam mais como bazófia do que como elucidação. Se o fétido brinquedo metálico de seu parente fosse capaz de exibir sentimentos, seguramente enrubesceria, constrangido.

Aproximam-se do volante, perfeitamente redondo e do tamanho de um prato grande de jantar. Debruçando-se sobre o compartimento do motorista mais uma vez, Lobo coloca a mão sobre a peça.

— Para virar o veículo à esquerda, você gira o volante para a esquerda. Para virar o veículo para a direita, gira o volante para a direita. Para seguir em frente, segura o volante apontado para a frente. Perfeitamente lógico.

Tomás observa de perto.

— Mas como se pode dizer que uma roda parada gira para a esquerda ou para a direita? — indaga.

O tio o perscruta.

— Não tenho certeza de que entendo o que não há para entender. Pode ver o topo do volante, próximo de minha mão. Está vendo, certo? Bem, imagine que há um sinal aqui, um pequeno sinal branco. Agora, se eu girar o volante *deste* jeito — nesse ponto, ele o puxa para si —, pode ver como o pequeno sinal branco se desloca para a *esquerda*? Sim? Nesse caso, o automóvel dobrará à esquerda. E repare, se eu virar o volante *desse* jeito — aqui, ele o empurra para o outro lado —, vê como o pequeno sinal se move para a direita? Nesse caso, o automóvel dobrará à direita. Está claro para você agora?

A expressão de Tomás se obscurece.

— Mas olhe — aponta com o dedo — para a parte inferior do volante! Se houvesse uma bolinha branca ali, ela estaria se movendo na direção oposta. O senhor poderia virar o volante para a direita, como diz, no alto, mas, na parte inferior, ela estaria girando para a esquerda. Que dizer então dos lados do volante? Enquanto estiver girando tanto para a direita quanto para a esquerda, também estará virando um lado para cima e o outro para baixo. Assim, de qualquer modo, em qualquer direção que rodar o volante, simultaneamente girará para a direita, para a esquerda, para cima e para baixo. Sua alegação de que está virando o volante em uma direção específica soa para mim como um dos paradoxos concebidos pelo filósofo grego Zenão de Eleia.

Consternado, Lobo fixa o olhar no volante, na parte superior, inferior e nos lados. Solta um suspiro longo e profundo.

– Seja como for, Tomás, deve dirigir o automóvel do modo como foi projetado. Fique de olho no *alto* do volante. Ignore os outros lados. Podemos continuar? Há outros detalhes que precisamos abarcar, a operação da embreagem e a alavanca de câmbio, por exemplo... – Ele acompanha o discurso com gestos da mão e do pé, mas nem as palavras nem a pantomima acendem qualquer fagulha de compreensão em Tomás. Por exemplo, o que é "torque"? Acaso a península Ibérica não teve sua cota de torques com o grande inquisidor Torquemada? E que pessoa sensata conseguiria encontrar coerência na expressão "dupla debreagem"? – Forneci-lhe alguns itens que achará úteis.

O tio abre a porta da cabine, localizada na metade traseira. Tomás se inclina para dar uma espiada. Há uma luz baça no interior, que lhe permite observar as características da cabine. Há nela elementos de um espaço doméstico, com um sofá negro do couro mais fino e paredes e teto feitos de tiras de cedro polido. As janelas da frente e dos lados assemelham-se a ventanas de uma casa elegante, com vidraças de boa qualidade, ostensivamente límpidas, e caixilhos de metal brilhante. E a janela traseira, acima do sofá, tão engenhosamente emoldurada, poderia passar por um quadro pendurado em uma parede. Mas as dimensões! O teto é muito baixo. O sofá não acomoda mais do que duas pessoas sentadas com algum conforto. O tamanho de cada uma das janelas laterais não permite que mais de uma pessoa olhe por ela. Se a janela traseira de fato fosse um quadro, seria uma miniatura. E para entrar nesse espaço confinado é preciso abaixar-se para transpor a porta. Que aconteceu com a suntuosa amplitude da carruagem puxada a cavalos? Ele afasta um dos espelhos laterais e olha. Poderia pertencer a um lavatório. E seu tio não mencionou algo sobre fogo no motor? Sente-se desanimar. Essa pequena habitação sobre rodas, com fragmentos de peças extraídas da sala de estar, do banheiro, da lareira, é uma admissão patética de que a vida humana não passa disso: uma tentativa de sentir-se em casa enquanto corre rumo ao esquecimento.

Também nota a multiplicidade de objetos à disposição na cabine. Há uma mala, com alguns objetos de necessidade pessoal. Mais importante, lá está seu baú de papéis, com todo tipo de itens essenciais: a correspondência com o secretário do bispo de Bragança e com um punhado de párocos da região das Altas Montanhas; a transcrição do diário do padre Ulisses; recortes de jornal sobre casos de incêndio em igrejas serranas; excertos do diário de bordo de um navio português de regresso a Lisboa em meados do século XVII; assim como monografias sobre a história da arquitetura no norte do país. E, normalmente, quando não estiver com ele enfiado no bolso – uma loucura, torna a lembrar-se –, o baú guardará e protegerá o valioso diário do padre Ulisses. Mas a mala e o baú estão amontoados ao lado de barris, caixas, recipientes de latão e sacolas. A cabine é uma caverna de mercadorias capaz de saciar os quarenta ladrões.

– Ali Babá, tio Martim! Tantas coisas? Não vou cruzar a África. Só estou indo para a região serrana, a alguns dias de viagem.

– Você está indo mais longe do que imagina – o tio retruca. – Está se aventurando em terras que nunca viram um automóvel. Precisará de autonomia. Foi por isso que anexei uma boa lona encerada para a chuva e alguns cobertores, embora seja mais adequado dormir na cabine. Aquela caixa ali contém todas as ferramentas automotrizes de que necessita. Ao lado há uma lata de óleo. Esse barril de cinco galões está cheio de água, para o radiador, e este outro é de motonafta, o elixir da vida do automóvel. Torne a abastecer-se quantas vezes puder, porque num dado momento terá de confiar no próprio estoque. Pelo caminho, fique de olho em boticários, lojas de bicicleta, de ferragens e ferrarias. Pode ser que tenham motonafta, embora talvez chamem por outro nome: éter de petróleo, resina mineral, algo assim. Cheire antes de comprar. Abasteci de víveres. Um automóvel anda melhor com um motorista bem alimentado. Agora, veja se servem.

O tio extrai um par de luvas de couro claras de uma sacola depositada no piso da cabine. Tomás as experimenta, perplexo. O ajuste é cômodo. O couro é agradavelmente elástico e range quando ele cerra os punhos.

– Obrigado – diz, sem muita certeza.

– Cuide bem delas. São francesas também.

Em seguida, o tio lhe entrega uns óculos de proteção, grandes e horrendos. Mal os coloca e Lobo lhe mostra um casaco bege revestido de pele, que desce até bem abaixo dos joelhos.

– Algodão encerado e pele de marta. Da mais fina qualidade – diz.

Tomás o experimenta. O casaco é pesado e volumoso. Por fim, Lobo põe nele um chapéu guarnecido de alças que se prendem sob o pescoço. De luvas, óculos, casaco e chapéu, sente-se como um cogumelo gigante.

– Tio, para *que* serve este traje?

– Para andar de automóvel, naturalmente. Para o vento e o pó. Para a chuva e o frio. É dezembro. Não reparou no compartimento do motorista?

Reflete. O tio tem razão. A parte traseira do automóvel consiste num cubículo fechado para os passageiros. Contudo, o compartimento do motorista, na frente, com exceção do teto e do para-brisa, fica exposto aos elementos. Não há portas ou janelas nas laterais. O vento, o pó e a chuva entram com facilidade. Ele lamenta de si para si. Se o tio tão tivesse abarrotado a cabine com tantos equipamentos, impedindo-o de sentar-se no interior, poderia abrigar-se ali enquanto Sabino se encarregaria de dirigir a máquina.

O tio prossegue:

– Incluí os melhores mapas que existem. Quando não servirem, confie na bússola. Você dirigirá para nor-nordeste. As estradas portuguesas são de péssima qualidade, mas o veículo dispõe de um excelente sistema de suspensão; feixe de molas. Suporta qualquer buraco. Se a viagem o enfadar, beba muito vinho. Há dois odres na cabine. Evite albergues de beira de estrada e diligências. Não são amigos. É compreensível. Espera-se um grau de hostilidade de parte de gente cuja subsistência o automóvel ameaça de forma direta. Certo, quanto ao restante dos suprimentos, poderá descobrir por si mesmo. Devemos ir. Sabino, está pronto?

– Sim, senhor – responde Sabino com prontidão militar.

– Deixe-me apanhar meu casaco. Eu o levarei até os arredores de Lisboa, Tomás.

O tio entra na casa. Tomás tira o ridículo traje de motorista e o recoloca na cabine. Lobo regressa ao pátio, o casaco nas costas, de luvas e com as faces rubras de entusiasmo, exalando uma jovialidade quase aterrorizante.

– A propósito, Tomás – vocifera –, esqueci de perguntar: por que diabos está tão determinado a ir para as Altas Montanhas?

– Estou à procura de algo – ele responde.

– O quê?

Tomás hesita.

– É uma igreja – diz, finalmente –, só não sei ao certo qual. Em que aldeia.

O tio se aproxima e o perscruta. Tomás se pergunta se deve explicar mais. Sempre que o tio vai ao Museu Nacional de Arte Antiga, contempla as peças com olhar vidrado.

– Ouviu falar de Charles Darwin, tio? – indaga.

– Sim, ouvi falar de Darwin – Lobo responde. – Ora, ele está enterrado em uma igreja nas Altas Montanhas de Portugal? – Ele ri. – Quer trazer o corpo dele de volta e conceder-lhe um lugar de destaque no museu?

– Não. Em meu trabalho localizei um diário escrito em São Tomé, no golfo da Guiné. A ilha é uma colônia portuguesa desde fins do século XV.

– Uma ilha miserável. Parei ali a caminho de Angola. Pensei em investir em plantações de cacau.

– Teve seu auge com o comércio de escravos.

– Bem, agora é produtora de um mau chocolate. Belas plantações, porém.

– Sem dúvida. Por um processo de dedução que envolve três elementos díspares... o diário que mencionei, o diário de bordo de um navio de regresso a Lisboa e um incêndio em uma igreja nas Altas Montanhas... descobri um tesouro inesperado e o localizei aproximadamente. Estou na iminência de uma grande descoberta.

– Está? E que é esse tesouro, exatamente? – pergunta o tio, os olhos fixos nele.

Tomás sente-se seriamente tentado. Durante todos esses meses, não contou a ninguém, especialmente aos colegas, nem sobre a descoberta nem sobre a pesquisa. Realizou a investigação no seu tempo, reservadamente. Mas um segredo anseia por ser divulgado. E em poucos dias o objeto será encontrado. Então, por que não contar ao tio?

– É... uma escultura religiosa, um crucifixo, creio – revela.

– Exatamente do que precisa este país católico.

– Não, o senhor não entende. É um crucifixo estranho. Um crucifixo prodigioso.

– É mesmo? E que ele tem a ver com Darwin?

– O senhor verá – diz Tomás, corando com entusiasmo. – Esse Cristo na cruz tem algo a dizer. Disso, tenho certeza.

O tio espera que lhe diga mais, mas Tomás se cala.

— Bem, espero que lhe traga fortuna. Vamos — diz. — Suba no assento do motorista. Deixe-me mostrar como se dá a partida no motor. — Bate as mãos e troveja: — Sabino!

Sabino dá um passo adiante, o olhar cravado no automóvel, as mãos a postos.

— Antes de ligar o motor, a torneira de motonafta tem de estar aberta... obrigado, Sabino... a alavanca de estrangulamento, aqui, sob o volante, precisa ficar em meia-entrada... assim... e a alavanca de mudança de velocidade no ponto morto, desta forma. Em seguida, você gira a chave do ímã, aqui no painel, para a posição ON. Depois, abre a tampa do capô; não há necessidade de abrir o capô inteiro, pode ver uma pequena tampa na frente? Pressione uma ou duas vezes a boia do carburador para inundá-lo. Vê como Sabino está fazendo? Você fecha o compartimento, e tudo o que resta a fazer depois disso é acionar a manivela de partida. Então você se acomoda no banco do motorista, destrava o freio de mão, engata a primeira marcha e vai embora. Brincadeira de criança. Sabino, está pronto?

O criado fica de frente para o motor e afasta as pernas, os pés plantados no chão. Ele se inclina e segura a manivela, uma haste fina que se projeta da parte dianteira do veículo. Com os braços retos, as costas retas, ele de súbito puxa a manivela para cima com grande força, pondo-se de pé, e então, dando uma meia-volta na manivela, empurra-a para baixo, usando todo o peso do corpo, antes de rodá-la para cima como da primeira vez. Executa essa ação circular com imensa energia, fazendo não apenas o carro estremecer, mas ainda a manivela girar duas, talvez três vezes. Tomás está prestes a fazer um comentário sobre a destreza de Sabino, mas o automóvel ganha vida num estrondo, como resultado da rotação da manivela. Começa com uma crepitação intestina, seguida por uma sucessão de explosões atordoantes. Assim que o motor começa a vibrar e estremecer, o tio grita:

– Venha, suba a bordo. Deixe-me mostrar o que faz esta maravilhosa invenção.

Relutante, mas sem demora, Tomás salta para junto do tio, no assento acolchoado que atravessa o compartimento do motorista. Lobo faz uma manobra com as mãos e os pés, puxando isto e empurrando aquilo. Tomás vê Sabino montar em uma motocicleta parada ao lado de uma parede e depois acioná-la com os pés. Será bom tê-lo ao lado.

Então, com um solavanco, *a máquina se move*.

Rapidamente ela ganha velocidade e sai do pátio, lançando-se através do umbral dos portões abertos da propriedade e ganhando a rua do Pau de Bandeira, onde faz uma curva fechada à direita. Tomás desliza pelo couro liso do banco e colide contra o tio.

Não pode crer no estrépito atordoante e triturador de ossos que experimenta, diretamente relacionado com a produção do ruído, porque um tal tremor só poderia advir de um tal barulho. A máquina vai por certo sacudir até ser reduzida a pedaços. Percebe que compreendeu mal o ponto acerca das molas de suspensão mencionado pelo tio. O propósito claramente não é o de proteger o automóvel dos buracos, mas os buracos do automóvel.

Ainda mais incômodo é o avanço rápido e autônomo do veículo. Tomás põe a cabeça para fora e lança um olhar para trás, imaginando – esperando – que verá a casa do tio, com cada um dos familiares e empregados empurrando a máquina e rindo da peça que lhe pregaram. (Pois Dora estaria entre os que empurravam o veículo!) Mas não há ninguém empurrando. Parece-lhe fantástico não haver um animal puxando ou impulsionando a máquina. É um efeito sem causa e, portanto, perturbadoramente antinatural.

Ah, os cumes indolentes da Lapa! O automóvel – tossindo, cuspindo, chocalhando, retinindo, quicando, repicando, resfolegando, bufando, gemendo, rugindo – dispara rua do Pau de Bandeira abaixo, os paralelepípedos marcando sua presença com um rataplã incessante e explosivo; ele dá uma guinada violenta para a esquerda e entra na rua do Prior como se caísse de um desfiladeiro, tamanho o declive. Tomás sente como se suas entranhas estivessem sendo sugadas por um funil. O automóvel chega ao fim da rua com uma compressão violenta, atirando-o ao piso do compartimento do motorista. A máquina mal havia se estabilizado – e ele reavido o assento, ainda que não a compostura –, quando salta do último trecho da rua do Prior, uma subida, para a rua da Santa Trindade, que, por sua vez, segue em declive. O automóvel começa a dançar alegremente sobre as mandíbulas metálicas dos trilhos do bonde, fazendo-o sacolejar de um lado para outro do banco, seja batendo no tio, que permanece imperturbável, seja praticamente sendo arremessado para fora do veículo, do outro lado. No alto das sacadas que passam voando ele avista gente olhando-os com desconfiança.

Tomado por uma convicção feroz, o tio pega a direita na rua de São João da Mata. O sol o ofusca; Lobo parece não se incomodar. O automóvel se lança pela rua de Santos-o-Velho e dispara curva abaixo na Calçada de Santos. Ao chegar ao largo de Santos, ele lança um olhar melancólico e rápido para os passantes entretidos nas atividades morosas desse parque agradável. O tio dá voltas até que, com uma virada brusca para a esquerda, atira o automóvel na espaçosa avenida Vinte e Quatro de Julho. As águas marulhantes do deslumbrante Tejo surgem à direita numa explosão de luz, mas Tomás não tem tempo de apreciar a vista porque disparam num borrão de vento e barulho pela densidade urbana de Lisboa. Rodam com tamanha velocidade pela movimentada rotatória da praça do Duque da Terceira que o veículo é projetado pela rua do Arsenal como se fosse uma catapulta. A azáfama da praça do Comércio não oferece resistência, apenas uma divertida dificuldade. Ah, se o ministro dos Negócios Estrangeiros, o marquês de Pombal, soubesse dos horrores a que suas ruas seriam submetidas, ele não as teria reconstruído. Eles seguem avante, sempre em frente, num afã estrepitoso, numa mancha colorida. Do começo ao fim o tráfego de toda sorte – cavalos, carroças, carruagens, carretas, bondes, hordas de pessoas e cachorros – move-se desajeitada e cegamente ao seu redor. Tomás espera a qualquer momento trombar com um animal ou ser humano, mas o tio os resguarda a todo segundo, com um súbito desvio ou uma parada abrupta, de cada encontro mortal. Várias vezes Tomás sente vontade de gritar, mas o rosto está paralisado de medo. Em vez disso, pressiona os pés contra o piso com toda a força. Se supusesse que o tio aceitaria ser tratado como uma boia salva-vidas, de bom grado teria se agarrado a ele.

Durante o tempo todo, o tio – quando não está ocupado em insultar os passantes – é tomado por uma alegria radiante, o rosto rubicundo difundindo excitação, a boca aberta em um sorriso, os olhos brilhantes, e ele ri com abandono insano ou, aos berros, articula um monólogo composto de aclamações e exclamações:

– Incrível! Glorioso! Fantástico! Não falei? Olhe como dobra à esquerda! Extraordinário, absolutamente extraordinário! Veja, veja: estamos perto dos *cinquenta* quilômetros por hora!

Entretanto, o Tejo desliza plácido, sem pressa, imperturbável, um mastodonte gentil ao lado da pulga escandalosa que saltita ao logo de suas margens.

Perto de uma campina, diante de uma nova estrada rural sem nenhum dos requintes do paralelepípedo, o tio por fim estaciona o automóvel. Atrás deles, a certa distância, ergue-se o horizonte de Lisboa, como os dentes de leite numa criança pequena.

– Observe aonde chegamos... e com que rapidez! – A voz do tio ressoa em meio ao silêncio revigorante. Mostra-se exultante como um menino no dia do aniversário.

Tomás o contempla por alguns segundos, incapaz de falar, e então quase vai ao chão quando sai do compartimento do motorista.

Cambaleia até uma árvore próxima e se apoia nela. Inclina-se para a frente, expelindo um jorro grosso de vômito.

O tio mostra-se compreensivo.

– Enjoo causado pelo movimento – diagnostica descontraído enquanto retira os óculos de dirigir. – Coisa curiosa. Alguns passageiros sofrem disso, mas nunca o motorista. Deve ser algo relacionado com controlar o veículo, talvez com ser capaz de antecipar os solavancos e as curvas pela frente. Isso, ou o esforço mental de dirigir distrai o estômago de qualquer desconforto que possa sentir. Vai sentir-se bem assim que se puser atrás do volante.

Tomás leva um tempo para registrar as palavras. Não se pode imaginar segurando as rédeas desse garanhão metálico.

– Sabino virá comigo, não virá? – arqueja enquanto enxuga os cantos da boca com um lenço.

– Não posso emprestar o Sabino. Quem vai tomar conta de meus outros veículos? Ademais, ele deixou o Renault em excelentes condições de funcionamento. Não precisará dele.

– Mas Sabino dirigirá essa coisa, tio.

– *Dirigir*? Por que iria querer isso? Por que qualquer um delegaria a um criado a emoção de dirigir esta fantástica invenção? Sabino está aqui para trabalhar, não para se divertir.

Nesse exato momento, surge o criado em questão, habilmente guiando a motocicleta crepitante para fora da estrada e estacionando-a atrás do automóvel. Tomás volta-se para seu tio mais uma vez. É uma terrível má sorte ter um parente com uma fortuna que lhe permite possuir vários automóveis e a excentricidade de querer dirigi-los em pessoa.

– Sabino o conduz pela cidade, querido tio.

– Somente em ocasiões formais. É mais a Gabriela que ele está encarregado de conduzir. A tolinha não ousa experimentar. Você é jovem e inteligente. Não terá problemas. Que acha, Sabino?

Sabino, parado ao lado, assente com a cabeça, mas o modo como os olhos do motorista se demoram em Tomás faz com que o moço sinta que ele não concorda por completo com a confiança solar de seu patrão. A ansiedade lhe embrulha o estômago.

– Tio Martim, por favor, não tenho nenhuma experiência em...

– Preste atenção! Você começa no ponto morto, com o acelerador na posição intermediária. Para sair, engata a primeira marcha e depois solta lentamente a embreagem, enquanto pressiona o pedal do acelerador. Ao ganhar velocidade, engata a segunda marcha e a terceira. Não há mistério. Basta começar no plano. Logo vai pegar o jeito.

O tio dá um passo para trás e contempla afetuosamente o automóvel. Tomás tem a esperança de que, durante a pausa, a bondade e a estima lhe enterneçam o coração. Em vez disso, ele solta a última pérola.

– Tomás, espero que esteja ciente de que diante de seus olhos está uma orquestra muito bem treinada, e ela executa a mais adorável sinfonia. O tom da peça é agradavelmente variado, o timbre sombrio mas brilhante; a melodia simples mas ascendente, e o andamento está entre o *vivace* e o *presto*, embora também execute um fino *adagio*. Quando sou o maestro da orquestra, o que ouço é uma música gloriosa: a música do futuro. Agora você está subindo ao pódio e eu lhe passo a batuta. Precisa agir à altura. – Ele bate de leve no banco do motorista. – Sente-se aqui – diz.

Súbito Tomás sente o ar lhe faltar nos pulmões. O tio gesticula para que Sabino dê partida. Mais uma vez o bramido do motor de combustão interna invade o espaço rural. Ele não tem escolha. Esperou tempo demais, compreendeu tarde demais. Terá de sentar-se atrás do volante do monstro.

Entra no veículo. O tio mais uma vez aponta, explica, faz que sim com a cabeça, sorri.

– Vai ficar bem – conclui. – Tudo vai dar certo. Eu o verei quando voltar, Tomás. Boa sorte. Sabino, fique aqui e o auxilie.

Com a irrevogabilidade de uma porta que se fecha, o tio se vira e some atrás do automóvel. Tomás vira a cabeça para o lado a fim de encontrá-lo.

– Tio Martim! – grita.

A motocicleta arranca com uma detonação e afasta-se com um matraqueado. A última imagem que tem do tio é a visão de sua ampla circunferência suspensa dos dois lados da máquina esguia e sua desaparição estrada abaixo numa trovoada de flatulência mecânica.

Tomás volta-se para Sabino. Ocorre-lhe que o tio foi embora com a motocicleta e que ele deve seguir no automóvel. Como é que o criado regressará do limite nordeste de Lisboa até a casa de seu patrão, no bairro ocidental da Lapa?

Sabino fala em um tom tranquilo:

– Dirigir o automóvel é possível, senhor. Só precisa ter paciência.

– Justamente o que me falta! – lamenta. – E prática ou conhecimento, interesse ou aptidão. Salve minha vida e mostre-me mais uma vez como usar essa máquina infernal.

Sabino repassa os detalhes assustadores sobre como pilotar o animal manufaturado. Ensina com paciência infatigável, passando muito tempo recapitulando a ordem certa de pressionar e soltar os pedais e de puxar e empurrar as alavancas. Relembra Tomás sobre como manobrar o volante para a esquerda e para a direita. Ensina-o a usar a alavanca de câmbio, que serve não apenas para ligar a máquina, mas ainda para pará-la. Menciona assuntos sobre os quais tio Martim nada disse: a diferença entre pressionar o pedal com força ou de leve; o uso do pedal de freio; a importância do freio de mão, que precisa ser puxado sempre que o automóvel está estacionado; o uso dos retrovisores. Sabino lhe mostra como usar a manivela de arranque. Quando Tomás tenta usá-la, sente algo pesado girando no automóvel, como um javali rodando no espeto de uma cuba de molho grosso. Na terceira volta do espeto, o javali explode.

Ele faz o motor morrer repetidas vezes. Em cada ocasião, o criado diligentemente retorna para a frente do veículo, onde logra ressuscitá-lo de novo. Então, propõe que engatem a primeira marcha. Tomás passa para o lado do passageiro, no compartimento do motorista. Sabino realiza as manobras apropriadas; a embreagem solta um suspiro de assentimento e a máquina avança alguns centímetros. O criado aponta para o lugar onde ele deve pôr as mãos e onde deve pressionar com o pé. Tomás se põe a postos. Sabino passa do banco do motorista para o estribo lateral, assente solenemente para ele e salta do veículo.

Tomás sente-se expulso, descartado, abandonado.

A estrada em frente é reta e a máquina, barulhenta, segue adiante grunhindo, engatada em primeira. O volante é um objeto duro e hostil. Sacode em suas mãos. Puxa-o para um lado. Seria a esquerda? A direita? Não sabe dizer. Mal consegue fazê-lo mover-se. Como o tio conseguia mexê-lo com tanta facilidade? E manter o pedal do acelerador pressionado é algo extremamente cansativo; começa a sentir câimbras no pé. Na primeira curva, uma curva suave à direita, o automóvel começa a atravessar a estrada e dirigir-se para uma vala. O pânico o impele à ação e ele ergue o pé, pisando em um pedal depois no outro, ao acaso. A máquina resfolega e para, num tranco. Misericordiosamente, o estridente pandemônio cessa.

Tomás olha em torno. O tio se foi, Sabino se foi, não há ninguém mais à vista – e sua amada Lisboa também não está mais lá, descartada como sobras de comida em um prato. Em um silêncio mais de vácuo do que de repouso, seu pequeno filho salta para sua mente. Gaspar muitas vezes aventurava-se em folguedos no pátio do tio antes de ser repelido por um criado, como um gato de rua. Também gostava de rondar a garagem, com suas fileiras de bicicletas, motocicletas e automóveis. Seu tio teria encontrado uma afinidade no filho com respeito ao automobilismo. Gaspar contemplava os veículos como uma boca faminta a comer. Mas ele morreu, e o pátio agora contém um lote silencioso e vazio. Outras partes da casa do tio também atormentam Tomás com a ausência de Dora ou de seu pai, aquela porta, aquela cadeira, aquela janela. Que somos nós sem aqueles que amamos? Algum dia superaria a perda? Quando olha para o próprio rosto ao barbear-se, apenas enxerga aposentos vazios. E a maneira como ele ocupa seus dias é a de um fantasma a assombrar a própria existência.

Chorar não significa nada. Ele chorou muitas, muitas vezes desde que a morte o atingiu com seu golpe triplo. Uma recordação de Dora, Gaspar ou de seu pai costuma ser tanto a causa quanto o foco da dor, mas há ocasiões em que ele cai em pranto sem que haja nenhum motivo aparente, com uma ocorrência tão banal quanto um espirro. A natureza da atual situação é muito diferente. Como uma máquina barulhenta e incontrolável pode ser comparada com o efeito causado por três caixões? Curiosamente, porém, ele sente o abalo de modo semelhante, tomado pelo mesmo senso agudo de terror, de dolorosa solidão e desamparo. Assim, Tomás chora e arfa, a dor em conjunto com o pânico em ebulição. Extrai o diário do bolso do casaco e o pressiona contra o rosto. Sente o odor dos tempos remotos. Fecha os olhos. Refugia-se na África, nos mares equatoriais da costa ocidental, na ilha portuguesa de São Tomé. Seu sofrimento busca o homem que o está conduzindo para as Altas Montanhas de Portugal.

Tentou obter informações sobre o padre Ulisses Manuel Rosário Pinto, mas a história parece tê-lo esquecido quase por completo. Não restam traços dele, com exceção de duas datas que lhe fornecem um perfil inacabado: o nascimento em 14 de julho de 1603, como atesta o registro da paróquia de São Tiago, em Coimbra, e sua ordenação como padre, na mesma cidade, no Mosteiro de Santa Cruz, na mesma cidade, em 1º de maio de 1629. Tomás não conseguiu achar nenhum outro detalhe de sua vida, nem mesmo a data da morte. Tudo o que restou do padre Ulisses no rio dos tempos, levado muito longe pela correnteza, foram as folhas flutuantes de um diário.

Tira o diário do rosto. Suas lágrimas tinham manchado a capa. Fica desagradado, profissionalmente aborrecido. Enxuga a capa com a camisa. Que estranho esse hábito de chorar. Os animais choram? Certamente sentem tristeza – mas será que a expressam com lágrimas? Duvida. Nunca ouviu falar de um gato ou cachorro chorando, ou de um animal selvagem que verta lágrimas. Parece que se trata de um traço próprio do ser humano. Não consegue atinar com seu propósito. Chora profusamente, até mesmo com violência, e, ao cabo, o que resta? Um cansaço desolador. Um lenço encharcado de lágrimas e muco. Olhos vermelhos à vista de todos. E chorar é indigno. Banido dos manuais de etiqueta, conserva-se como um idioma pessoal, de expressão individual. O retorcer da face, a quantidade de lágrimas, a qualidade dos soluços, a altura da voz, o volume do clamor, o efeito na compleição, o jogo das mãos, a postura assumida: só se descobre o choro – a personalidade pranteadora de cada um – chorando. É uma descoberta estranha, não apenas para os outros, mas para si mesmo.

Toma uma resolução. Há uma igreja nas Altas Montanhas à sua espera. Precisa partir. Essa caixa metálica sobre rodas o ajudará na empritada, de modo que é ali, sentado atrás de seus controles, o lugar onde ele deve estar. *Aqui é minha casa.* Abaixa os olhos para os pedais. Verifica as alavancas.

Leva quase uma hora para prosseguir. O problema não está em pôr o automóvel em funcionamento. Trata-se de uma tarefa factível, tendo visto Sabino realizá-la tantas vezes. Braços retos, costas retas, as pernas em posição, ele gira a manivela de partida. O motor quente parece disposto a funcionar de novo. O problema reside em fazer a máquina *mover-se*. Independentemente da troca de pedais e de alavancas, o resultado se repete: um guincho troante ou um ganido zangado, em geral bastante violento, sem que a máquina siga em frente. Faz pausas. Senta-se no compartimento do motorista. Fica de pé ao lado do automóvel. Realiza pequenos passeios. Sentado no estribo lateral, come pão, presunto, queijo, figos secos, e bebe vinho. É uma refeição triste. O automóvel não lhe sai da cabeça. O veículo permanece ali, incongruente, à margem da estrada. O tráfego de cavalos e bois nota sua presença – mas, estando tão próximos de Lisboa, tanto chegando quanto partindo, os condutores apenas açulam as bestas, cumprimentando-o com um aceno ou com um grito. Não precisa explicar-se.

Por fim, acontece. Depois de inúmeros esforços infrutíferos, ele comprime o pedal do acelerador e a máquina avança. Torce o volante com força na direção que espera ser a correta. E é.

O veículo avança pelo centro da pista. Para esquivar-se da vala de ambos os lados, tem de manter sua embarcação direcionada num curso fixo: o estreito e atrofiado horizonte bem adiante. Manter a linha reta na direção de um ponto abismal é exaustivo. A máquina constantemente quer se desviar do curso, e solavancos e buracos abundam na estrada.

Há gente também, que o fita com olhar cada vez mais duro à medida que se afasta de Lisboa. Pior, porém, são as carretas e carroças carregadas de mercadorias e produtos para a cidade. Elas surgem em sua frente, tapando o horizonte. Quando chegam mais perto, parecem tomar uma porção cada vez maior da estrada. Elas seguem em seu pocotó lento, confiante e estúpido, enquanto ele dispara em sua direção. É preciso calcular o curso de modo que passe exatamente por elas e não *sobre* elas. O esforço fatiga os olhos e as mãos doem de segurar no volante.

De repente, sente que foi o bastante. Pisa no pedal. O automóvel engasga numa parada abrupta, lançando-o contra o volante. Desce, exausto mas aliviado. Pisca de surpresa. O uso do freio desembrulhou a paisagem e esta se expande ao seu redor, árvores e colinas, e vinhedos à esquerda, campos reticulados e o Tejo à direita. Não vira nenhum desses elementos enquanto dirigia. Adiante, só havia a estrada voraz. Que felicidade viver em uma terra tão infindavelmente apropriada ao aprazível. Não admira que produzam vinho ali. A estrada agora está vazia e ele está sozinho. Na luz agonizante do dia, fina e opalina, a quietude rural do fim da tarde o acalma. Lembra-se de frases do diário do padre Ulisses, que recita, baixinho:

> Não vim rebanhar os libertos, mas os cativos. Os primeiros têm sua própria igreja. A igreja de meu rebanho não tem paredes e um teto a elevar até o Senhor.

Com os pulmões e com os olhos, Tomás absorve a igreja ao ar livre em derredor, o apelo suave e fecundo de Portugal. Não sabe qual a distância que percorreu, mas seguramente chegou bem mais longe do que chegaria a pé. Basta para um dia. Amanhã se empenhará mais.

Montar uma tenda com uma lona encerada lhe parece uma grande amolação. Decide, em vez disso, converter a cabine em um dormitório, como o tio sugerira, o que o faz inspecionar sua contribuição para a jornada. Ele encontra: panelas e potes leves; um pequeno fogareiro que funciona com cubos brancos de combustível seco; uma tigela, um prato, uma xícara, utensílios, todos de metal; sopa em pó; pãezinhos e pão de forma; carnes e peixe secos; embutidos; vegetais frescos; frutas frescas e secas; azeitonas; queijo; leite em pó, chocolate em pó; café; mel; bolachas e biscoitos; uma garrafa de óleo de cozinha; condimentos e pimentas; um grande jarro de água; um casaco automobilístico com os itens correlatos, luvas, chapéu, os horrendos óculos; seis pneus; corda; um machado; uma faca afiada; fósforos e velas; uma bússola; um caderno em branco; lápis com carga de grafite; um conjunto de mapas; um dicionário francês-português; um manual da Renault; cobertores de lã; uma caixa de instrumentos e outros acessórios automobilísticos; o barril de motonafta; o oleado, com cordões e pinos; e mais.

Tantas coisas! O zelo excessivo do tio significa que ele tem dificuldade para abrir espaço na cabine. Depois de desobstruir o sofá, tenta estender-se ali. Não é muito comprido para dormir, será preciso se deitar de joelhos dobrados. Espia o compartimento do motorista através da ampla janela dianteira da cabine. O assento ali é um tantinho duro, mas plano e aprumado, como um banco, e, como não há portas de nenhum lado que o confinem, Tomás terá de ficar com os pés para fora.

Apanha pão, bacalhau seco, azeitonas, um odre de vinho, o casaco do tio, assim como o manual do automóvel e o dicionário, e regressa para o compartimento do motorista. Deita-se de costas no banco, os pés para fora. Obedecendo à sugestão do tio, acomoda-se para realizar uma pesquisa automotiva, segurando com as mãos o manual do veículo, o dicionário sobre o peito.

Parece que a lubrificação é um assunto sério. Com uma pontada de horror, descobre que o câmbio, a embreagem, o copo do servo de embreagem, o eixo traseiro, as ligações dianteira e traseira do eixo de transmissão, os rolamentos de todas as rodas, as juntas do eixo dianteiro, os rolamentos do eixo do mandril, os eixos conectores, as juntas da haste de condução, a haste magnética, as dobradiças das portas, e a lista continua – em resumo, tudo o que se mova na máquina –, necessita de lubrificação obsessiva. Muitos desses itens pedem uma pequena esguichada toda manhã antes do acionamento, outros solicitam lubrificação a cada dois ou três, outros uma vez por semana, enquanto com outros é uma questão de quilometragem. Passa a ver o automóvel sob uma nova perspectiva: são centenas de pintinhos piando freneticamente, o pescoço estendido e o bico escancarado, todo o seu ser trêmulo de fome, enquanto gritam por suas gotas de óleo. Como conseguirá monitorar suas bocas súplices? Como eram tão mais simples as instruções para a oferenda do padre Ulisses! Estas mostraram ser tão somente um apelo feito aos bons artesãos portugueses lá de sua terra natal, abençoados com o acesso a tintas da melhor qualidade, para que estes fizessem um serviço adequado repintando sua obra-prima. Nesse meio-tempo, o pároco precisava lidar com escassos substitutos locais.

Quando a noite esfria, Tomás agradece pelo casaco do tio. O pelo de marta é quente e macio. Adormece imaginando que está no colo de Dora. Ela também era quente e macia, além de gentil e graciosa, bela e acolhedora. Mas a preocupação sobrepuja os serviços de Dora – todas essas bocas súplices! –, e ele dorme mal.

Na manhã seguinte, após o desjejum, Tomás encontra a lata de óleo e segue as instruções do manual linha a linha, ilustração a ilustração, parágrafo a parágrafo, página a página. Lubrifica o automóvel inteiro, o que envolve não somente erguer o capô e meter a cabeça nas entranhas da máquina, mas ainda remover o assoalho do compartimento do motorista para obter acesso às partes de sua anatomia ali localizadas, até mesmo rastejando pelo solo e deslizando *sob* a máquina. É um trabalho cansativo, meticuloso e sujo. Em seguida, fornece-lhe água. Depois, precisa enfrentar um problema urgente. A máquina, louvada pelo tio como o auge da perfeição tecnológica, não oferece uma das proezas mais básicas da tecnologia: encanamento. Ele é obrigado a usar as folhas de um arbusto próximo.

O processo de fazer o motor frio funcionar é longo e penoso. Se ao menos dispusesse de membros mais fortes! E há o enigma enlouquecedor de fazer a máquina mover-se assim que começa a bufar e chacoalhar. Quatro horas se passam desde quando despertou até o momento em que a máquina casualmente se põe em movimento. Ele segura o volante e concentra-se na estrada. Aproxima-se de Póvoa de Santa Iria, uma cidadezinha vizinha a Lisboa, o povoado mais próximo do nordeste da capital por aquela via, um local que até então permanecera adormecido em sua mente. Seu coração bate como um tambor quando chega à cidade.

Homens surgem com lenços enfiados na gola da camisa, uma coxa de frango ou outro repasto na mão, e o encaram. Saem à rua barbeiros segurando pincéis espumantes, seguidos por homens com espuma de barba salpicada na cara, e o encaram. Um grupo de velhas senhoras faz o sinal da cruz, e o encara. Homens param de conversar, e o encaram. Mulheres interrompem as compras, e o encaram. Um velho faz uma saudação militar, e o encara. Duas mulheres riem de medo, e o encaram. Velhos senhores em um banco mascam com suas mandíbulas sem dentes, e o encaram. Crianças gritam, correm para esconder-se, e o encaram. Um cavalo relincha, prepara-se para corcovear, assustando o cavaleiro, e o encara. Ovelhas em um aprisco da rua vicinal balem desesperadas, e o encaram. O gado muge, e o encara. Um burro zurra, e o encara. Cães latem, e o encaram.

Em meio a essa excruciante autópsia visual, Tomás diminui a pressão no acelerador. A máquina engasga uma vez, duas vezes, e morre. Ele golpeia o pedal. Nada acontece. Fecha os olhos para conter a frustração. Após um momento, ele os abre e relanceia em torno. À sua frente, do seu lado, atrás, transpassam-no mil olhos, humanos e animais. Não se ouve um pio.

Os olhos piscam, o silêncio se esfacela. Imperceptivelmente, timidamente, a gente de Póvoa de Santa Iria se aproxima, constrangendo o automóvel de todos os lados até formarem dez, quinze camadas ao redor.

Alguns vêm com o rosto emoldurado num sorriso e enchem-no de perguntas.
– Quem é o senhor?
– Por que parou?
– Como funciona?
– Quanto custou?
– O senhor é rico?
– É casado?
Alguns dardejam um olhar feroz e resmungam.
– Não tem piedade de nossos ouvidos?
– Por que joga tanto pó em nossa cara?
As crianças gritam perguntas tolas.
– Como se chama?
– De que se alimenta?
– Há um cavalo na cabine?
– Como é o cocô dele?

Muita gente avança para bater na máquina. A maioria apenas fixa o olhar em silêncio benigno. O velho da saudação militar saúda toda vez que Tomás parece olhar na sua direção. Ao fundo, as ovelhas, os cavalos, os burros e os cães retomam sua respectiva algazarra.

Depois de uma hora de lenga-lenga com os habitantes da vila, torna-se claro para Tomás que eles não arredarão pé enquanto ele não sair da cidade. Ele tem para onde ir; eles não.

Precisa, nesse momento, superar sua inibição natural. Num atoleiro de timidez, recorrendo a todas as suas reservas naturais, desce do compartimento do motorista, fica de pé sobre o estribo lateral e pede que as pessoas saiam da frente da máquina. Elas não parecem ouvir nem entender. Ele as adverte de novo – mas elas apenas se aproximam cada vez mais, em número cada vez maior. O aperto da gente em torno do automóvel é tão grande que ele tem de esgueirar-se pelos corpos para chegar à manivela de partida, e precisa empurrá-los para ter espaço para girá-la. Alguns tolos sobem no estribo. Outros fazem menção de galgar o compartimento do motorista, mas um olhar gélido os dissuade. As crianças, com um sorriso grudado no rosto, não param de apertar o bulbo de borracha da buzina com júbilo ensandecido.

Fatalmente, depois de várias idas à manivela de partida e outro turno bulindo com os pedais e alavancas, o veículo dá um salto para a frente, morrendo em seguida. O clamor irrompe por toda parte enquanto as pessoas diante da máquina gritam e apertam o peito, aterrorizadas. Mulheres berram, crianças choram, homens resmungam. O militar para de saudá-lo.

Tomás grita desculpas, bate no volante, repreende o automóvel nos termos mais duros. Salta para ajudar a gente ultrajada. Chuta as rodas do veículo. Esbofeteia o para-lamas de orelha de elefante. Insulta o capô feio. Gira com violência a alavanca de arranque, colocando a máquina em seu devido lugar. Tudo em vão. A boa vontade da gente de Póvoa de Santa Iria se evaporou sob o sol gélido.

Ele corre de volta para o compartimento do motorista. Por milagre, o automóvel geme, sacoleja e avança lentamente. Temeroso, o povo de Póvoa de Santa Iria sai de sua frente e a estrada se abre. Ele exorta a máquina a avançar.

Determinado, atravessa a próxima localidade, Alverca do Ribatejo, mantendo o pé firme no pedal do acelerador. Ignora as pessoas e o olhar de toda a gente. O mesmo ocorre na vila de Alhandra. Passando por Alhandra, avista uma placa que indica Porto Alto, para a direita, saindo da estrada principal em direção ao Tejo. Três pontes sobre duas pequenas ilhas. Espreita o planalto desolado do outro lado do leito oriental do rio e faz o automóvel parar.

Desliga o motor e apanha os mapas na cabine. Há vários, caprichosamente dobrados e etiquetados, um mapa nacional e outros de Estremadura, Ribatejo, Alto Alentejo, Beira Baixa, Beira Alta, Douro Litoral e Alto Douro. Há até mapas das províncias vizinhas de Cáceres, Salamanca e Zamora, na Espanha. Parece que seu tio o preparou para qualquer rota concebível até as Altas Montanhas, incluindo as irregulares e as perdidas.

Examina o mapa do país. Exatamente como havia pensado. A oeste e norte do Tejo, ao longo ou próximo do litoral, a rota está tomada por vilas e cidades. Em comparação, o sertão do outro lado do rio, a leste, e as terras fronteiriças com a Espanha inspiram-lhe confiança por causa da escassez de povoados. Apenas Castelo Branco, Covilhã e a Guarda brilham com perigo urbano. Talvez possa descobrir como evitá-las. Caso contrário, que motorista teria receio de povoados como Rosmaninhal, Meimoa ou Zava? Nunca tinha ouvido falar dessas aldeias obscuras.

Tomás liga o automóvel, maneja diferentes pedais e põe a alavanca de câmbio em primeira. A sorte está do seu lado. Vira à direita e abre caminho estrada abaixo em direção às pontes. No início da primeira delas, hesita. É uma ponte de madeira. Lembra-se dos trinta cavalos. Mas decerto o motor não teria o *peso* de trinta cavalos? Tem em mente a experiência de padre Ulisses no mar, navegando de Angola para sua nova missão em São Tomé:

> Viajar pelo mar é uma espécie de inferno, ainda mais em um fétido e apinhado navio negreiro com quinhentos e cinquenta e dois escravos e seus trinta e seis feitores europeus. Somos assolados por períodos de calmaria e de tormenta. Os escravos gemem e choram todas as horas do dia e da noite. O fedor quente de seus alojamentos impregna toda embarcação.

Tomás prossegue. Não é atormentado por escravos, mas por fantasmas. E sua embarcação só precisa dar três saltos sobre um rio. A travessia das pontes é barulhenta. Receia derrubar o veículo de uma delas. Após ter escapado da terceira e alcançado a margem oriental do rio, sente-se nervoso demais para continuar. Chega à conclusão de que, já que está dirigindo, é bom aprender *a* dirigir. Estaciona e apanha o material necessário na cabine. Sentado atrás do volante, manual e dicionário nas mãos, dedica-se a aprender a operação adequada da alavanca de câmbio, do pedal de embreagem, do acelerador. O manual é esclarecedor, mas o conhecimento que extrai dali é puramente teórico. A prática é o busílis. Descobre que é dificílimo sair sem solavancos do ponto morto – palavras do tio, embora ele não veja nada de morto a seu respeito – para a primeira. Até o fim do dia, aos trancos e barrancos, percorre porventura quinhentos metros, a máquina bramindo, resfolegando, tremendo e parando o tempo todo. Ele pragueja até a noite o levar para a cama.

Sob a luz baça, enquanto os dedos da aragem procuram alcançá-lo, busca serenidade no diário do padre Ulisses.

> Se o Império é um homem, então a mão que segura um sólido lingote de ouro é Angola, enquanto a outra com tostões retinindo no bolso, esta é São Tomé.

A frase é de um comerciante ressentido, citado pelo religioso. Tomás estudou a história que o destino impôs ao padre Ulisses: o sacerdote pôs o pé em São Tomé entre o açúcar e o chocolate, entre a época em que a ilha era importante exportadora de cana, no fim do século XVII, e as sementes de cacau de hoje, no começo do século XX. Ele viveria o restante de sua breve vida no início de três séculos de pobreza, estagnação, desespero e decadência, um período em que São Tomé se torna uma ilha de latifúndios semiabandonados e elites feudais que ganhavam a vida vivendo da vida dos outros, ou seja, do comércio escravo. A ilha fornecia aos navios negreiros provisões – água, madeira, batata-doce, frutas – e explorava alguns escravos para proveito próprio – a contínua produção marginal de cana-de-açúcar, algodão, arroz, gengibre e azeite de dendê –, mas os ilhéus brancos atuavam sobretudo como comerciantes de negros. Não podiam sonhar em competir com a vasta e ininterrupta produção de Angola, mas a baía de Benim ficava à sua porta, do outro lado do golfo da Guiné, e aquela costa era rica em escravos. A ilha representava tanto um porto intermediário ideal para navios prestes a cruzar o Atlântico, uma viagem infernal que passou a ser chamada de Passagem do Meio – uma expressão muito intestina, pensou Tomás –, quanto uma excelente porta dos fundos para o Brasil colonial e sua fome voraz por trabalho escravo. Desse modo, os escravos vieram, aos milhares. "Esse bolso retine com almas africanas atordoadas", comenta o padre Ulisses.

Sua viagem a São Tomé a bordo de um navio negreiro não foi casual. Candidatara-se para ser pastor dos cativos, um padre designado para salvar a alma dos escravos. "Quero servir ao mais humilde dos humildes, aqueles cuja alma o Homem esqueceu, mas não Deus." O religioso explica sua nova e urgente missão em São Tomé:

> Um século e meio atrás algumas crianças israelitas, de idade variando entre dois e oito anos, foram trazidas à ilha. Dessas sementes nocivas uma planta miserável espalhou seu veneno por todo o solo, poluindo os incautos. Minha missão, portanto, é dupla: mais uma vez levar a alma africana até Deus e arrancar ademais dessa alma as raízes imundas do judeu, que a ela se agarraram. Passo meus dias no porto, como sentinela do Senhor, à espera de que os navios negreiros tragam seu butim. Quando chega um, subo a bordo, batizo os africanos e leio a Bíblia para eles. Vocês todos são filhos de Deus, repito sem cansar. Ocasionalmente rabisco alguns desenhos.

Tal era sua tarefa, que ele abraçava com diligência incondicional: acolher desconhecidos a uma fé que não professavam em uma língua que não entendiam. Nesse ponto do diário o padre Ulisses se assemelhava a um típico religioso de sua época, imbuído do Senhor, imbuído de ignorância e rancor. Essa atitude mudará, como Tomás sabe.

Adormece num conturbado estado de espírito. Não consegue encontrar conforto no automóvel, nem dirigindo-o nem dormindo nele.

Pela manhã teve vontade de se banhar, mas não achou nem sabonete nem toalha na cabine. Após as costumeiras dificuldades automobilísticas, segue a viagem. A estrada que corta uma paisagem plana e enfadonha de campos cultivados o leva a Porto Alto, uma cidade bem maior do que havia imaginado. Sua habilidade como motorista melhorou, mas a onda humana, vinda de todos os lados, abala qualquer serenidade que essa competência possa lhe ter conferido. As pessoas acenam, as pessoas gritam, as pessoas se aproximam. Um jovem corre ao lado do automóvel.

– Bom dia! – ele grita.

– Bom dia! – retruca Tomás.

– Que máquina incrível!

– Obrigado!

– Não vai parar?

– Não.

– Por que não?

– Ainda tenho muito a percorrer – grita Tomás.

O jovem se afasta. Outro não tarda a aparecer em seu lugar, ávido por entabular seu próprio diálogo berrado. Quando este desiste, outro o substitui. Durante todo o trajeto por Porto Alto, é obrigado a conduzir uma constante e barulhenta conversação com ávidos desconhecidos que trotam ao lado da máquina.

Quando chega aos confins da cidade, tem vontade de soltar um grito de vitória por ter conseguido controlar tão habilmente o automóvel, mas perdera a voz.

De novo em zona rural observa a alavanca de mudança de velocidade. Percorreu uma boa distância nos últimos três dias, a máquina exibe vigor inegável – mas o mesmo pode ser dito sobre caramujos. O manual é claro sobre esse ponto, e o tio provou na prática em Lisboa: só se atingem verdadeiros resultados automobilísticos em uma marcha mais acelerada. Faz um ensaio mental. Agora só resta levar a efeito – ou não. Pedais, botões, alavancas – estes são soltos ou comprimidos, empurrados ou puxados, de acordo com a necessidade. Executa todas essas ações sem tirar os olhos da pista – ou deixar o ar escapar dos pulmões. O pedal da embreagem lhe parece formigar, como se o avisasse de que, tendo cumprido sua tarefa, ficaria feliz se Tomás tirasse o pé de suas costas. Ele obedece. Ao mesmo tempo, o pedal do acelerador parece avançar um quase nada, como se este, pelo contrário, estivesse pedindo para que o pé o comprimisse. Ele pressiona com mais força.

O monstro dispara em segunda. A estrada desaparece sob as rodas com tamanho estrondo que ele sente como se não fosse a máquina que avançasse sobre a paisagem, mas a paisagem que estivesse sendo arrastada por baixo dela, como naquele perigoso truque em que se arranca a toalha de uma mesa posta. O cenário desaparece diante da percepção igualmente ameaçadora de que o truque somente funcionará se for executado com a velocidade de um raio. Enquanto anteriormente teve medo de prosseguir com demasiada rapidez, agora teme estar seguindo com muita lentidão, porque, se a segunda marcha falhar, não apenas acabará chocando-se contra um poste de telégrafo, mas toda a paisagem de porcelana colidirá juntamente com ele. Nesse desvario, torna-se uma xícara de chá tremelicando sobre um pires, os olhos reluzindo como esmalte de louça fina.

Enquanto percorre o espaço, imóvel ainda que em carreira acelerada, um olhar furioso fixo à frente, Tomás anseia por paisagens estáticas e reflexivas, como o calmo vinhedo que avistara no dia anterior, ou uma costa litorânea como a frequentada pelo padre Ulisses, onde cada pequena onda cai sobre seus pés em constrito colapso como um peregrino que alcança o seu destino. Mas o padre foi abalado a seu modo, ou não? Da mesma forma que Tomás está tremendo agora nessa máquina infernal, assim também a mão do padre Ulisses tremeu às vezes ao encerrar seus pensamentos atormentados no diário.

O padre rapidamente se desencanta com São Tomé. Não se sai melhor com a natureza da ilha do que se saiu em Angola. Há a mesma vegetação emaranhada, nutrida pelos mesmos aguaceiros incessantes e cozida sob o mesmo sol implacável. Ele se aflige com a estação chuvosa, com suas tempestades entremeadas por intervalos de calor úmido e asfixiante, e também se aflige com a estação seca, com o calor abrasador e nuvens baixas de gotas de vapor. Reclama com amargura desse clima de estufa "que faz uma folha verde cantar e um homem morrer". Ademais, há as misérias incidentais, complementares: o fedor da usina de cana, a comida ruim, a infestação de formigas, graúdas como sementes de cereja, um corte no polegar esquerdo, que infecciona.

Ele se refere ao "silêncio mulato", um misto entre o calor e a umidade da ilha e a gente infeliz que ali habita. Esse silêncio mulato penetra todos os sentidos. Os escravos vivem soturnos, obrigados a cuidar de tudo, mourejando calados. Quanto aos europeus que passam a vida em São Tomé, suas palavras, em geral bruscas e irritadas, são proferidas, porventura ouvidas, com menor certeza obedecidas de imediato, e depois são abafadas pelo silêncio. O trabalho dos escravos nas lavouras segue do amanhecer ao pôr do sol, com um intervalo de uma hora no almoço para que comam, descansem e se tornem ainda mais cientes da afasia. O dia de trabalho se encerra com uma refeição muda e um sono intranquilo. As noites são mais ruidosas do que os dias, por causa dos insetos. Então o sol se levanta e tudo começa de novo, em silêncio.

Nutrindo esse silêncio estão duas emoções: ira e desespero. Ou, como define o padre Ulisses, "o poço negro e o fogo vermelho". (Como Tomás conhece bem essa dupla!) Suas relações com o clero insular terminam carregadas de tensão. O pároco nunca explica a natureza exata de seu sofrimento. Seja qual for a causa, o resultado é claro: ele vai ficando cada vez mais isolado. Com a progressão do diário, há cada vez menos referências sobre contatos com os europeus. Quem mais estava lá? As barreiras do *status* social, o idioma e a cultura excluem o convívio entre um homem branco, mesmo sendo um padre, e os escravos. Os escravos vêm e vão, comunicando-se com os europeus na maior parte das vezes com os olhos arregalados. Quanto aos nativos, libertos e mulatos, é precária a vantagem que têm com os europeus. Fazer comércio com eles, trabalhar para eles, sair da vista deles – essa é a melhor política. O padre Ulisses lamenta:

> Os barracos dos nativos desaparecem de um dia para outro e anéis vazios se formam ao redor de homens brancos isolados, assim como eu. Sou um homem branco isolado na África.

Tomás freia a máquina e decide, depois de erguer o rosto para sondar o céu, que a tarde ficara fria e enevoada, imprópria para o automobilismo. Melhor concluir o dia sob o casaco de pele de marta.

No dia seguinte, a estrada continua quase sem aldeias até Couço, onde há uma ponte sobre o rio Sorraia. Sob a ponte estreita, garças-brancas e garças-reais, até então tranquilamente de pé na água, assustam-se e voam para longe. Tomás alegra-se ao avistar laranjeiras, a única mancha de cor em um dia do contrário cinzento. Queria que o sol despontasse. É o sol que define o cenário, desenhando sua cor, definindo os contornos, dando-lhe o espírito.

Nos arredores de uma vila chamada Ponte de Sor, ele para o automóvel. Sai para caminhar pelo povoado. É bom andar. Bate os pés para trás com vigor. Está praticamente saltando de costas. Mas que coceira é essa que o incomoda? Coça o escalpo, o rosto e o peito. É seu corpo exigindo um banho. As axilas estão começando a cheirar mal, assim como suas partes íntimas.

Chega à vila. As pessoas olham para ele, para seu jeito de andar. Localiza uma botica para comprar motonafta, seguindo o conselho do tio para reabastecer sempre que pudesse. Pergunta para o homem no balcão sobre o produto. É obrigado a empregar alguns nomes antes que o homem implacavelmente sério assinta com a cabeça e retire de uma prateleira uma pequena garrafa de vidro que mal contém meio litro da substância.

– O senhor tem mais? – indaga Tomás.

O boticário se vira e traz outras duas garrafas.

– Precisarei de mais, por favor.

– Não tenho mais. É todo o meu estoque.

Tomás fica desapontado. Nesse ritmo terá de saquear todas as boticas entre Ponte de Sor e as Altas Montanhas.

– Levarei essas três, então – declara.

O boticário as leva até o caixa. A transação é rotineira, mas há algo estranho no comportamento do homem. Ele embrulha as garrafas em folhas de jornal, mas, quando duas pessoas entram na loja, apressa-se a entregar-lhe o pacote. Tomás nota que o homem o está olhando fixo. É tomado pela timidez. Coça o lado da cabeça.

– Há algum problema? – pergunta.

– Não, nada – responde o boticário.

Tomás estranha, mas fica quieto. Sai da loja e caminha pela vila, memorizando a rota que fará de carro.

Quando regressa a Ponte de Sor, uma hora depois, tudo dá errado. Perde-se terrivelmente. E quanto mais dirige pela cidade, mais atrai a atenção de seus habitantes. A multidão o assedia a cada volta. Em uma esquina fechada, enquanto as mãos se digladiam com o volante, faz o carro morrer mais uma vez.

A turba de curiosos e ofendidos avança sobre ele.

Dá partida no veículo com destreza razoável, apesar da multidão. Até mesmo sente que é capaz de engatar a primeira marcha. Mas, ao olhar para o volante, não tem ideia para onde deve girá-lo. No esforço de satisfazer o diabólico ângulo da rua aonde tentava entrar, havia girado o volante muitas vezes antes de parar. Procura determinar o problema logicamente – este lado? o outro? –, mas não consegue chegar a nenhuma conclusão. Nota um homem gorducho de cerca de cinquenta anos, de pé na calçada, perto dos faróis do automóvel. O homem está mais bem trajado do que os outros. Tomás se inclina para fora e o chama em meio à trepidação do motor.

– Por favor, senhor! Preciso de sua ajuda, se me fizer a gentileza. Estou tendo um problema mecânico. Algo complicado sobre o qual não o aborrecerei. Mas, diga-me, a roda ali, aquela bem diante do senhor, ela está girando?

O homem recua e examina a roda. Tomás agarra o volante e dá uma volta. Com o veículo completamente parado, o esforço é grande.

– Bem – Tomás bufa em tom alto –, está girando?

O homem parece aparvalhado.

– Girando? Não. Se estivesse, sua carruagem estaria em movimento.

– Quero dizer, girando para o outro lado.

O homem olha para a traseira do automóvel.

– Para o outro lado? Não, não, não está girando para o outro lado, também. Não está se movendo de jeito nenhum.

Muitos na multidão concordam com a cabeça.

– Desculpe, mas não estou sendo claro. Não estou perguntando se a roda está girando sobre si mesma, como a roda de uma carroça. Ou antes – ele procura as palavras adequadas –, ela está girando no local, na ponta dos pés, como uma bailarina, digamos?

O homem observa a roda com ar duvidoso. Ele relanceia seus vizinhos da direita e da esquerda, mas eles também não se arriscam a emitir qualquer opinião.

Tomás torna a virar o volante com força bruta.

– Há qualquer movimento vindo da roda, qualquer um que seja? – grita.

O homem grita de volta, com muitos da multidão gritando junto:

– Sim! Sim! Estou vendo. Há um movimento!

Uma voz se ergue:

– Seu problema está resolvido.

A multidão irrompe em vivas e aplausos. Tomás queria que ela fosse embora. O auxiliar, o homem gorducho, repete, satisfeito consigo mesmo:

– Moveu-se, mais do que da última vez.

Tomás gesticula para que ele se aproxime. O homem se aproxima apenas um pouco.

– Bom, bom – diz. – Fico muito agradecido por sua ajuda.

O homem não esboça reação além de uma piscadela ritmada e um vaguíssimo sinal de assentimento com a cabeça. Se um ovo quebrado estivesse equilibrado no alto de sua calva, a gema talvez oscilasse um pouco.

– Mas me diga – insiste Tomás, inclinando-se para a frente e falando de modo enfático –, para que *lado* a roda girou?

– Que lado? – O homem repete.

— Sim. Ela virou para a *esquerda* ou virou para a *direita*?

O homem abaixa os olhos e engole em seco. Um silêncio pesado se espalha pela multidão enquanto ela espera pela resposta.

— Esquerda ou direita? — Tomás volta a perguntar, esticando-se ainda mais na direção do homem, procurando estabelecer algum tipo de cumplicidade com ele.

A gema do ovo oscila. Há uma pausa durante a qual todo o lugarejo prende a respiração.

— Eu não sei! — o gorducho enfim grita com voz esganiçada, derrubando a gema. Ele abre caminho na multidão e sai em disparada. A visão do notável do vilarejo, desajeitado com suas pernas arqueadas, correndo rua abaixo, deixa Tomás estupefato. Perdera seu único aliado.

Um homem se manifesta.

— Pode ter sido para a esquerda, pode ter sido para a direita. É difícil dizer.

Ouvem-se murmúrios de concordância. A multidão parece mais calma agora, num misto de complacência e irritação. Tomás tira o pé do pedal e o motor morre. Ele desce e vira a manivela de partida. Suplica para a multidão em frente da máquina.

— Ouçam-me, por favor! A máquina vai se mover, ela vai pular! Pela segurança de seus filhos, por sua própria segurança, por favor, afastem-se! Eu lhes imploro. É um instrumento muito perigoso. Afastem-se!

Um homem próximo se dirige a ele em voz baixa:

— Oh, lá vêm Demétrio e a mãe dele. O senhor não vai querer se meter com ela.

— Quem é Demétrio?

— É o idiota da vila, mas muito bem trajado pela mãe.

Tomás olha para a rua e vê que o notável do lugar está de volta. Ele chora, o rosto empapado de lágrimas reluzentes. Segurando-lhe a mão, puxando-o pela rua, segue uma mulher muito pequena vestida de preto. Ela empunha um porrete. Seus olhos estão cravados em Tomás. Do jeito com que puxa o braço do filho, parece-se com um cão minúsculo tentando apressar o dono. Tomás pula para o assento do motorista e enfrenta os controles da máquina.

Ele convence a máquina a *não* avançar sobre o público. Ao manejar os pedais com cuidado, ela rosna, mas apenas pende para a frente, como uma imensa rocha que perdeu um minúsculo pedregulho que a sustentava, mas não desabou morro abaixo, destruindo a vila. A multidão arqueja e, de imediato, abre espaço em torno. Ele pressiona o pedal do acelerador com um pouco mais de força. Está preparado para torcer o volante com fúria para qualquer direção que seus instintos escolherem, na esperança de que seja a correta, mas fica consternado ao ver que o volante está girando sozinho, por conta própria. E demonstra que está virando para o lado certo: o veículo rasteja para a frente e acaba completando o contorno para a rua transversal. Teria continuado a contemplar a manobra com assombro se não tivesse ouvido o retinir de um porrete de madeira contra o metal.

– COMO TEM CORAGEM DE FAZER TROÇA DO MEU FILHO? – grita a mulher do ovo quebrado. Ela havia golpeado um dos faróis com tanta força que ficou nítido que um deles se partira. Ele ficou horrorizado: a joia de seu tio! – VOU FAZÊ-LO SUFOCAR NO RABO DE UMA OVELHA!

O capô da máquina está a uma altura conveniente da mulher ofendida. O porrete sobe, o porrete desce. Com um grande estrondo, um vale surge no capô. Tomás teria pressionado o pedal do acelerador com mais força, mas ainda há muita gente por perto.

– Por favor, eu imploro, pare com as porretadas – grita.

Agora o farol está ao alcance da mulher. Outra tacada. Em uma explosão de vidro quebrado, a peça sai voando. A louca, cujo filho persiste com seu choramingo inconsolável, está erguendo o porrete mais uma vez.

– VOU TRANSFORMÁ-LO EM COMIDA DE CÃO E DEPOIS VOU COMER O CÃO! – ela guincha.

Tomás afunda o pé no acelerador. A mulher quase acerta o espelho retrovisor; o porrete, em vez disso, estilhaça a janela da porta da cabine. Num bramido, ele e seu automóvel combalido avançam e conseguem escapar de Ponte de Sor.

Alguns quilômetros depois, perto de uns arbustos, ele para a máquina. Desce e contempla as mutilações do automóvel. Limpa os estilhaços da cabine. Seu tio ficará transtornado com o que fizeram com o orgulho de sua coleção particular.

Bem em frente fica a aldeia de Rosmaninhal. Não é esta uma das aldeias de cuja obscuridade zombara? "Rosmaninhal, você não me pode fazer mal", ele se vangloriara. O lugarejo agora o faria pagar por sua arrogância? Prepara-se para passar outra noite na máquina. Desta vez, reforça o casaco do tio com um cobertor. Extrai o precioso diário do porta-malas e o abre ao acaso.

> O sol não traz nenhum consolo, tampouco o sono. O alimento não mais me sacia, tampouco a companhia dos homens. Tão somente respirar é exibir um otimismo que não sinto.

Tomás respira fundo, encontrando otimismo onde o padre Ulisses não podia encontrá-lo. Estranho como esse diário de sofrimentos pode trazer-lhe tanto conforto. Pobre padre Ulisses. Tinha tantas esperanças ao chegar a São Tomé! Mas antes que a doença lhe esgotasse as energias, solitário e sem propósito, ele passara muito tempo vagando e observando. Essas perambulações parecem não ter tido outro propósito que não o de lhe aplacar o desespero – melhor se desesperar caminhando do que sentado numa cabana sobreaquecida. Ele anota tudo o que vê.

Hoje um escravo me perguntou – me sugeriu – se meus sapatos de couro tinham sido feitos da pele dos africanos. São da mesma cor. E o homem também fora comido? Seus ossos foram reduzidos a algum tipo de pó adequado? Alguns africanos creem que nós, europeus, somos canibais. A ideia deriva da incredulidade do uso a que são submetidos: trabalho forçado na roça. Na experiência deles, a parte material da vida, o que chamamos de ganha-pão, não demanda grandes esforços. Cultivar uma horta nos trópicos toma pouco tempo e ocupa poucas mãos. Caçar exige um pouco mais, mas é uma atividade coletiva e fonte de certo prazer: não se lamenta o esforço desprendido. Então, por que o homem branco capturaria tantos deles se não tinha uma ambição maior do que cultivar seu jardim? Tranquilizei o escravo dizendo que meus sapatos não eram feitos da pele de seu companheiro. Não sei dizer se o convenci.

Tomás sabe do que os escravos e o padre Ulisses não podiam adivinhar: as demandas infinitas dos latifúndios de cana do Brasil e, depois, dos campos de algodão dos Estados Unidos. Um homem ou uma mulher não precisavam trabalhar tanto para viver, mas um dente na engrenagem do sistema precisa rodar ininterruptamente...

Independentemente de sua origem – territorial, tribal –, os escravos logo afundam no mesmo comportamento saturnino. Tornam-se letárgicos, passivos, indiferentes. Quanto mais os capatazes se esforçam por mudar-lhes a atitude, por meio do uso indiscriminado do chicote, mais esta se enraíza. Dos muitos sinais de desesperança manifestados pelos escravos, aquele que mais me impressiona é a geofagia. Eles pateiam o solo como cães, fazem uma bola, abrem a boca, a mastigam e engolem. Não consigo decidir se comer o húmus de Deus é uma atividade anticristã.

Tomás vira a cabeça e contempla os campos obscurecidos ao redor. Viver miserável sobre a terra – e então *comê-la*? Mais tarde, o padre Ulisses registra a própria tentativa.

> Uma escuridão cresce em mim, uma alga sufocante da alma. Mastigo lentamente. O gosto não é ruim, apenas desagradável nos dentes. Quanto tempo mais, Senhor, quanto tempo? Sinto-me indisposto e vejo pelo olhar dos outros que só pioro. A caminhada até a cidade me exaure. Prefiro ir à baía e contemplar as ondas.

Independentemente do que padecesse o padre Ulisses – e os europeus em África dispunham de sua triste seleção de enfermidades: malária, disenteria, doenças respiratórias, problemas cardíacos, anemias, hepatite, lepra e sífilis, entre outras, sem contar a desnutrição –, aquilo o estava matando lenta e dolorosamente.

Tomás adormece pensando no filho e em como, às vezes, de madrugada, depois de passar a noite no tio, ele se esgueirava para o quarto de Dora, nas dependências dos empregados. Ela já poderia estar dormindo, depois de um longo dia de trabalho. Em seguida, ele pegava Gaspar, também adormecido, nos braços. Era incrível como nada lhes perturbava o sono. Segurava o corpo lânguido do filho e o acalentava em voz baixa, quase esperançoso de que acordasse para que pudessem brincar.

No dia seguinte, uma coceira na cabeça e no peito o faz despertar. Levanta-se e se coça de maneira sistemática. As bordas internas das unhas estão escuras. Faz cinco dias que não toma banho. Precisa encontrar um albergue logo, com uma boa cama e banho quente. Então, lembra-se da próxima cidade a ser atravessada, aquela de que zombara. É o medo de Rosmaninhal que o impele a experimentar a terceira marcha naquele dia, o pináculo mecânico do automóvel. Mal dá a partida e já põe a máquina em segunda. Com a mais sombria falta de hesitação, repete a manobra de mãos e pés, forçando a alavanca de câmbio para um ponto jamais experimentado. O mostrador no painel de instrumentos pisca, espantado. O automóvel torna-se pura velocidade. A terceira marcha é o fogo do motor de combustão interna entrando em si próprio e transformando-se em um motor de combustão externa, trovejando campo afora como um meteorito. Contudo, estranhamente, a terceira é mais silenciosa do que a segunda, como se até mesmo o som não fosse páreo para a máquina. O vento ulula em torno do compartimento do motorista. Tamanha é a velocidade da máquina que os postes de telégrafo ao longo da estrada deslocam-se, parecendo ficar tão próximos uns dos outros como os dentes de um pente. Quanto à paisagem além dos postes, nada se vê. Esvoaça como um cardume de peixes em pânico. No indistinto mundo da Alta Velocidade, Tomás só percebe duas coisas: o contorno estrondoso e trepidante do automóvel e a estrada em frente, tão hipnótica em seu fascínio que é como a linha de pesca em cujo anzol ele foi fisgado. Embora esteja em meio a um descampado, seu foco mental é tamanho que parece estar dirigindo através de um túnel. Num estupor, mal percebendo o alarido ambiente, lembra-se da lubrificação. Imagina uma pequena peça do motor secando, aquecendo, ardendo em chamas, em seguida a máquina inteira explodindo numa iridescente conflagração de azuis, laranjas e vermelhos embebidos em motonafta.

Nada arde em chamas. O automóvel apenas retine, berra e devora a estrada com apetite medonho. Se acaso há uma pessoa ruim em Rosmaninhal – de fato, se acaso há uma pessoa boa em Rosmaninhal –, ele não avista ninguém. A aldeia desaparece num zum. Vê uma figura – um homem? uma mulher? – virando-se para olhar em sua direção e caindo.

Alguns quilômetros depois de Rosmaninhal, depara-se com uma diligência. Seu tio o advertira contra uma dessas, ou não? Tomás desacelera e pensa em esperar até que surja uma rota alternativa ou que o veículo desvie. Mas fica impaciente na solitária estrada rural. Não há comparação entre os trinta cavalos a toda a brida em sua máquina e os quatro a meio-galope que arrastam a diligência.

Pisa no acelerador. Com um engasgo, uma tossida e um estremecimento, a máquina adere à estrada com maior determinação. Sente as mãos sendo puxadas para a frente enquanto a cabeça é empurrada para trás. A distância entre a diligência e o automóvel começa a encolher. Ele vê a cabeça de um homem surgir no alto do veículo. O cocheiro acena. Um momento depois, a diligência, que estava mais ou menos à direita da pista, pende para o centro. Seria sobre isso que o tio o advertira, o ziguezaguear errático desses veículos? Prefere interpretar a manobra como uma deferência, a diligência move-se para o lado para permitir sua ultrapassagem, como um cavalheiro deixa uma dama passar na frente diante de uma porta. O aceno do cocheiro reforça a ideia em sua mente. Impele o automóvel adiante. A máquina inteira estremece. Os passageiros da diligência, que balança violentamente de um lado para outro, seguram-se na beirada das janelas e esticam o pescoço para olhar para ele, tomados por expressões variadas: curiosidade, deslumbramento, medo, nojo.

Os dois condutores da diligência surgem diante de seus olhos, seus colegas de certo modo, e ele alivia a pressão sobre o pedal. Os cocheiros e ele se cumprimentarão como capitães de navios cujo caminho se cruza. Tomás lera muitos diários de bordo no curso de suas investigações. Há algo de marítimo no modo como a diligência e o automóvel arfam e jogam para lá e para cá. Ergue a mão, prestes a acenar, com um sorriso despontando no rosto.

Ao dirigir o olhar para os cocheiros da diligência, fica chocado com o que vê. Se o rosto dos passageiros exibia um leque de expressões variadas, o dos cocheiros mostrava apenas uma: execração absoluta. O homem que havia virado e acenado antes – ou quem sabe estivesse brandindo o punho? – late e rosna para ele como um cão, fazendo como se fosse saltar do seu assento para o capô do automóvel. O homem que conduz os cavalos parece ainda mais enfurecido. O rosto está vermelho de raiva e a boca escancarada num gritar incessante. Faz vibrar um longo chicote, açulando os cavalos. O chicote se ergue e se enrola no ar como uma serpente antes de cair e se retesar com um estalo abrupto e penetrante que dispara como uma arma. Somente então é que Tomás percebe que puseram os corcéis para correr a todo o galope. Pode sentir o solo abaixo tremer sob o esforço dos animais. Apesar do amortecimento das rodas de borracha do automóvel e da mediação das molas de suspensão, a marcha dura e maravilhosa dos cavalos faz seus ossos chacoalhar e deixa o cérebro pasmado. Em termos relativos, está lentamente passando pela diligência da maneira como um homem na rua poderia ultrapassar um idoso, com tanta tranquilidade e conforto que tem a oportunidade de erguer o chapéu e dirigir uma palavra amiga. Mas pela perspectiva de alguém de pé ao lado da estrada, tanto ele quanto a diligência disparam pelo espaço em uma velocidade fantástica, como se o andarilho idoso e o homem da rua estivessem correndo sobre o topo de dois trens expressos avançando em trilhos paralelos.

O silêncio que o envolveu em consequência da intensa concentração repentinamente explode com o martelar de cascos de cavalo a galope, o ranger lancinante da diligência trôpega, os gritos dos boleeiros, o uivo de angústia dos passageiros assustados, o estalar do chicote e o bramir do automóvel. Tomás pressiona o pedal com o máximo de força possível. O automóvel arranca, mas lentamente.

Um ruído adicional, agudo e metálico, penetra seus ouvidos. O cocheiro havia parado de açular os cavalos e agora está vergastando o capô do automóvel. Tomás faz uma careta, como se os açoites estivessem rasgando a própria carne. Os braços do ajudante do cocheiro estão erguidos. Sobre sua cabeça eleva-se um baú de madeira com cintas de metal. Parece pesado. O homem o arremessa contra o automóvel, atingindo o capô como uma bomba, seguido de um som rascante, quando o baú e seu conteúdo deslizam e caem. Os cavalos, a menos de um metro de distância de Tomás, levantam uma tempestade de poeira e vertem baldes de espuma pela boca. Os olhos esbugalham-se de terror. Os animais se aproximam. O cocheiro os está conduzindo contra o automóvel! É hoje que morro, pensa Tomás.

Os cavalos se rendem no momento em que o automóvel atinge velocidade máxima. A máquina avança com firmeza e ele é capaz de estabilizá-la, levando-a de volta ao meio da estrada, passando tão rente do cavalo que seguia na frente, à direita, que pode ver pelo retrovisor que ele teve de erguer a cabeça para não bater na traseira da cabine.

Logo que ele se afasta, os animais fatigados vacilam e param. Atrás eles, os cocheiros continuam a vociferar. Pelo espelho retrovisor observa os passageiros descer da diligência enquanto eles e os boleeiros berram e gesticulam uns contra os outros.

Abalado pelo encontro, Tomás quer parar, mas o receio de que a diligência o alcance o faz seguir em frente. Enquanto sua triste embarcação avança, volta a se concentrar na estrada. O estômago se revolve como um mar tempestuoso. A coceira o faz se contorcer.

Avalia a situação. Há quantos dias vem dirigindo? Pensa e faz a contas. Uma, duas, três, quatro – quatro noites. Quatro noites e cinco dias dos dez que lhe concederam. E ainda nem saíra da província de Ribatejo, nem um quarto de distância até seu destino. Como pudera imaginar que seria capaz de completar sua missão em poucos dias? A ideia é risível. Fora ludibriado pela promessa do tapete mágico do tio. O curador-chefe do Museu Nacional de Arte Antiga não tolerará atrasos. Se faltar a um único dia de trabalho, será despedido, sem tirar nem pôr. Esse é o mundo do trabalho em que vive, onde não passa de um dente insignificante, substituível, de uma engrenagem. Seu relacionamento com o curador-chefe, o administrador do acervo e outros curadores do museu não é melhor do que o que o padre Ulisses tinha com o bispo e o clero insular. Qual é a graça de um ambiente de trabalho em que os colegas nunca comem juntos, mas, ao contrário, sentam-se em azedo isolamento? Às vezes sente que pode comparar cada sofrimento que o padre Ulisses padecera em São Tomé com o que experimentara no museu. O mesmo tédio. A mesma natureza solitária do trabalho, interrompida por encontros tensos com os outros. O mesmo desconforto físico; em seu caso, os dias intermináveis passados nos depósitos úmidos e mofados do subsolo, ou nos sótãos quentes e empoeirados. A mesma miséria sufocante. A mesma tentativa inútil de descobrir o sentido das coisas.

Encontro pequenos santuários nas plantações, erguidos em locais remotos. São feitos de modo grosseiro, de madeira ou barro cozido, com conchas e frutas podres espalhadas ao redor. Se os destroem – e não sou eu quem o faz –, reaparecem em algum outro local. Gosto de topar com esses templos. Os escravos, que em sua vila natal realizam ofícios diversos, aqui nada fazem exceto trabalhos forçados na roça. Não confeccionam artesanato de ferro ou madeira, não trançam cestos, não fazem enfeites ou roupas, não pintam o corpo ou cantam, nada. Nessa ilha de nefasto alvoroço natural, são tão produtivos quanto mulas. Somente nessas capelas percebo um vestígio de sua vida passada, um aceno para suas potencialidades.

A dúvida o assalta. Seria sua própria jornada um "aceno para suas potencialidades"? Imagina Gaspar, dada sua sensibilidade infantil, impressionado com a oferenda do padre Ulisses, mas duvida que Dora aprovasse. Isso sempre o atormentou, o fato de que, a serviço da sincera verdade, pudesse fazer algo capaz de aborrecê-la. Mas o tesouro existe! Ele apenas traria à luz o que já está lá. Em sua mente, faz um apelo a Dora, implora o seu perdão. *É a glória de toda criação, meu amor. Não, não se trata de sacrilégio.* Mas sabe que Dora não acreditaria nele, que ele perderia a discussão. Ainda não ousa interromper a máquina, de modo que dirige e chora ao mesmo tempo.

Nos arredores da aldeia de Atalaia, enfim estaciona. Sobe no para-lama para avaliar o estrago causado no capô. A visão é desanimadora. Há uma imensa reentrância produzida pelo baú. E o chicote, usado de forma hábil, produzira seu próprio e extenso estrago. Rachaduras dão à tinta bordô vívida do capô um aspecto de jaspe. Grandes lascas estão prestes a se descolar. Quando verifica o interior da cabine, Tomás vê que os painéis de cedro do teto se partiram e ficaram dependurados, como ossos quebrados.

Segue a pé para Atalaia, em busca de motonafta. Topa com uma pequena loja que vende de tudo. Depois de listar as diversas alcunhas do combustível, a proprietária acena afirmativamente com a cabeça e mostra uma pequena garrafa. Tomás pede mais. A dona fica surpresa. Mas o quê? Um automóvel não roda com meras xicaradas de alimento. Um automóvel é um demônio insaciável. Tomás consegue todo o estoque de que ela dispõe: duas garrafas.

De volta ao automóvel, enquanto alimenta o animal faminto com as duas garrafas de motonafta que obtivera, casualmente inspeciona o rótulo da garrafa vazia. Estremece. Um produto para pulgas e piolhos! "Garantia de matar todos os insetos e seus ovos de modo impiedoso", promete o rótulo. "Aplique generosamente. Não ingira. MANTENHA LONGE DO FOGO."

Os proprietários e boticários não poderiam ter-lhe perguntado por que necessitava de tantas garrafas do líquido infame? O que comprava como combustível para a máquina era vendido como exterminador de parasitas. Pensavam que ele era um tornado de insetos, com hostes de piolhos, pulgas ou quejandos dançando sobre sua cabeça. Detém-se. Mas é claro. Não há outra explicação. Os donos das lojas e boticas estão certos. Está se coçando por inteiro, de maneira absolutamente insana, justamente porque *é* um tornado de insetos, com hostes de piolhos, pulgas ou quejandos dançando sobre sua cabeça.

Olha para a outra mão. Acabara de esvaziar a garrafa que entornara. Era a última. Quantas foram? Cerca de quinze. Viajara com garrafas de combustível quase desde o princípio, ruidosamente batendo umas contra as outras na cabina, ao lado de um barril cheio de motonafta. Agora nada lhe restava, ou melhor, nada que pudesse extrair. Agarra a pequena abertura circular do tanque como se pudesse extrair alguma coisa dali. Não pode. Entre seu sofrimento e o alívio – uma banheira cheia – há uma entrada estreita que não se abre.

Pergunta-se quem o tocara, quem tocara suas roupas, quem lhe passara a infestação. O ponto de contato deve ter sido em Póvoa de Santa Iria ou Ponte de Sor. Nas duas localidades roçara em ombros – na realidade, roçara em corpos inteiros –, enquanto salvava a máquina da multidão em torno.

Fica esgotado de tanto coçar-se.

O céu escurece. Começa a chover e ele busca refúgio no automóvel. A janela da frente fica tão raiada e marmoreada com as gotas de chuva que tem dificuldade de enxergar a estrada. Conforme as gotas se transformam em aguaceiro, pondera: seu tio nada dissera sobre a operação da máquina na chuva. Desconfia que ela saia da pista. Terá de aguardar o fim da chuva.

A névoa e a escuridão espalham-se como um miasma. Durante o sono, diligências vindas de toda parte galopam sobre ele. Sente frio. A chuva molha os pés expostos ao relento, do lado de fora do compartimento do motorista. A coceira o desperta de tempos em tempos.

Continua chovendo pela manhã. Está muito gelado para banhar-se na chuva. Apenas molha as mãos para lavar o rosto. Seu único conforto consiste em lembrar-se de que a chuva assolara o padre Ulisses na ilha. Ela caía aos cântaros com tanta insistência que as pessoas perdiam o juízo. Como compará-la com essa gentil garoa europeia?

Na estrada deserta, apenas um camponês surge de vez em quando, inevitavelmente parando para uma prosa. Alguns chegam pela estrada, sozinhos ou puxando uma mula, enquanto outros vêm pelos próprios campos, pequenos proprietários rurais que trabalham em seus feudos minúsculos. Nenhum deles parece importar-se com a chuva.

Passa um camponês, passa outro, e a reação é a mesma. Inspecionam as rodas do veículo, supondo-as delicadas e pequenas. Espiam os retrovisores, achando-os engenhosos. Contemplam os controles da máquina, considerando-os assustadores. Encaram o motor do automóvel, julgando-o insondável. Todos consideram o conjunto um assombro.

Apenas um deles, um pastor, não parece ter interesse na engenhoca.

— Posso me sentar um pouco? — pergunta. — Estou molhado e com frio.

Suas ovelhas já cercam o veículo, reféns de um pequenino cão que corre em torno e late sem cessar. O balido das ovelhas é constante e áspero. Tomás assente com a cabeça, o homem contorna o veículo e sobe para acomodar-se a seu lado, no compartimento do motorista.

Tomás deseja que ele fale, mas o homem rústico não diz nenhuma palavra, apenas olha em frente. Os minutos passam. O silêncio é emoldurado pelo silvo contínuo da chuva, pelo balido das ovelhas e o ganido do cão.

Por fim, é Tomás quem fala:

— Deixe-me contar por que estou viajando. Tem sido uma viagem difícil até agora. Estou à procura de um tesouro perdido. Passei um ano tentando localizar onde possa estar — e agora eu sei. Ou quase. Estou perto. Quando o encontrar, eu o levarei para o Museu Nacional de Arte Antiga em Lisboa, mas o objeto é digno de um grande museu de Paris ou de Londres. A peça em questão é... bem, não lhe posso contar do que se trata, mas é impressionante. As pessoas vão ficar embasbacadas, de queixo caído. Causará uma comoção. Com esse objeto darei a Deus o que Ele merece por ter feito o que fez com os que eu amava.

A única resposta do velho bronco foi fitá-lo e assentir com a cabeça. Fora isso, apenas as ovelhas parecem apreciar sua momentosa confissão, com uma rajada intermitente de béés. O rebanho não é uma onda escumosa ou um aprisco algodoado. Essas criaturas têm cara ossuda, olhos esbugalhados, lã esfarrapada e traseiros cobertos por excrementos.

— Diga-me — ele pergunta ao pastor. — Que pensa dos animais?

O pastor mais uma vez o encara, mas desta vez fala:

— Que animais?

— Bem, estes, por exemplo — retruca Tomás. — Que pensa das ovelhas?

Por fim o homem diz:

— Elas são meu sustento.

Tomás pensa por um momento.

— Sim, são seu sustento. O senhor faz uma observação importante aqui. Sem suas ovelhas, não teria seu ganha-pão, e morreria. Essa dependência cria um tipo de igualdade, não? Não individualmente, mas coletivamente. Como grupo, o senhor e suas ovelhas estão nos lados opostos de uma gangorra, e, em algum ponto entre as extremidades, há um ponto de apoio. Mantém-se um equilíbrio. Nesse sentido, o senhor não é melhor do que elas.

O homem não responde. Nesse momento Tomás é tomado por uma coceira voraz. Ela toma conta de todo o seu corpo.

– O senhor me dá licença, mas preciso tratar de um assunto – diz ao pastor. Ele se esgueira pelo estribo lateral até a cabine. Dali, pela janela ampla, a nuca do pastor fica bem visível. Revirando-se e contorcendo-se no sofá, Tomás combate a coceira, afundando as unhas em seus algozes artrópodes. A gratificação é intensa. O pastor não se vira.

Para impedir a entrada da chuva, Tomás cobre a janela quebrada com um cobertor, fechando a porta para prendê-lo na carroceria. A chuva sobre o capô transforma-se em um batuque monótono. Abre um espaço entre os suprimentos dispersos no sofá de couro, cobre-se com outro cobertor e se aconchega em uma posição cingida...

Desperta, sobressaltado. Não sabe se dormiu cinco ou cinquenta e cinco minutos. A chuva ainda cai. Mas o pastor fora embora. Espiando pelas janelas salpicadas de chuva, pode ver uma forma vaga e cinzenta adiante, na estrada – é o rebanho de ovelhas. Abre a porta e fica de pé sobre o estribo. O pastor anda no meio do rebanho como se caminhasse em uma nuvem. O cão ziguezagueia como antes, mas Tomás não o escuta mais. O rebanho segue estrada abaixo e depois se desvia para um lado, atalhando pelo campo.

Através da chuva Tomás vê o rebanho ficar cada vez menor. No momento em que está prestes a desaparecer atrás de um outeiro, o pastor, um ponto negro agora, para e se vira. Está à procura de uma ovelha perdida? Está olhando para ele? Tomás acena com vigor. Não pode dizer se o homem avistou o sinal de adeus. O ponto negro desaparece.

Ele regressa ao compartimento do motorista. Percebe um pequeno pacote no banco do passageiro. Embrulhado em um lenço há um naco de pão, um pedaço de queijo branco e um minúsculo frasco selado de mel. Um presente de Natal? Quando é o Natal, exatamente? Daqui a quatro dias? Percebe que está perdendo a noção dos dias. De todo modo, que gentileza do pastor! Fica comovido. Come. O sabor é tão bom! Não consegue se lembrar de ter comido um pão tão apetitoso, um queijo tão saboroso, um mel tão delicioso.

A chuva se interrompe e o céu se abre. Enquanto espera o sol de inverno secar a estrada, Tomás lubrifica a máquina com gotas de óleo. Então, impaciente, parte. Quando chega à periferia de Arez, estaciona e entra a pé na vila. Fica feliz de encontrar uma verdadeira botica.

— Comprarei todo o seu estoque. Tenho cavalos com infestação brava de piolhos – informa ao balconista, assim que ele lhe fornece uma pequena garrafa de motonafta.

— Sugiro que o senhor tente o Hipólito, o ferreiro – diz o boticário.

— Por que ele teria o que quer que seja dessa substância?

— Ele se ocupa de cavalos, incluindo os que têm infestação brava de piolhos, eu presumo. E quanto aos seus pés?

— Meus pés?

— Sim. Que há de errado com eles?

— Não há nada de errado com eles. Por que haveria?

— Eu vi o modo como caminha.

— Meus pés estão perfeitamente em ordem.

Andando de costas pela aldeia com seus pés perfeitamente em ordem, Tomás encontra a ferraria de Hipólito em uma viela. Surpreende-se ao descobrir que o ferreiro possui um imenso barril de motonafta. Fica zonzo de alegria. O suprimento não apenas saciará o automóvel de combustível, mas também aliviará seu corpo arruinado.

— Meu bom homem, comprarei uma grande quantidade. Tenho doze cavalos que sofrem de uma infestação séria de piolhos.

— Ah, o senhor não vai querer usar esse negócio nos cavalos. Só lhe faria um grande desserviço. É muito agressivo para a pele. Precisa de um pó, que deve misturar com água.

— Então por que dispõe de tanta motonafta? Para que serve?

— Para automóveis. São a nova invenção.

— Perfeito! Tenho um desses também, e ocorre que ele precisa desesperadamente de alimento.

— Por que não falou antes? — diz o jovial camponês.

— Estava pensando nos cavalos. As pobres bestas.

Comovido com o drama dos doze cavalos infectados de Tomás, Hipólito, o ferreiro, empenha-se em passar uma profusão de detalhes afetuosos sobre como deve misturar o pó para piolhos com água quente, aplicar topicamente, esperar secar para depois escová-los e penteá-los, começando pelo topo da cabeça, descendo pelas costas e as partes de baixo do corpo. É uma tarefa que toma tempo, mas um cavalo merece o melhor tratamento.

— Traga seus animais e eu o ajudarei na tarefa — acrescenta Hipólito num arroubo de solidariedade equina.

— Não sou da região. Só tenho o automóvel comigo.

— Então o senhor andou um bocado em busca do remédio errado para seus cavalos. Tenho o pó aqui mesmo. Disse doze cavalos? Seis latas farão o serviço, oito para ter certeza. E precisará de um conjunto de escovas e pentes. Da melhor qualidade.

— Obrigado. Não imagina o meu alívio. Diga-me, faz quanto tempo vem vendendo a motonafta?

— Ah, cerca de seis meses.

— Como anda o negócio?

— O senhor é meu primeiro cliente! Nunca vi um automóvel na vida. Mas me disseram que é a carruagem do futuro. E sou um negociante esperto, sou sim. Entendo do comércio. É importante manter-se atualizado. Ninguém quer comprar o que é velho. Urge ser o primeiro a espalhar a notícia e exibir o produto. É assim que açambarcamos o mercado.

– Como conseguiu trazer esse imenso barril até aqui?

– Por meio do serviço de diligência.

Ao ouvir a palavra, o coração de Tomás bate em falso.

– Cá entre nós – acrescenta Hipólito. – Não contei que era para automóvel. Disse-lhes que era para tratar de cavalos com piolhos. Eles são esquisitos quando se trata de automóveis, esses cocheiros.

– São? E está esperando a chegada de uma diligência em breve?

– Ah, na próxima hora mais ou menos.

Não apenas Tomás volta correndo para o automóvel, como corre *de frente* até o veículo.

Quando aparece na ferraria bramindo o Renault de seu tio com a urgência de um assaltante de banco, Hipólito fica surpreso, atordoado, perplexo e encantado diante da pulsante e estridente invenção que Tomás trouxera até a oficina.

– Então é isso? Que coisa grande e barulhenta! Bem feia de uma maneira bonita. Lembra a minha esposa – berra Hipólito.

Tomás desliga o motor.

– Concordo inteiramente. Quero dizer, sobre o automóvel. Para ser honesto, acho que é feio de uma maneira feia.

– Hum, pode ser que tenha razão – pondera o ferreiro, talvez imaginando que o automóvel destruirá seu comércio e seu estilo de vida. Franze a testa. – Ah, bem, negócio é negócio. Onde é que vai a motonafta? Mostre-me.

Tomás aponta, ansioso.

– Aqui, aqui, aqui e aqui.

Faz com que Hipólito encha o tanque de combustível, o barril e as garrafas de vidro de loção para insetos. Crava os olhos ávidos nas garrafas. Está ansioso para esvaziar uma delas sobre o seu corpo todo.

– Volte sempre! – grita Hipólito depois de Tomás ter pago pelo combustível, as oito latas de pó de piolho para cavalos e o conjunto de escovas e pentes da melhor qualidade. – Lembre-se, de trás para a frente, começando no alto da cabeça e descendo pelas costas e para baixo. Pobres criaturas!

– Obrigado, obrigado! – grita Tomás, acelerando.

Passando por Arez, sai da estrada na direção de uma trilha bem demarcada. Está confiante em que seu mapa, com marcações indistintas para os caminhos vicinais, o reconduzirá à estrada depois de Nisa, uma localidade maior, que espera evitar por meio desse desvio. Daquela trilha, ele pega outra e depois outra. A qualidade da rota vai de mal a pior. Há pedras por toda parte. Navega pelo terreno da melhor forma possível. O terreno, enquanto isso, sobe e desce como ondas altas, de modo que é incapaz de ver direito o que há ao redor. Seria assim que o padre Ulisses se sentira, navegando até a ilha, encapsulado ainda que em mar aberto?

Em meio aos meandros oceânicos, a trilha simplesmente desaparece. A planura controlada do caminho é substituída por um trecho pedregoso uniforme e indefinido, como se a trilha fosse um rio que desaguou em um delta, deixando-o à deriva. Segue navegando, mas ao cabo ouve a voz da prudência, que urgentemente sugere uma mudança de curso.

Tomás dá meia-volta, mas avançar numa direção não parece muito diferente de avançar em outra. Fica confuso. De todo lado está cercado pelo mesmo terreno rochoso, seco e silencioso, com oliveiras cinza-esverdeadas até onde a vista alcança e nuvens brancas e protuberantes em ebulição bem no alto do céu. Está perdido, um náufrago. E a noite se aproxima.

Enfim não é esse apuro, o de estar perdido, que o leva a baixar âncora pela noite. É outro, mais pessoal: vastos exércitos de minúsculos insetos correm desatinados sobre seu corpo, e ele não consegue mais suportar.

Tomás alcança um outeiro e estaciona o veículo, colando a frente em uma árvore. O ar, fragrante com o fértil labor das árvores, é extraordinariamente suave. Não ouve nenhum som ao redor, nem de insetos, nem de aves e nem mesmo do vento. Tudo o que seus ouvidos registram são os ruídos que ele próprio produz. Com a ausência do som, percebe mais com os olhos, em especial as delicadas flores de inverno que aqui e ali arrostam o solo pedregoso. Rosadas, azul-claras, vermelhas, brancas – não sabe de que espécie de flores se trata, só que são lindas. Respira fundo. Pode bem imaginar que essas terras foram no passado o último posto avançado do rinoceronte ibérico – vagando livre e selvagem.

Independentemente da direção que caminhe, não vê traço de presença humana. Queria esperar até chegar a um local isolado para se encarregar de seu problema, e agora o encontrou. É chegado o momento. Retorna ao automóvel. Nenhum ser humano – nenhum ser de nenhum tipo – pode suportar tamanho suplício. Mas antes de liquidar seus inimigos com a poção mágica, entrega-se pela última vez à prazerosa indulgência de esfregar uma comichão.

Ergue os dez dedos para o alto. As unhas enegrecidas brilham. Com um grito de guerra, lança-se à batalha. Fricciona as unhas na cabeça – o alto, os lados, a nuca – e pela barba que recobrira as faces e o pescoço. É uma tarefa rápida, árdua e vigorosa. Por que emitimos ruídos de animal em momentos de dor e prazer? Tomás não sabe, mas produz ruídos animalescos e faz caretas animalescas. Ele faz AAAAHHHHH! e ele faz OOOOHHHHH! Desfaz-se do casaco, desabotoa e tira a camisa, arranca a camiseta. Ataca os inimigos no torso e nas axilas. Seu púbis é um cataclismo de comichão.

Desafivela o cinto e desce as calças e as cuecas até os tornozelos. Coça vigorosamente os pelos de suas partes pudendas, os dedos como garras. Já teria experimentado tamanho alívio? Faz uma pausa para desfrutar. Então fixa os olhos mais uma vez. Desloca-se para as pernas. Há sangue sob as unhas. Não importa. Mas os vândalos se reagruparam entre suas nádegas. Porque ali também ele tem muitos pelos. O corpo todo é peludo. As florestas de pelo preto e grosso que brotam de sua pele branca e pálida sempre lhe constituíram uma fonte de constrangimento. Sentia consolo porque Dora gostava de correr os dedos pelo peito peludo; do contrário, achava sua hirsutez repulsiva. Um macaco. Por isso cuida de manter os cabelos aparados, a barba feita. Em geral é um homem limpo e asseado, modesto e reservado. Nesse instante, porém, a coceira o fizera perder o controle. Os tornozelos estão presos pelas calças. Chuta os sapatos para longe, puxa as meias, arranca uma perna da calça, depois a outra. Agora está melhor – pode levantar as pernas. Ataca os fundilhos da bunda com as duas mãos. Prossegue a batalha: meneia as mãos e salta de um pé para outro; produz sons de animal e faz caretas de animal; faz AAAAHHHHH! e faz OOOOHHHHH!

É no momento em que está lidando com o monte púbico, as mãos adejando como as asas de um beija-flor, a face exibindo um sorriso de satisfação particularmente simiesco, que ele vê um camponês. Não muito distante. Olhando para ele. Olhando para o homem nu e saltitante, que se coça como um louco enquanto produz ruídos animalescos ao lado de uma estranha carroça sem cavalos. Tomás fica paralisado. Há quanto tempo o homem está observando?

Que há para ser feito num momento assim? Que pode fazer para recuperar a dignidade, a própria humanidade? Apaga a expressão animalesca do rosto. Endireita o corpo. Do modo mais solene possível – abaixando-se rapidamente aqui e ali para coletar as roupas –, caminha para o automóvel e some no interior da cabine. A mortificação profunda conduz à completa imobilidade.

Quando o sol se põe e uma tinta negra cobre o céu, a escuridão e o isolamento começam a pesar sobre ele. E a vasta, completa, absoluta humilhação não é remédio contra a praga. Ainda está coberto por uma população de insetos em fúria. Quase pode ouvi-los. Com cuidado, abre a porta do automóvel. Espia a distância. Olha em torno. Não há ninguém. O camponês fora embora. Tomás acende um toco de vela. Não acha nenhum lugar onde colocá-lo que não represente um risco para o interior almofadado, de modo que desatarraxa uma das garrafas de motonafta e a arrolha com a vela acesa. O efeito é encantador. A cabina fica acolhedora, de fato uma minúscula sala de estar.

Ainda totalmente nu, sai do veículo. Retira uma lata de pó para piolho de cavalo e duas garrafas de motonafta. Fará melhor do que Hipólito sugerira. Combinará o pó para piolhos com a motonafta, em vez de com água, duplicando a letalidade do preparado. Ademais, não lhe sobrara água. Ele e o automóvel secaram o que havia no barril. Só resta o odre de vinho. Mistura a motonafta com o pó para piolho de cavalo em uma panela de modo que a pasta não fique muito líquida ou muito grossa. O cheiro é horrível. Começa a aplicá-lo no corpo, espalhando com os dedos. Estremece. A pele está sensível por causa da esfregação. A pasta queima. Mas ele suporta por causa do golpe letal desferido contra os insetos. "Aplique generosamente", recomenda o rótulo da garrafa. Tomás obedece. Depois de recobrir a cabeça e o rosto, aplica a mistura nas axilas, no peito e na barriga, sobre as pernas e os pés. Cobre o monte púbico com uma camada grossa. Onde a pasta cai, ele aplica o dobro da quantidade. Para os fundilhos, deposita uma grande colherada sobre o estribo e senta-se nela. Pronto. A cabeça ereta, os braços colados ao corpo, as mãos espalmadas sobre o torso, fica sentado, absolutamente imóvel. Qualquer movimento, qualquer respiração, não apenas faz a pasta soltar-se, mas também aumenta a sensação de ardor.

A queimação é infernal. Tenta acostumar-se a ela, mas é impossível. Sente como se a pasta lhe houvesse consumido a pele e agora estivesse penetrando a carne. Está sendo assado vivo. Mas assim também os insetos. Os artrópodes e seus ovos estão morrendo aos milhares. Só precisa suportar a agonia um pouco mais, até que todos tenham morrido. Depois disso, estará a caminho da recuperação. Continua a esperar, frigindo lentamente.

Então acontece: um tremendo BUM! Tomás é arremessado para longe do estribo, tanto movido pela surpresa e pelo susto quanto pela força da explosão. Vira-se e fixa o olhar, esquecendo-se dos insetos e da dor. O automóvel está em chamas! Onde antes havia uma pequena chama oscilante no topo da garrafa de motonafta agora erguem-se línguas de fogo por toda a cabine. Ao sentir um formigamento na nuca, percebe que o fogo saltara da cabine para sua cabeça. Num instante as chamas se espalham pela barba, pelo peito, pelo corpo inteiro. PUF!, emite seu monte púbico, agora uma floresta alaranjada de brasa. Ele grita. Felizmente, o pó para piolhos não é inflamável. Mas há agulhadas de dor vindo de sua cabeça, de seu peito, de seu pênis – onde quer que o fogo alimentado pela motonafta atravessara o pó para piolhos e o pelo, atingindo a pele. Ele saltita, estapeando o corpo com as mãos, pisoteando para extinguir o fogo. Quando termina, fica de pé, exalando uma coluna de fumaça.

O automóvel ainda está em chamas. Tomás corre até a máquina. No caminho apanha do chão o cobertor molhado com que, no dia anterior, impedira a entrada da chuva pela janela quebrada. Ele pula para a cabina. Jogando o cobertor e espalhando o pó para piolhos, consegue extinguir as labaredas.

Retira o baú da cabine e o abre. Por estar ali, o diário do padre Ulisses escapara ileso. Quase chora de alívio. Mas a cabine, o estado em que se encontra! O couro do sofá, torrado e crestado. Os painéis laterais, carbonizados. O teto, tisnado pela fuligem. Com exceção de uma, as janelas dianteiras do compartimento do motorista explodiram – há cacos de vidro por toda parte. A comida, os suprimentos automobilísticos, as roupas, tudo chamuscado e queimado. Em todo lugar há cinzas e pó carbonizado do remédio para piolho de cavalo. E o fedor!

Bebe o restante do vinho, retira o vidro quebrado do compartimento do motorista e deita-se nu sobre o cobertor que pusera no banco, cobrindo-se com o casaco de marta. A dor lhe lacera o corpo, o tio grita com ele em seus sonhos. Está gelado por causa da noite, ainda que queimando devido às chagas.

Com a luz da manhã, veste-se com cuidado. Por mais cautela que tenha ao pôr a roupa, ela arranha como ancinho a pele sensível. Varre e limpa a cabina da melhor forma possível. Torna a abrir o baú para verificar o diário. Não quer perder a ligação com o padre Ulisses. Aprendeu a ver o pároco como um homem ungido pelo sofrimento. Um exemplo a ser seguido. Porque padecer sem fazer nada é ser ninguém, enquanto padecer e fazer alguma coisa é tornar-se alguém. E é a isso que ele se propôs: está fazendo algo. Precisa prosseguir em busca das Altas Montanhas de Portugal e cumprir sua missão.

Mas um problema inesperado o confronta: a árvore bem em frente ao veículo. Não há espaço para manobrar. Não havia se deparado com uma situação como essa antes. Sempre houvera espaço na frente do veículo para fazer uso do volante e seguir avançando. Ele exclama, recrimina-se e prague ja. Por fim, procura pensar em uma solução e só atina com uma, certamente: derrubar a árvore. Há um machado guardado entre os itens essenciais. Acabara de vê-lo, recoberto pela fuligem. Seu tio, sempre atento e clarividente, sem dúvida o incluíra com esse propósito específico. A magnífica marcha do progresso aparentemente inclui a infeliz necessidade de derrubar todo obstáculo que se interpuser em seu caminho. Mas a árvore é tão grande, o tronco tão grosso, seu corpo tão dolorido!

Hesita. Por fim, a visão do baú de manuscritos na cabine arejada lhe dá novo alento. Pega o machado.

Fica de pé, diante do lado da árvore contrário ao que mantém o automóvel prisioneiro. Ergue o machado e gira o braço. Ele golpeia, golpeia e golpeia. A casca sai voando com facilidade, mas o miolo pálido da árvore é elástico e resistente. Conquanto afiado, o machado ricocheteia, produzindo apenas um pequeno dente a cada golpe. Atingir o mesmo lugar repetidas vezes exige uma habilidade que lhe escapa. E cada machadada produz atrito entre a carne delicada e a roupa áspera.

Sem demora fica empapado de suor. Descansa, come e torna à tarefa. Dessa maneira passa a manhã. Logo se vai o início da tarde.

Com a tarde avançada já havia desbastado uma grande cavidade no lado do tronco. A fenda ultrapassa o ponto mediano, mas nada indica que a árvore vá cair. A palma de suas mãos, recoberta por tiras vermelhas, está sangrando. A dor de suas mãos dificilmente faz esquecer a dor que sente no corpo inteiro. Está exausto e mal consegue ficar de pé.

Não consegue continuar cortando. O obstáculo tem de desaparecer – agora. Decide usar o peso do próprio corpo para fazer a árvore tombar. Colocando um pé na borda do para-lama e outro na borda do capô, tenta alcançar o primeiro galho. É uma tortura segurar a casca com as mãos, mas consegue dar um gancho com a perna em torno de outro galho e pôr-se de pé. Depois da batalha com o machado, fica animado com o relativo desembaraço com que galga a árvore.

Tomás avança. Agarra-se a dois galhos distintos. Quando a árvore cair, é claro que ele cairá com ela. Mas a altura é pequena e ele está preparado.

Começa a balançar o corpo de um lado para outro, ignorando a dor excruciante que irradia de suas mãos. A copa da árvore dança e dança. Espera ouvir a qualquer momento o estalido agudo e sentir o próprio corpo cruzar a curta distância que o separa do chão.

Em vez disso, a árvore cede com elasticidade silenciosa e borrachuda. Tomba lentamente. Tomás gira a cabeça e vê o chão erguer-se. A queda é indolor. Mas seus pés, que haviam se desprendido do galho, acabam pousando exatamente no ponto onde a árvore decide afundar seu membro mais pesado. Ele grita de dor.

Consegue arrancar os pés de baixo da árvore. Mexe os dedos. Não há nenhum osso quebrado. Vira-se e olha para o automóvel. Ele vê em um instante no chão o que não conseguiu perceber nas longas horas de trabalho em pé: o toco é alto demais. O automóvel, a parte de baixo, jamais será capaz de passar sobre ele. Deveria ter cortado em um ponto muito mais baixo. Mas, mesmo se o tivesse feito, a árvore ainda está presa ao toco. Ela caíra sem se quebrar. O ponto pelo qual o toco e a árvore se unem está retorcido e ainda mais resistente ao machado. E, mesmo se lograsse cortar o restante do tronco, e supondo que o toco fosse mais baixo, seria capaz de arrancar a árvore? Parece impossível. Não se trata de um arbusto qualquer.

Seus esforços foram inúteis. A árvore zomba dele. Ainda enredado nos galhos, ele sucumbe. Começa a chorar estupidamente. Fecha os olhos e se entrega à tristeza.

Tomás ouve a voz pouco antes de sentir a mão tocar-lhe o ombro.

– Meu amigo, está machucado.

Ergue os olhos, surpreso. Um camponês surgira do nada. E que camisa alva e brilhante está vestindo! Tomás engasga seu último soluço e limpa o rosto com o dorso da mão.

– Foi jogado longe! – exclama o homem.

– Sim – responde.

O homem está concentrado no automóvel e na árvore. Para Tomás, ele falava da distância a que fora arremessado da árvore (o que, na realidade, não ocorrera; ele está *na* árvore, como um pássaro em seu ninho). Mas o camponês falava do *automóvel*. Deve ter pensado que Tomás colidira com a árvore e voara do veículo de encontro aos galhos.

– Minhas mãos e pés doem. E tenho tanta sede! – diz.

O camponês abraça-o pela cintura. Embora não seja alto, é um homem forte e consegue tirar Tomás do chão. Ele o ampara até o automóvel, ajudando-o a sentar-se no estribo. Tomás massageia os tornozelos.

– Quebrou alguma coisa? – pergunta o homem.

– Não. Apenas torci.

– Beba um pouco de água.

O homem oferece uma cabaça. Tomás bebe com avidez.

– Obrigado. Pela água e pela ajuda. Fico muito agradecido. Meu nome é Tomás.

– O meu é Simão.

Simão fita a árvore caída, as janelas quebradas do automóvel, a cabina queimada e os muitos amassados e arranhões.

– Que acidente horrível! Que máquina poderosa! – exclama.

Tomás espera que Simão não repare no machado que ficara jogado no chão.

– Uma pena pela árvore – Simão acrescenta.

– É sua?

– Não. É do olival do Casimiro.

Pela primeira vez Tomás olha para a árvore não como um obstáculo em seu caminho, mas como algo em si próprio.

— Era muito antiga?

— Pela aparência, dois ou três séculos. Uma boa árvore, que dava muitas azeitonas.

Tomas ficou pasmo:

— Sinto muito. Casimiro ficará bem zangado.

— Não, ele entenderá. Acidentes acontecem com todo mundo.

— Diga-me, Casimiro é um gajo um pouco mais velho, com um rosto redondo e cabelos grisalhos?

— Sim, a descrição se parece com Casimiro.

Assim como o camponês da noite anterior, o mesmo que flagrara Tomás em sua dança com os parasitas. Suspeita que Casimiro veja os acontecimentos em seu olival sob uma luz diferente, menos indulgente.

— Acha que a máquina ainda funciona? — pergunta Simão.

— Tenho certeza que sim — responde Tomás. — É bem sólida. Mas preciso fazê-la mover-se para trás. Esse é meu problema.

— Coloque em ponto morto, que nós a empurraremos.

Eis a palavra de novo. Tomás não está confiante em que a mortalidade da máquina permita que ela ande para trás, mas Simão parece saber do que está falando.

— Já está no ponto morto. Só tenho de soltar o freio de mão — diz.

Calça os sapatos de novo e sobe no compartimento do motorista. Com a mão dolorida, solta o freio de mão. Nada acontece. Duvida que a solução rápida de Simão renderá frutos mais proveitosos do que sua própria tentativa de derrubar a árvore.

— Venha — diz Simão.

Tomás se une a ele na frente do automóvel. Essa noção de empurrar o veículo é estapafúrdia. Mesmo assim, para ser educado com o homem que tão obsequiosamente o ajudara e agora está a postos a seu lado para empurrar, ele encosta o ombro no automóvel.

— Um, dois, três! — grita Simão, empurrando. Tomás lhe obedece, embora com menos força.

Para seu espanto, a máquina se desloca. Fica tão surpreso, na realidade, que se esquece de mover-se com ela e vai de cara ao chão. Em poucos segundos, o veículo está a três corpos da árvore.

Simão fica radiante.

— Que máquina maravilhosa!

— Sim, ela é — responde Tomás, incrédulo.

Ao se levantar, apanha discretamente o machado. Mantendo-o colado à perna, torna à cabina. Simão ainda está contemplando o automóvel com admiração infinita.

Não há nada que Tomás gostaria mais de fazer do que passar a noite ali, mas a ideia de Casimiro surgir em cena e de ele ter de explicar o ataque contra sua oliveira de um quarto de milênio o desaconselha fortemente a fazer essa escolha. Ademais, está perdido. Se passar a noite, continuará perdido pela manhã.

— Simão, será que poderia me ajudar a sair daqui? Suponho que estou perdido.

— Para onde quer ir? Nisa?

— Não. Acabei de vir de lá. Estou indo rumo a Vila Velha de Ródão.

— Vila Velha. Está mesmo perdido. Mas não há problema. Conheço o caminho.

— Excelente. Poderia me ajudar a ligar o automóvel?

Diante da condição de suas mãos, a ideia de ter de girar a manivela de partida lhe dá vertigens. Supõe que Simão apreciará a tarefa. E está certo. O rosto do camponês se abre num sorriso largo.

— Sim, é claro. Que quer que eu faça?

Tomás lhe mostra a manivela e a direção para onde deve girá-la. Quando a máquina explode de volta à vida, Simão parece ter sido atingido por um raio – o efeito é o mesmo. Tomás acena para que ele se sente na cabine a seu lado e Simão sobe a bordo. Tomás põe o veículo em primeira e, ao mover-se, relanceia na direção do passageiro. O rosto dele confirma o que já suspeitava ao observar o tio: a máquina converte homens adultos em garotinhos. O deleite transfigura as feições envelhecidas de Simão. Se ele soltasse gritinhos ou risadinhas, Tomás não se surpreenderia.

– Que caminho devemos tomar? – indaga.

Simão aponta. A cada poucos minutos Simão corrige o curso e logo o vestígio de uma trilha aparece. Depois disso, uma trilha apropriada, mais plana e cheia de sulcos. Dirigir fica mais fácil e rápido. O deleite de Simão se mantém intacto.

Depois de uma boa meia hora dirigindo, alcançam uma bendita estrada de verdade. Tomás para o veículo.

– Nunca pensei que ficasse tão feliz de ver uma estrada. Então, para onde fica Vila Velha de Ródão? – pergunta.

Simão indica a direita.

– Muito obrigado, Simão. Sua ajuda foi inestimável. Preciso recompensá-lo – Tomás enfia a mão no bolso de seu casaco chamuscado.

Simão meneia a cabeça. Com algum esforço, como se a língua tivesse ficado presa ao corpo, ele fala:

– Minha recompensa foi ter estado nesta carruagem magnífica. Sou eu quem devo agradecer.

– Não foi nada. Sinto tê-lo desviado tanto do seu caminho.

– Não fica muito longe a pé.

Relutante, Simão desocupa o banco do passageiro, e Tomás açula a máquina para a frente. – Obrigado, mais uma vez obrigado – grita.

Simão acena até desaparecer da vista no espelho retrovisor.

Pouco depois, com um arrastar para um lado e um som de *ploft, ploft, ploft*, Tomás percebe que há algo errado. Ele pisa em um pedal, depois em outro.

Depois de algumas voltas em torno do automóvel, descobre que o pneu dianteiro da direita está – ele procura a palavra – *furado*. A redondeza da roda não está mais redonda. Há algumas páginas no manual sobre essa eventualidade. Ele as havia pulado quando ficou claro que as rodas, em sua redondeza, pelo menos, não careciam de lubrificação. Apanha o manual e encontra a seção indicada. Empalidece. Trata-se de um duro trabalho de engenharia. Pode perceber isso mesmo antes de traduzir os detalhes do francês.

Entender a natureza e o funcionamento do macaco, montá-lo, encontrar onde ele deve ser colocado sob o automóvel, suspender o carro com auxílio do aparelho, desaferrolhar e remover a roda, substituí-la pela roda sobressalente no estribo lateral, fixá-la com os parafusos, guardar tudo no lugar certo – um motorista experiente talvez cumprisse a tarefa em meia hora. Com suas duas mãos em carne viva, ele demora duas horas.

Por fim, com as mãos sujas e latejando, o corpo suado e dolorido, o serviço está feito. Deveria estar contente por poder seguir adiante, mas tudo o que sente é uma exaustão extrema. Retorna ao compartimento do motorista e contempla a distância em frente. Sente alfinetadas na cabeça, assim como na barba indesejada que cresce no rosto. "Basta! Basta!", sussurra. O que o sofrimento faz a um homem? Ele o faz abrir-se? A dor o faz compreender mais? No caso do padre Ulisses, a resposta por muito tempo parece ter sido não. Tomás se recorda de um incidente revelador:

Hoje presenciei uma briga na roça. Dois escravos lutavam. Outros mantinham-se ao redor, com a expressão atônita. Uma escrava, o objeto da disputa, mirava os dois, impassível, indiferente. Independentemente de quem ganhasse, ela sairia perdendo. Aos gritos de sua algaravia nativa, os dois se enfrentaram, de início com palavras e gestos, depois com socos e por fim com instrumentos. O assunto se resolveu rapidamente, do orgulho ferido aos corpos feridos, de machucados e sangue a facadas frenéticas, até que chegou ao fim: um cativo morto com o torso rasgado por cortes profundos e a cabeça meio arrancada. No que os outros escravos, incluindo a mulher, viraram-se e voltaram para o trabalho com medo de que o feitor surgisse em cena. O cativo vitorioso, com o rosto apático, jogou um pouco de poeira sobre o corpo e voltou a cortar cana. Nenhum dos escravos se apresentará para confessar ou explicar, acusar ou defender. A decomposição do homem morto será rápida, iniciada pelos insetos, pássaros de rapina, bestas, e acelerada pela chuva e pelo sol. Logo restará apenas uma massa informe. Somente se o capataz topar com a massa é que sua negrura retalhada revelará ossos brancos e carne vermelha apodrecida. Então o capataz descobrirá o paradeiro do cativo desaparecido.

Sobre essa cena apavorante, o padre Ulisses só tece um comentário:

> Assim foram as chagas do Senhor, como os ferimentos do escravo morto. Suas mãos, seus pés e a testa onde a coroa de espinhos lhe furaram a pele e especialmente a chaga no flanco produzida pela lança do soldado – vermelho carmesim, muito, muito brilhante, uma atração para os olhos.

Esse foi o sofrimento de Cristo: "vermelho carmesim" e "uma atração para os olhos". Mas e o sofrimento dos dois homens que lutaram até a morte diante de seus olhos? Não mereceu uma palavra. Assim como os expectadores cativos, o padre Ulisses também não se apresentou para confessar ou explicar, acusar ou defender. Parece ter sido insensível à dor dos escravos. Ou, para ser mais exato, parece não ter visto nada de peculiar a esse respeito: *eles sofrem, mas eu também – então quem se importa?*

O terreno começa a mudar à medida que Tomás avança. O Portugal que ele conhece é uma terra solene em sua beleza. Uma terra que valoriza o som do trabalho, tanto do homem quanto dos animais. Uma terra devotada ao labor. Agora o elemento agreste começa a se intrometer. Grandes afloramentos de rochas redondas. Vegetação verde-escura, mirrada e seca. Rebanhos errantes de cabras e ovelhas. Ele vê o prenúncio das Altas Montanhas nessas extrusões rochosas, como as raízes de árvores que rompem a superfície do terreno anunciando a própria árvore.

Está inquieto. Aproxima-se de Castelo Branco, uma cidade de fato, a maior de sua rota deliberadamente rural. Uma ideia lhe ocorre: passar pelo município no meio da noite. Assim evita as pessoas, pois as pessoas são o problema. Ruas, avenidas, bulevares – esses consegue enfrentar, se as pessoas não estiverem assistindo, gritando e se aglomerando. Se atravessar Castelo Branco, digamos, às duas da manhã, a todo o vapor, em terceira, provavelmente encontrará apenas um ou outro bêbado ou trabalhador noturno.

Quando está perto de Castelo Branco, abandona o automóvel e chega à cidade a pé, caminhando de costas como sempre. Por sorte pega uma carona com um homem que dirige uma carroça, pois as distâncias na cidade revelam-se consideráveis. O homem pergunta se ele avistara a estranha carruagem na estrada. Ele diz que sim, sem mencionar que é o motorista dela. O homem fala da máquina em termos de assombro e preocupação. É a quantidade de metal que o surpreende, afirma. Lembra-lhe um cofre.

Em Castelo Branco, Tomás determina a rota que deve tomar. Fica feliz de descobrir que o caminho que segue para o norte do país desvia da maior parte da cidade, contornando-a pelo lado noroeste. Apenas o entroncamento com a estrada é complicado.

Conta para três boticários sua história sobre os cavalos infestados de piolhos, o que lhe rende dez garrafas de motonafta e, como corolário infausto, três latas de pó para piolho de cavalo. Transporta suas compras em duas sacolas, igualmente divididas. Decide registrar-se em um hotel pelo dia para banhar-se e descansar, mas os dois estabelecimentos que encontra recusam-se a admiti-lo, assim como o restaurante em que procura comer. Os proprietários o olham de cima a baixo, examinam o rosto chamuscado e o cabelo queimado – um tampa o nariz e todos apontam para a porta. Sente-se cansado demais para protestar. Compra comida em um armazém e come no banco de um parque. Bebe água da fonte, sorvendo com sofreguidão, molhando o rosto e a cabeça, esfregando a fuligem que aderira ao couro. Queria ter lembrado de trazer os dois odres, que poderia ter enchido com água. Então, caminha de ré até o automóvel, observando Castelo Branco recuar à distância.

Aguarda o anoitecer na cabine, preguiçosamente virando as páginas do diário para passar o tempo.

A gênese dos escravos em São Tomé foi de início um motivo de preocupação e interesse para o padre Ulisses – ele designava a origem dos recém-chegados em seu diário: "da tribo de Mbundu" ou "da tribo Chókwè". Mas era mais vago com relação às origens dos cativos que vinham de fora da esfera de influência lusitana na África. São Tomé, tendo uma localização privilegiada, via navios negreiros de toda nacionalidade – holandesa, inglesa, francesa espanhola –, e ele logo se tornou reticente em consequência da imensa quantidade de escravos. Eles recebiam suas bênçãos enfraquecidas em um estado de crescente anonimato. "Será que importa", ele escreveu, "de onde vem uma alma? São muitos os exilados do Éden. Uma alma é uma alma, a ser abençoada e conduzida ao amor de Deus."

Mas um dia houve uma mudança. O padre Ulisses escreveu com alvoroço atípico:

> Estou no porto onde um navio negreiro holandês descarrega sua mercadoria. Quatro cativas me chamam a atenção. Observo-as de longe à medida que descem a rampa de desembarque chacoalhando suas correntes e algemas. Que almas infelizes são aquelas? Marcham indiferentes, curvadas, sem vontade. Sei o que sentem. A exaustão delas é a mesma que que eu sinto. A febre volta a me atingir. Jesus estendeu a mão a todos, romanos, samaritanos, cananeus e outros. Assim devo fazer. Quero me aproximar, mas estou muito fraco e o sol, muito forte. Um marinheiro do navio se avizinha. Eu aceno para ele. Indico, pergunto e ele me diz que elas vêm das profundezas da bacia do rio Congo, que foram capturadas em um ataque, e não vendidas por uma tribo. Três fêmeas e uma cria. Meu holandês é ruim e compreendo mal o marinheiro. Parece que usa a palavra "menestrel". Hão de servir a algum tipo de divertimento. Ele não empresta nenhum sentido impróprio ao termo. Como assim? Diretamente da selva do Congo para entreter o homem branco após o jantar no Novo Mundo? Ele ri.
>
> Descubro que as quatro foram levadas à fazenda de Garcia. A mãe da cria atacou um capataz e apanhou muito por causa do crime. Não quiseram vestir fantasias e parece que não apresentaram um bom espetáculo. Seu destino será decidido em breve.

*

Embora esteja doente e não consiga ficar muito tempo em pé, fui à propriedade de Garcia hoje, aonde cheguei despercebido para ver as cativas em sua cela quente e escura. A rebelde morreu em decorrência dos ferimentos. O corpo jaz ali, a cria a seu lado, apática, quase inconsciente. Frutas apodrecem no chão. As duas fêmeas remanescentes teriam deliberadamente deixado de comer? Falo com elas, sabendo que não me compreendem. Elas não respondem e parece que nem mesmo me ouviram. Eu as abençoo.

*

Voltei à fazenda. O fedor! A cria muito provavelmente morreu. Em princípio não tenho maior sucesso com as duas sobreviventes do que no dia anterior. Leio para elas o Evangelho de São Marcos. Escolho Marcos porque é o Evangelho mais humilde, que revela o Messias em seu lado mais humano, atormentado pela dúvida e pela ansiedade, enquanto ainda reluz com bondade amorosa. Leio até que a fadiga, o calor e o mau cheiro quase me derrubem. Depois, fico sentado em silêncio. Estava prestes a deixá-las quando uma delas, a mais nova, uma fêmea adolescente, mexeu-se. Ela rastejou e se acomodou próximo à parede, do lado oposto das grades onde eu estava. Eu lhe sussurrei: "Filha, o senhor te ama. De onde vens tu? Conta-me sobre o Jardim de Éden. Conta-me a tua história. O que fizemos de errado?" Ela não esboçou nenhuma reação. Um tempo se passou. Então ela virou a cabeça e me fitou nos olhos. Foi um olhar muito breve antes de ela se afastar. Intuí que nada tinha a ganhar com a minha proximidade ou com o meu interesse. Fiquei em silêncio. Minha língua estava livre de toda hipocrisia sacerdotal. Estou transformado. Eu vi. Aquele breve olhar me fez ver uma desventura que até o momento nunca ecoara em meu coração. Entrei na cela pensando que eu era um cristão. Saí de lá sabendo que era um soldado romano. Somos piores que animais.

Quando regressei aquele dia, estavam mortas, os corpos removidos e queimados. Estão livres agora, como deveriam ter estado o tempo todo.

A entrada seguinte no diário do padre Ulisses é violenta e acusatória, delineando a cisão definitiva que ocorreu entre ele e as autoridades religiosas e civis da ilha. Ele se exaltou na catedral; interrompeu a missa, gritando e protestando. A consequência não tardou.

> Hoje o bispo me convocou. Eu lhe disse que havia encontrado os dessemelhantes e, ao encontrá-los, descobri que eram meus semelhantes. Não somos melhores do que eles, eu disse. Na verdade, somos piores. Ele bradou que, assim como havia hierarquias de anjos no céu e de condenados no inferno, também havia hierarquias sobre a terra. As fronteiras não devem ser obliteradas. Fui mandado embora, golpeado pelo mais terrível de seus raios, a excomunhão. Diante de seus olhos não sou mais digno do hábito. Entretanto, ainda sinto o amparo da mão de Deus.

Tomás fica atônito, como sempre que lê o trecho. Excluir piratas franceses e ingleses, ou marinheiros holandeses, quase mercenários, da comunhão divina é uma coisa – mas um padre ordenado português? Parece-lhe uma medida extrema, mesmo para os padrões de São Tomé. Mas um lugar que vive da escravidão não veria com bons olhos um febril emancipador.

Foi nesse ponto que o padre Ulisses mencionou a oferenda pela primeira vez. O excerto sempre lhe causa ansiedade.

Sei qual é minha missão agora. Produzirei uma oferenda para Deus antes que a morte me leve. Agradeço a Deus por ter feito o esboço quando eu estava na fazenda de Garcia, visitando-a em seu confinamento infernal. Seus olhos abriram os meus. Sou testemunha da destruição que causamos. Como é imensa a queda do Jardim do Éden!

Tomás vira a página e contempla a imagem pela milionésima vez. Foi esse esboço, com seus olhos pavorosos, que o inspirou em sua missão.

A noite desceu sobre a terra e chegou a hora de dirigir por Castelo Branco. Ele acende o farol remanescente e ajusta seu foco amplo. A chama dançarina derrama um círculo de luz quente. A luz clara e brilhante do farol dianteiro sibila como uma serpente zangada. Uma caixa de cristal projeta a iluminação adiante. Se ao menos a luz projetada não fosse tão torta. Seu ciclope parece um tanto desolado.

Repassa a rota que deve tomar. Reunira uma série de indicações em sua mente. A cada ponto onde uma decisão deve ser tomada registrara um detalhe – uma casa, uma loja, um edifício, uma árvore. Como não há aglomeração de gente nessa hora da noite, terá maior oportunidade de orientar-se de forma adequada.

Perde qualquer ilusão que pudesse ter de que está dirigindo alguma espécie de vagalume – quando se afasta do lado iluminado do veículo, o brilho dali emanado empresta alguma credibilidade à imagem – quando liga o motor. Seu rugido trepidante lembra um dragão, por mais débil que seja a chama lançada pela boca.

Não apenas débil: absolutamente ineficaz. As luzes, brilhantes quando vistas de perto, não passam de alfinetadas na noite impenetrável. Tudo o que o farol logra fazer, e não muito bem, é destacar o aspecto agreste da estrada abaixo do nariz do automóvel. O que se encontra além – cada sulco, cada canto – surge como uma surpresa assustadora, em constante mudança.

Seu único recurso – totalmente ilógico, Tomás sabe, mas não consegue evitar, e recorre a ele repetidas vezes – é apertar a buzina, como se a noite fosse uma vaca escura bloqueando a estrada e saltasse para longe com umas poucas buzinadas.

Não sai da primeira marcha enquanto tateia a estrada adiante até Castelo Branco.

Em Portugal, a luz do sol é em geral perolada, tremeluzente, agradável, cordial. Assim também, a seu modo, a escuridão. Há ricos bolsões soturnos, densos e substanciosos, encontrados à sombra das casas, nos pátios de modestos restaurantes, no lado oculto de grandes árvores. Durante a noite, esses bolsões se espalham, enchendo o ar como pássaros. Em Portugal, a noite é uma amiga. Tais são os dias e as noites que ele conhece melhor. Somente em sua infância remota a noite alguma vez gestou terrores. Ele tremia e gritava. O pai sempre lhe vinha dar guarida, tropegando até sua cama, onde o apanhava nos braços. Ele adormecia em seu peito grande e caloroso.

Castelo Branco não tem a iluminação pública que clareia as noites de Lisboa. Todas as indicações de seu caminho, tão nítidas durante o dia, agora aparecem amortalhadas. As ruas se afastam como os tentáculos de uma lula gigante. Tomás não encontra a rota que contorna a cidade pelo noroeste. Em vez disso, Castelo Branco gesta terrores. Ele procura manter um curso único até chegar aos arrabaldes da cidade, qualquer arrabalde, mas toda rua que pega termina em um cruzamento, de um modo ou de outro reconduzindo-o às profundezas da cidade. Pior são as pessoas. Como as casas e os edifícios que o cercam, elas surgem abruptamente da escuridão, o rosto de súbito fixo pela luz branca de sua máquina caolha. Algumas gritam de pavor, assustando-o também, e ficam paralisadas, enquanto outras viram-se e correm. É verdade que no silêncio da noite o automóvel produz muito barulho, e Tomás continua a grasnar e buzinar incessantemente, mas apenas com a intenção de alertá-las. Em princípio, não há muita gente, mas, à medida que percorre a cidade como uma criatura cega explorando o fundo do oceano, mais e mais pessoas se lançam às ruas, desgrenhadas mas alertas. Ele engata a segunda e as ultrapassa. Um pouco depois, em outra volta pela cidade, depara-se com outros grupos. Ele os vê, eles o veem. Eles correm em sua direção, ele segue por outra rua. Engata a terceira.

Se não conseguir escapar, precisará esconder-se. Depois de várias voltas, no meio de uma avenida deserta, para abruptamente o veículo. Corre para apagar as chamas do farol. A escuridão e o silêncio o engolfam. Escuta. As hordas noturnas o encontrarão? Aventura-se a sair. Espia as esquinas e perscruta as ruas. Nada exceto a escuridão benévola. Parece que conseguiu despistá-los.

Passa o restante da noite caminhando por Castelo Branco, estabelecendo a rota que precisa tomar ao raiar do dia.

Durante sua exploração noturna pela cidade, topa com uma praça simples, com seu conjunto de árvores e, no centro, uma única estátua oculta pela escuridão. Percebe movimento e estremece, mas logo descobre do que se trata. Houve uma feira naquele dia na praça. As barracas dos vendedores ainda estão armadas, e, debaixo das mesas, espalhadas, jazem as mercadorias estragadas, rejeitadas pelos feirantes, frutas, vegetais, quiçá até mesmo carne. Em meio ao detrito, movem-se os cães. Sob o grande domo noturno, no silêncio submarino da cidade devolvida ao sono após o breve distúrbio, contempla esses vira-latas coletando o refugo alheio. Eles seguem o seu ofício com fungadas e cutucadas esperançosas, de quando em quando encontrando algo e devorando satisfeitos. Uns poucos soerguem a cabeça e olham para ele antes de continuar com sua escavação. Eles o aceitam, ele os aceita.

Quando regressa ao automóvel, sente a gratidão da criatura marinha retornando à concha protetora. Acomoda-se para uma rápida soneca na cabine. Infelizmente a caminhada e a vigília noturna o deixaram esgotado. Dorme demais. Com o grasnido da buzina, pressionada por um circunstante impertinente, Tomás desperta sobressaltado diante da visão de rostos pressionados contra as janelas da cabine, os olhos esbugalhados cravados nele, os narizes farejando o ar. Precisa empurrar a porta para fazer as pessoas se deslocarem o suficiente para que possa esgueirar-se e sair. Fica de pé sobre o estribo e respira o ar fresco de um novo dia. Sente-se bem por ter sobrevivido à noite, mas, cercando-o agora, marulhando e palmilhando sobre o automóvel como as águas azuis e claras do oceano, parece concentrar-se a população inteira de Castelo Branco, bradando como ondas rebentando contra ele. Sua fuga – com os gritos habituais de admoestação, a cegueira habitual da falta de compreensão, a surpresa habitual com o avanço do automóvel, a fuga habitual diante da turba – o exaure por completo. Ele dirige até cochilar e bater a cabeça contra o volante.

Desperta no meio da tarde e faz um cálculo às tontas. Para cada dia estabelecido pelo que se lembra dele – o primeiro dia, as pontes, Ponte de Sor, a carruagem e assim por diante –, levanta um dedo. Logo, todos os dedos de uma das mãos estão erguidos. Em seguida, os dedos da outra, exceto um. Nove, se seus cálculos estiverem corretos. Hoje é o nono dia de sua jornada. Gastou quase toda a sua magra cota de dias. Em dois dias, de manhã bem cedo, o curador-chefe do museu o estará aguardando. Segura a cabeça com as mãos. Castelo Branco não está nem ao menos na metade do caminho de seu destino final. Deve abandonar sua missão? No entanto, mesmo se a abandonasse, nunca conseguiria regressar a Lisboa a tempo. Voltar agora seria fracassar duplamente, em seu emprego e em sua busca. Prosseguir rumo às serras será fracassar apenas no que diz respeito ao trabalho. E, se o sucesso coroar sua missão, talvez consiga ser recontratado. Deve seguir adiante, portanto, precisa perseverar. Esse é o único caminho sensato. Mas a noite se aproxima. Deve perseverar amanhã.

Com a mudança do terreno sobrevém uma mudança climática. O inverno no interior de Portugal é frio e úmido, e a sensação fica pior na gaiola de metal da cabine, com correntes de ar entrando pelas janelas quebradas. Tomás desce. Afora o brilho fosco da estrada, há apenas escuridão. Ele se pergunta: os animais conhecem o tédio, mas conheceriam a solidão? Supõe que não. Não esse tipo de solidão, de corpo e alma. Ele pertence a uma espécie solitária. Regressa ao sofá e se enrola no casaco de marta e mais três cobertores. Talvez cabeceie ocasionalmente, mas, se o faz, sonha que está na cabine de um automóvel em uma noite fria, à espera, e assim, dormindo ou acordado, permanece no mesmo estado deplorável. O tempo todo uma pergunta o preocupa: quando é o Natal? Teria perdido a data?

Pela manhã fica feliz de pôr o automóvel em marcha. O solo se torna cada vez mais seco, a malha agrícola extirpada, a moldura rochosa desnudada. O novo cenário salta à vista diante dele, luminoso, uma afirmação geológica simples e direta.

Começa a perder-se com frequência. Até aquele momento, graças aos mapas, o controle das estradas, a sorte, nunca ficara perdido por muito tempo. Isso mudou depois de Castelo Branco. Depois de Castelo Branco, os dias se confundem em um tempo nebuloso. Chega a uma aldeia desesperado, encontra um nativo e lhe pergunta:

– Por favor, faz três dias que estou à procura de Rapoula do Coa. Onde fica? Em que direção se situa?

O velho aldeão olha consternado para o homem aflito e fedorento dentro da máquina aflita e fedorenta (que ele vira no dia anterior e no dia anterior àquele rondando o lugarejo) e responde timidamente:

– O senhor está em Rapoula do Coa.

Perdido em outra parte, Tomás implora que lhe digam onde fica Almeida, e o habitante sorri e grita:

– *Almeida? No está aquí, hombre. Almeida está del otro lado de la frontera.*

Tomás fica olhando a boca do homem, aturdido por ouvir o sussurro lusitano ser substituído pelo grunhido espanhol. Volta correndo para Portugal, temeroso de que a fronteira que nem havia percebido agora se erga como uma cordilheira intransponível.

A bússola de nada ajuda. Sempre, independentemente da rota, ela aponta para o meio do nada, sua agulha tão trêmula quanto ele.

Há várias maneiras de se perder, mas o estado de quem se perde, a sensação de perder-se, é sempre igual: paralisia, raiva, letargia, desespero. Em algum ponto depois de Macedo de Cavaleiros, um bando de crianças selvagens bombardeia o automóvel com pedras, entalhando o couro de elefante, amassando o capô metálico e, pior de tudo, estilhaçando o para-brisa, de modo que agora Tomás tem de dirigir em meio ao vento ululante vestindo o casaco de marta, os óculos e o chapéu, mas não as belas luvas, que queimaram no incêndio. Outro pneu fura, mas dessa vez ele precisa realmente *consertá-lo*, visto que o que se encontra no estribo já está furado.

Enfim, uma tarde ele chega a seu destino. De modo invisível – mas o mapa lhe afirma que está lá –, alcança as Altas Montanhas de Portugal. Pode ver pela suave suspensão do terreno e pela queda acentuada na lateral da estrada. Fica exultante. Logo, logo encontrará a igreja que está procurando e sua rara visão estará brilhantemente demonstrada. Sua missão está quase completa. O que vem dizendo faz um ano com seu caminhar de costas, seu desespero, agora poderá expressar com o inusitado crucifixo. Um sorriso amplo lhe ilumina o rosto.

A estrada logo se estabiliza em uma planura constante. Ele olha para a direita e para a esquerda, perplexo. Descobre que está dirigindo em meio a um ato de vaidade nacional. Todo país anseia por ostentar aquela joia cintilante chamada cordilheira, de modo que esse planalto infértil, baixo demais para ser alpino, mas alto demais para servir à lavoura, ganhara um título grandioso. Não há montanhas nas Altas Montanhas de Portugal. Nada além de meras colinas, nada *trás os montes*. É uma extensa e ondulante estepe, quase desprovida de árvores, fria, seca e descorada por um sol claro e impassível. Onde esperava encontrar neve e rocha, depara com um matagal desmesurado, amarelo-dourado, que se estende até onde a vista alcança, às vezes interrompido por trechos de floresta. E os únicos montes que avista são estranhos rochedos esburacados, de tamanho enorme, o detrito de alguma explosão geológica. Riachos correm aqui e ali com frescor inesperado. Uma estepe é um lugar temporário de onde se segue adiante. Historicamente, gerações de miseráveis fugiram de seu solo pobre, emigrando para regiões do mundo mais indulgentes, e ele também se vê açodado para sair dali. As aldeias por onde passa concentram a solidão que sente nas vastidões que há entre elas. Todo homem e mulher que encontra – não vê nenhuma criança – cheira a tempo e emana solidão. Essa gente vive em casas de pedra, simples, sólidas, quadradas, com telhado de xisto, os espaços habitáveis construídos sobre estábulos, de modo que os dois grupos vivem em dependência conjunta, os seres humanos recebendo calor e sustento; os animais, comida e segurança. A terra não é dada a um largo proveito econômico. Nada se vê exceto pequenos e duros campos de centeio, hortas, castanheiras, colmeias de abelhas e galinhas em profusão, chiqueiros e rebanhos errantes de ovelhas e cabras.

As noites são de um frio que não sabia existir em Portugal. Tomás dorme enrolado nos cobertores, vestindo todo item de indumentária que consegue usar. Recorta o oleado em pedaços, que utiliza para vedar, de modo grosseiro, as janelas quebradas. A solução faz a cabine ficar muito escura. Acende velas no interior para se aquecer. Certa manhã acorda diante de uma paisagem nevada. Somente no meio da tarde, com a neve suficientemente derretida, é que ele se arrisca a dirigir. Agora que não tem para-brisa, fica com tanto frio conduzindo veículo que precisa andar mais devagar.

Há momentos no dia em que reconhece uma beleza no cenário. Em geral tem menos a ver com a geografia do que com o clima e o jogo de luz. Tomás não se perde tanto como se perdia mais ao sul, porque há menos aldeias e menos rotas. Mas as estradas são obscenidades esburacadas construídas por um governo empreendedor havia muito tempo e esquecidas por todas as administrações desde aquela época. De fato, a região inteira parece estar vivendo sob uma amnésia administrativa. Ainda assim, construíram-se igrejas nestas serras, como no restante do país. A geografia clama por história. Examina o mapa e localiza as cinco aldeias: São Julião de Palácios, Santalha, Mofreita, Guadramil e Espinhosela. Se sua pesquisa render os frutos esperados – tem de render, tem de render –, em uma dessas aldeias, consumidas pelos caprichos da história, descobrirá a angustiada criação de padre Ulisses.

Em princípio se dirige para a aldeia de São Julião de Palácios. O crucifixo de madeira na igreja é ordinário e pouco notável. O mesmo pode ser dito quanto à atração principal da igreja de Guadramil.

É a caminho de Espinhosela que acontece.

Ele desperta com a clara alvorada. O ar está luminoso, inodoro, seco, sem nenhum vestígio da exuberância que lembra o ar costeiro. Quando caminha pelo acostamento, sente o cascalho trincar com estalidos secos. O grito de um pássaro o assusta. Nesse exato instante, um falcão colide no alto com uma pomba. Há uma trepidação no ar, um esvoaçar de penas soltas, e então um suave adernar quando o falcão prossegue seu voo controlado com a pomba esmagada em suas garras. Tomás o observa desaparecer à distância.

Mais ou menos uma hora depois, a estrada adiante segue plana e deserta, como o terreno ao redor. Nesse exato instante, acima do focinho do automóvel, surge uma criança – mais precisamente, a mão dela. A visão é tão estranha, tão inesperada, que ele não acredita no que vê. Seria um galho? Não, era certamente uma pequena mão. Se uma criança estivesse agarrada à frente do veículo e se levantasse, seria ali que a mão apareceria. E se uma criança agarrada à frente do automóvel escorregasse, ela seria tragada para baixo da máquina. Qual é o som de um corpo sendo atropelado por um automóvel? Decerto era o que ele acabara de ouvir: um som abafado, rápido e latejante.

Seu cérebro move-se da maneira alternativamente lenta e abrupta, típica da mente em choque. Precisa verificar a criança. Talvez esteja ferida. Ou, no mínimo, assustada. Se for mesmo uma criança. Estica a cabeça para fora do compartimento do motorista e relanceia para trás.

Distingue atrás dele, ao longe, um pequeno volume inerte.

Freia a máquina e desce. Tira o chapéu e os óculos. Está ofegante. O volume está distante. Anda de costas até lá. Cada vez que gira a cabeça, vê o volume mais próximo e sente o peito mais oprimido. Aperta o passo. O coração salta no peito. Ele se vira e corre ao encontro do amontoado.

É realmente uma criança. Um menino. Talvez cinco, seis anos de idade. Vestindo roupas largas. Um pequeno camponês de cabeça grande, cabelo surpreendentemente louro, um rosto belo e harmonioso, arruinado somente por uns traços de terra. E que olhos lusitanos são esses... azuis? Algum atavismo, algum traço estrangeiro. O olhar fixo o aterroriza.

– Menino, você está bem? Menino?

Pronuncia mais alto a última palavra, como se a morte fosse um problema auditivo. Os olhos da criança não piscam. O rosto pálido mantém-se cristalizado numa expressão séria. Tomás se ajoelha e toca o peito do menino. Nada se mexe. Um pequeno rio de sangue corre por baixo do corpo e segue pelo chão, à maneira típica dos rios.

Tomás estremece. Levanta a cabeça. Uma brisa sopra. Em qualquer direção que olha, estende-se uma normalidade majestosa: uma vegetação selvagem ali, terrenos cultivados adiante, uma estrada, o céu, o sol. Tudo está em seu lugar, e o tempo se move com sua discrição habitual. Então, num instante, sem nenhum aviso, um garotinho derruba tudo. Sem dúvida os campos hão de perceber; eles se erguerão, sacudirão a poeira e se aproximarão, preocupados, para ver de perto. A estrada se enrolará como uma serpente e fará pronunciamentos tristes. O sol escurecerá, desolado. A própria força da gravidade ficará aborrecida e os objetos flutuarão em hesitação existencial. Mas não. Os campos mantêm-se imóveis, a estrada continua dura e fixa, e o sol matutino não para de brilhar com frieza impassível.

Tomás procura se recordar de onde parara a última vez. Fora a poucos quilômetros. Tirara uma soneca, a testa de encontro ao volante, o motor ligado. A criança poderia ter subido na frente do automóvel durante o intervalo, enquanto sua cabeça estava abaixada, sem que ele percebesse?

Crianças gostam de brincar.

Seria o tipo de brincadeira que Gaspar teria feito, subido em uma máquina quente e latejante para ver do que se tratava?

– Lamento, pequeno – ele sussurra.

Ele fica em pé. Que há a fazer exceto partir?

Retrocede a seu modo costumeiro, de sorte que a criança permanece em seu campo de visão. Tomás estremece, tomado pelo horror. Logo, a mão agarra o horror e o guarda em uma caixa, cerrando a tampa. Se partir depressa, não terá acontecido. Até o momento, o acidente se encontra tão somente nele, uma marca particular, um corte talhado apenas em sua sensibilidade. Fora dele, nada se importa. Veja por si mesmo: o vento sopra, o tempo corre. Ademais, foi um acidente. Apenas *aconteceu*, sem intenção ou conhecimento da parte dele.

Tomás se vira e corre. Ao chegar na frente do automóvel para girar a manivela de partida, vê que a pequena tampa do capô está aberta. Essa tampa fica bem na frente do capô, fora da visão do piloto sentado no compartimento do motorista, projetada para dar acesso ao motor sem que o capô precise ser levantado. A criança teria pensado que a abertura era uma pequena porta para uma casa de bonecas arredondada? Por que as crianças têm de ser curiosas? Percebe como o menino deve ter se segurado, onde seus pés devem ter se apoiado, onde suas mãos devem ter agarrado. As extremidades do chassi, a base da manivela de partida, as pontas das molas de suspensão, a vara fina que sustenta os faróis, o aro da tampa aberta – tantas alternativas para o macaquinho. Um poleiro bastante confortável, até mesmo divertido quando a máquina quente e barulhenta se pôs em movimento, mas depois o medo e o cansaço devem ter se instalado. Tamanha velocidade e trepidação, o solo desaparecendo por baixo como uma torrente de água.

Tomás fecha a tampa e aciona a manivela. Corre para o compartimento do motorista, engata a primeira. Para. Pondera sobre o que jaz atrás e o que se encontra à frente. Com um estremecimento a máquina começa a se deslocar. Pressiona o pedal com mais força. O automóvel ganha velocidade. Engata a segunda, e a terceira. Olha pelo espelho retrovisor. A imagem treme, mas ainda pode divisar o volume. Desvia os olhos para a estrada adiante.

Não anda muito. A estrada serpenteia através de uma floresta de pinheiros. Tomás estaciona, desliga o motor, permanece sentado.

Então, levanta a cabeça para olhar através do para-brisa sem vidro. Pelas árvores pode distinguir a estrada onde esteve, mais cedo. Já está longe dali, mas nada chama mais a atenção do que o movimento. Vê uma figura minúscula, uma mancha. A figura está correndo. Reconhece que se trata de um homem pelas cintilações de luz reluzindo através do deslocamento das pernas. A figura vai ao chão. O movimento cessa por um instante. Em seguida, o homem se levanta, recolhe o volume do chão e retrocede pelo caminho por onde viera.

Tomás desaba por dentro. Ter sido vítima de um roubo e agora ter cometido o roubo. Em ambos os casos, uma criança fora roubada. Em ambos os casos, sua boa vontade e seu coração enlutado de nada valeram. Em ambos os casos, um mero acaso. Há sofrimento e há sorte, e mais uma vez sua sorte se acabara. Subitamente se sente engolido, como se fosse um inseto se debatendo na superfície da água, subitamente tragado por uma boca imensa.

Depois de um longo intervalo, ele desvia o olhar. Salta para o automóvel, engata e acelera.

A igreja de Espinhosela não apresenta tesouros; tampouco a de Mofreita. Resta apenas a de Santalha. Se o crucifixo do padre Ulisses não estiver lá, que fará depois?

Começa a sentir-se mal rumo a Santalha. A dor vem em golfadas, e, a cada golfada, parece que pode sentir o traçado exato de seu estômago. No interior do traçado é acometido por cólicas. Sucede o alívio – apenas para ser atingido por uma nova cólica. A náusea sobrevém em seguida. Seu assalto é violento. A saliva inunda a boca; o gosto dela, sua própria presença, fazendo recrudescer a náusea. Ele estaciona o veículo e desce rapidamente, trêmulo e coberto de um suor frio. Cai de joelhos. Esguicha uma torrente branca de vômito que se espalha na grama. Ela fede a queijo podre. Ele fica arquejando. A ânsia retorna com uma força incontrolável e ele regurgita de novo. Ao fim, sente a bile lhe queimando a garganta.

Tomás cambaleia de volta ao automóvel. Mira-se no espelho retrovisor. Sua aparência é hirsuta e apavorada. O cabelo está fosco e grudento; as roupas, irreconhecíveis de tão sujas. Parece-se com um espeto de carne assada. Passa uma noite sombria e insone assombrado por um par de olhos azuis, um rostinho triste e solene, o estômago apertando e desapertando. Começa a entender: está doente por causa da criança. A criança o pressiona de dentro para fora.

Naquela manhã, chega a uma aldeia chamada Tuizelo. Apesar do dia ensolarado, a praça está deserta. Ele desce do automóvel e bebe da fonte no centro da praça. Deveria limpar-se, mas não consegue reunir a vontade ou o interesse. Em vez disso, sai em busca de um lugar para comprar um pouco de comida. Nessas aldeotas serranas, onde os habitantes vivem de um misto de autossuficiência e escambo, descobriu que por vezes uma casa particular faz as vezes de loja informal, mas nem isso encontra em Tuizelo, apenas grandes hortas e animais errantes. A aldeia na realidade está repleta de animais: gatos, cães, galinhas, patos, ovelhas, cabras, vacas, mulas, aves canoras. Outra cólica o atinge no regresso ao automóvel. Ao interromper o passo para se estabilizar, avista a igreja da aldeia. É uma construção atarracada, simples e desadornada, embora não sem encanto por causa disso. Suas pedras pálidas exibem um brilho atraente ao sol. Para Tomás, a modéstia arquitetônica combina mais com o sentimento religioso. Apenas o canto deve se elevar em uma igreja; qualquer coisa mais extravagante não passa de arrogância humana disfarçada de fé. Uma igreja como a de Tuizelo, desprovida de arcos pontudos, abóbodas nervuradas, arcobotantes, reflete de maneira mais exata a verdadeira natureza do fiel que cruza seus muros. O santuário não faz parte de sua lista, mas visitá-lo pode distraí-lo do estômago dolorido e do remorso.

As duas portas que experimenta estão trancadas. Ao afastar-se, avista uma mulher. Está de pé, olhando para ele a uma pequena distância.

– O padre Abraão saiu para pescar. Eu tenho a chave, se desejar.

Ele hesita. Ainda há um caminho a ser percorrido. Com muita incerteza pela frente. Mas ela está sendo gentil. E não lhe escapa à atenção: a mulher é bela. Uma beleza camponesa. Sente o ânimo crescer e ser esmagado ao mesmo tempo. Outrora houve uma bela mulher em sua vida.

– É muito amável da sua parte, senhora.

Ela lhe diz que seu nome é Maria das Dores Passos Castro e que ele deve aguardar. Ela desaparece atrás de um canto. Enquanto espera a sua volta, Tomás senta-se no degrau da igreja. É um alívio ser abordado por uma mulher solitária. Sente-se grato por não ser cercado por uma multidão nessa aldeia perdida.

Maria das Dores regressa. Traz consigo uma imensa chave de ferro.

– Meu marido, Rafael Miguel Santos Castro, é zelador da igreja, mas está fora esta semana. – Com muitos tinidos e rangidos, ela destranca e abre a porta da igreja. Em seguida, recua para permitir a entrada de Tomás.

– Obrigado – ele diz.

O interior é obscuro, porque as janelas são estreitas e porque ele acabara de sair do sol forte. Caminha para o centro da nave, para o único corredor entre os assentos. O estômago o preocupa. Se ao menos a criança parasse de empurrar! Receia vomitar na igreja. Espera que Maria das Dores não o acompanhe muito de perto. Mas não; ela mantém distância e o deixa em paz.

Os olhos se acostumam à luz fraca. Pilastras de pedra conectadas por cornijas arqueadas emolduram as paredes de estuque ao redor. Os capitéis sobre as pilastras são simples. Exceto por ilustrações banais das Estações da Via-Sacra, as paredes são desguarnecidas, e não há vitrais nas janelas. Tomás caminha de costas pela nave. Tudo é sóbrio e rudimentar. Ele toma a igreja pelo que ela pretende ser: um abrigo, um refúgio, um porto. Sente-se muito cansado.

Percebe as janelas estreitas, as paredes grossas, a abóbada cilíndrica. O estilo romanesco chegou tarde e desapareceu tarde em Portugal. Aquela parece ser uma pequena e típica igreja românica, preservada pelo tempo e inalterada por mãos humanas. Uma igreja esquecida de setecentos anos.

– De quando é a igreja? – pergunta.
– Do século XIII – responde a mulher.

Fica satisfeito por ter feito uma identificação adequada. Percorre o corredor a passos lentos, pisando com cautela. Os transeptos surgem, sem causar surpresa. Volta-se para contemplar o altar, sentando-se em um banco da segunda fileira. Respira profunda e longamente. Relanceia o altar e o crucifixo no alto. O objeto não é o símbolo piegas, padrão, que encontrou em quase toda parte. Parece ser dos primórdios do Renascimento. O rosto comprido de Cristo, os braços alongados, as pernas curtas exprimem a tentativa desajeitada do artista de corrigir as distorções causadas por observar de baixo uma figura elevada. Não é nenhum Mantegna ou Michelangelo, mas se mostra expressivo, em especial o rosto de Cristo, quase barroco em sua eloquência emocional. Trata-se de um esforço sincero de expressar a humanidade de Cristo e manipular a perspectiva, por volta do início do século XV.

Está prestes a vomitar. Cerra os lábios. *Menino, pare!* Fica de pé e se controla. Segue de ré pelo corredor e, no momento em que está prestes a se virar para a porta, deixa os olhos percorrerem a igreja pela última vez. Eles voltam a pousar no crucifixo. Uma quietude se faz sentir dentro dele, uma sensação que acalma não apenas as tribulações do corpo, mas também a extrema aflição do cérebro.

Pôr um pé diante do outro lhe parece artificial, mas não quer tirar os olhos do crucifixo. Aproxima-se andando de frente. O crucifixo não é renascentista. É mais recente. Na realidade, está seguro quanto à data: 1635. É de fato barroco, portanto – o que pode ser chamado de barroco africano. Sem dúvida está diante do crucifixo do padre Ulisses. Ali está, vindo diretamente de São Tomé! Ah, que maravilha! A combinação entre o que o padre Ulisses apontou no diário e o que suas mãos modelaram é perfeita. Os braços, os ombros, o corpo pendurado, as pernas dobradas e, em especial, o rosto! Agora que ele está absorvendo de modo adequado o que os olhos veem, o crucifixo realmente brilha e guincha, ladra e urra. Com efeito, ali está o Filho de Deus lançando um grito alto e dando seu último suspiro quando a cortina do templo se rasga em duas, de cima a baixo.

– Por gentileza – ele exclama para Maria das Dores.

Ela avança alguns passos.

Tomás aponta com o braço e o dedo. Aponta para o centro da igreja e pergunta:

– Que é aquilo?

A mulher parece perplexa.

– É Nosso Senhor Jesus Cristo.

– Sim, mas como ele foi representado?

– Sofrendo na Cruz.

– Mas qual *forma* ele tomou?

– A forma de um homem. Deus nos amou tanto que nos ofereceu o próprio Filho – ela responde, com simplicidade.

– Não! – grita Tomás, sorrindo, embora todos os músculos de seu tronco estejam torcidos. – O que vocês têm aqui é um chimpanzé! Um símio. Fica claro no esboço do padre – os pelos do rosto, o nariz, a boca. Os pelos caíram, mas as feições são inequívocas, quando sabemos do que se trata. E esses braços compridos e as pernas curtas, não estão estilizados: são simiescos! Chimpanzés têm membros exatamente assim, a parte superior do corpo mais alongada e a inferior curta. Compreende? Os senhores vêm rezando diante de um chimpanzé crucificado todos esses anos. Nosso Filho do Homem não é um deus, não passa de um chimpanzé na cruz!

Está feito. Esse Cristo na Cruz, assim que for exibido e amplamente divulgado, escarnecerá dos demais. Ele murmura seu assunto particular:

– Pronto. O senhor levou o meu filho, agora eu tomo o seu.

Ele quer que a risada seja leve, mas uma emoção, um devastador sentimento de tristeza, toma de assalto sua vitória, arruinando-a. Luta contra ela. Lá está a verdade sobre Jesus de Nazaré, a realidade biológica. Toda a ciência indica a materialidade de nossa condição. Por outro lado, o crucifixo é impressionantemente belo, e ele colherá toda a glória por descobri-lo e levá-lo ao museu. Ainda assim, o sentimento de tristeza aprofunda-se rapidamente. Ele fixa o olhar no chimpanzé crucificado do padre Ulisses. *Não um deus, apenas um animal.*

Ao fugir da igreja, com a mão pressionando a boca, um verso do Evangelho ecoa em seu cérebro. Jesus acabara de ser preso após a traição de Judas, os discípulos o abandonaram e fugiram, e então, em São Marcos: "Um certo jovem o seguia, envolto em um lençol sobre o corpo nu. E lançaram-lhe a mão. Mas ele, largando o lençol, fugiu nu".

Não estaria ele agora igualmente nu?

Maria das Dores o observa partir, impressionada com seu caminhar reverso; parece que um vento o está sugando igreja afora. Ela não o acompanha. Em vez disso, aproxima-se do altar e observa o crucifixo. Que disse o homem? *Um macaco?* O Jesus que ela vê tem braços longos para acolher e o rosto consternado pelo pesar. Nunca notara nada de estranho a respeito do crucifixo. O artista fez o melhor que pôde. Ademais, presta mais atenção no padre Abraão. E reza com os olhos fechados. É apenas um crucifixo. E se for um macaco, que seja, é um macaco. Ainda assim, é o Filho de Deus.

Decide dar uma olhada no desconhecido.

Tomás está apoiado no automóvel, regurgitando com violência. Do reto até a garganta, sente-se como um único músculo constritor à mercê da criança que o retorce como um trapo molhado. De soslaio, Tomás vê um padre chegar à praça, segurando uma vara de pescar em uma das mãos e uma linha com três peixes na outra.

O padre Abraão observa Maria das Dores, cujo rosto parece aturdido; observa uma das novas e modernas carruagens de que tem ouvido falar (embora esta esteja em mau estado); e observa o desconhecido emporcalhado ao lado engulhando com estrondo.

Tomás sobe ao compartimento do motorista. Deseja partir. Atordoado, mira o volante. A máquina precisa dobrar à direita para se desviar do muro vizinho. Que significa isso em termos de rotação do volante que está em suas mãos? A dor o transfixa, sobrepondo-se à sua capacidade de responder à questão. O volante finalmente o derrotara. Começa a chorar. Chora porque sente náuseas horríveis. Chora porque pilotar o deixou exaurido e transtornado. Chora porque sofrera apenas a metade de sua provação; ainda tem de dirigir todo o caminho de volta a Lisboa. Chora porque está imundo e desgrenhado. Chora porque passou dias a fio em terras estranhas e noites a fio dormindo em um automóvel frio e apertado. Chora porque perdera o emprego, e o que fará depois, como ganhará seu sustento? Chora porque descobriu um crucifixo com cuja descoberta não se importa mais. Chora porque sente saudade do pai. Chora porque sente saudade do filho e da amada. Chora porque matou uma criança. Chora porque, porque, porque.

Chora como uma criança, tomando fôlego e soluçando, o rosto banhado em lágrimas. Somos animais ao léu. É isso que somos, nada temos senão a nós mesmos, nada mais – não existe nenhum relacionamento superior. Muito antes de Darwin, um padre lúcido em sua insanidade encontrou quatro chimpanzés em uma ilha miserável da África e atinou com a grande verdade: somos primatas evoluídos, não anjos decaídos. A solidão o asfixia.

– Padre, *preciso* do senhor! – grita.

O padre Abraão atira o equipamento de pesca ao chão e corre para ajudar o pobre desconhecido.

Segunda parte

Para casa

Eusébio Lozora diz o pai-nosso três vezes, lentamente. Depois, põe-se a improvisar louvores e súplicas. O pensamento vaga, mas regressa; as frases se interrompem, mas são retomadas. Ele louva a Deus e então louva sua mulher em Deus. Roga que Deus a abençoe e abençoe seus filhos. Roga o contínuo apoio e proteção divinos. Em seguida, como é medico, um patologista, na realidade, radicado no corpo, mas também um crente, radicado na promessa do Senhor, repete ainda de joelhos, talvez duas dúzias de vezes, as palavras "O Corpo de Cristo", para então colocar-se de pé e tornar à escrivaninha.

Considera-se um profissional cuidadoso. Examina o parágrafo em que estivera trabalhando do modo como um fazendeiro olharia para um sulco recém-semeado, verificando se fez um bom trabalho, pois sabe que o sulco renderá uma boa colheita – nesse caso, uma colheita de compreensão. O texto está à altura de seu padrão exigente? É verdadeiro, claro, conciso, conclusivo?

Está pondo o trabalho em ordem. É o último dia de dezembro do ano de 1938, as últimas horas, de fato. Celebrou zelosamente um Natal sombrio, mas, fora isso, não está disposto para as festas de fim de ano. Sua escrivaninha está repleta de papéis, alguns bem à vista; outros, cuidadosa e significativamente eclipsados em níveis diversos, dependendo de sua importância, enquanto outros ainda estão prestes a ser arquivados.

Seu gabinete está tranquilo, como o corredor externo. A população de Bragança não chega a trinta mil habitantes, mas o Hospital de São Francisco, onde é patologista-chefe, é o maior do Alto Douro. As outras seções da instituição provavelmente estão iluminadas, imersas em azáfama e balbúrdia – a ala da emergência, aonde as pessoas chegam gritando e chorando; as enfermarias, onde os pacientes apertam campainhas e mantêm as enfermeiras enredadas em conversas sem fim –, mas a ala da patologia, no porão do hospital, abaixo desses andares animados, é em geral silenciosa, como todas as alas de patologia. Eusébio quer que continue assim.

Com o acréscimo de três palavras e a supressão de uma, completa o parágrafo. Relê pela última vez. É sua opinião pessoal que os patologistas são os únicos médicos que sabem escrever. Todos os demais discípulos de Hipócrates exibem como triunfo o restabelecimento do paciente, e as palavras que possam pôr no papel – um diagnóstico, receitas, instruções sobre o tratamento – representam para eles um interesse fugaz. Esses médicos do restabelecimento, assim que veem o paciente ou a paciente de pé, passam para um novo caso. E é verdade que todos os dias os pacientes saem saltitando do hospital. Foi apenas um incidente, um pequeno episódio desta ou daquela moléstia, dizem para si mesmos. Mas Eusébio dá mais importância àqueles que se encontram gravemente enfermos. Nesses pacientes que saem do hospital com o passo trôpego e o cabelo em desalinho, ele distingue a aparência desesperadamente humilde e o terror sagrado nos olhos. Eles sabem, com inevitável clareza, o que lhes sobrevirá um dia. Há muitas formas de extinguir-se a pequena chama da vida. Um vento gelado nos persegue a todos. E quando chega o toco de uma vela, o pavio enegrecido, os flancos vincados pela cera, o médico de plantão – pelo menos no Hospital de São Francisco, em Bragança, Portugal – é ele ou seu colega, o doutor José Otávio.

Todo defunto é um livro com uma história a ser contada, cada órgão um capítulo, os capítulos unidos por uma narrativa comum. É seu dever profissional ler essas histórias, virando cada página com um bisturi, e, ao cabo de cada uma delas, redigir um relatório. O que escreve no relatório precisa refletir exatamente o que leu no corpo. O que torna sua atividade uma forma prática de poesia. A curiosidade o atrai, como a todos os leitores. Que aconteceu com o corpo? Como? Por quê? Ele procura aquela astuta e compulsória ausência que a todos alcança. Que é a morte? Lá está o cadáver – mas se trata do resultado, não da coisa em si. Quando localiza um linfonodo enormemente aumentado ou um tecido anormalmente rugoso, sabe que está firme no encalço do rastro da morte. Que curioso, porém: a morte vem disfarçada de vida, uma massa exuberante de células anômalas – ou, como um assassino, ela deixa uma pista, uma prova concreta, o entupimento esclerótico de uma artéria, antes de sair de cena. Sempre se depara com a marca da morte quando ela acabou de dobrar a esquina e a bainha de sua veste desaparece com um débil cicio.

Encosta na cadeira para se espreguiçar. A cadeira range, como os seus ossos velhos. Percebe um arquivo sobre a bancada ao lado da parede, onde fica o microscópio. Que está fazendo ali? E que seria aquilo no chão, embaixo da bancada... outro arquivo? E o vidro sobre sua mesa está muito seco, empoeirando. Eusébio acredita fortemente na importância da hidratação adequada. A vida é úmida. Precisa limpar o vidro e recobri-lo com água pura e fresca. Meneia a cabeça. Basta desses pensamentos dispersos. Há muito a ser preservado, não apenas em solutos e lâminas, mas em palavras.

Em cada caso tem de reunir o histórico clínico do paciente, os achados da autópsia, e os resultados histológicos resultam em um conjunto coerente e harmonioso. Precisa se concentrar. *Foco, homem, foco. Encontre as palavras.* Ademais, há outros relatórios a serem concluídos, inclusive um que vem postergando. Tem de ser feito naquela noite. Um corpo destroçado, abandonado vários dias meio exposto ao ar, meio submerso no rio, acolhendo tanto a decomposição quanto o inchaço.

Uma batida forte na porta o assusta. Olha o relógio. São dez e meia da noite.

– Entre – chama, a exasperação escapando da voz como o vapor de uma chaleira.

Ninguém entra. Mas ele pressente uma presença inquietante do outro lado da sólida porta de madeira.

– Eu disse para entrar.

Nenhum ruído na maçaneta. A patologia não é uma arte médica muito sujeita a emergências. Os doentes, ou melhor, suas amostras para biópsia, sempre podem esperar até o dia seguinte, e os mortos são ainda mais pacientes, de modo que dificilmente se trata de um funcionário com um caso urgente. E os gabinetes dos patologistas não ficam dispostos de maneira que o público possa localizá-los com facilidade. Quem, portanto, a essa hora, especialmente na véspera do Ano-Novo, dirigiria seus passos pelo porão do hospital para vir em sua procura?

Eusébio se levanta, causando transtorno tanto para ele mesmo quanto para diversos papéis. Contorna a escrivaninha, segura a maçaneta e abre a porta.

À sua frente está uma mulher na faixa dos cinquenta anos, com belas feições e grandes olhos castanhos. Ela segura uma sacola em uma das mãos. Ele se surpreende ao vê-la. Ela mantém o olhar fixo. Numa voz quente e profunda, diz:

– Por que estais tão longe de me salvar, do meu grito de socorro? Clamo de dia, e não me respondeis; de noite, e não me ouvis. Estou como a água derramada. Meu coração é como cera, que se derreteu em meu íntimo. Secou-se-me a garganta como caco de barro. Ó meu auxílio, apressai-vos em socorrer-me.

Enquanto um pequeno lado de Eusébio suspira, a maior parte dele sorri. A mulher à porta é sua esposa. Costuma visitá-lo no consultório de tempos em tempos, embora em geral não a essa hora tardia. Seu nome é Maria Luísa Motaal Lozora, e ele conhece as palavras de seu lamento. A maioria corresponde ao Salmo 22, o favorito dela. Na realidade, sua mulher não tem do que se queixar, no sentido convencional. Exibe boa saúde física e mental; vive em uma casa sólida; não quer abandoná-lo ou sair da cidade onde vive; tem bons amigos; nunca se entedia de fato; juntos têm três filhos crescidos, felizes e saudáveis – em resumo, ela dispõe de todos os elementos necessários a uma vida satisfatória. Só que sua mulher, sua querida mulher, é uma teóloga amadora, uma sacerdotisa *manqué*, e leva seus parâmetros de vida, seu turbilhão, seu martírio, muito a sério.

Ela gosta de citar o Salmo 22, em especial o primeiro verso: "Meu Deus, meu Deus, por que me desamparastes?" O pensamento que lhe vem em resposta, no entanto, é que há um "meu Deus, meu Deus" no início do lamento. Ajuda que haja alguém ouvindo, se não agindo.

Há muito que ouvir, e ele ouve, com respeito à mulher, e pouco a ser feito. Sua garganta pode ter secado como caco de barro, mas ela nunca cita o verso seguinte – "e grudou-se-me a língua ao céu da boca" –, porque seria uma falsidade. Maria crê fervorosamente na palavra falada. Para ela, escrever é como preparar uma canja e ler é tomá-la, mas somente a palavra falada constitui o frango assado completo. Portanto, ela fala. Fala o tempo todo. Fala consigo mesma quando está sozinha em casa e fala consigo mesma quando está sozinha na rua, e vem falando com ele sem cessar desde o dia em que se conheceram, trinta e oito anos atrás. Sua mulher é uma conversa em constante desenvolvimento, sem nunca haver uma conclusão definitiva, apenas uma pausa. Por vezes, ela se irrita com a tagarelice que as amigas a obrigam a suportar. Ela lhes serve café e bolo, ouve seu palreio, e depois resmunga: "Cobaias, estou cercada por cobaias".

Suspeita que a mulher tenha lido acerca das cobaias e que algo a seu respeito tenha lhe despertado o ressentimento: sua pequenez, a absoluta inocuidade, vulnerabilidade, sua satisfação em simplesmente mastigar um grão ou dois e nada mais esperar da vida. Como patologista, ele aprecia muito as cobaias. É pequena realmente em todos os aspectos, em especial quando contrastada com a completa e inesperada crueldade da vida. Todo cadáver que ele disseca lhe sussurra: "Sou uma cobaia. Poderia aquecer-me em seu peito?" Disparate, diria sua esposa. A morte a aborrece.

Quando eram jovens, Maria tolerou por algum tempo o cortejo amoroso de que ele tanto gostava. Apesar da fachada brutal de sua profissão, ele tem o coração terno. Quando se conheceram – foi no café da universidade –, considerou-a a criatura mais sedutora em que já havia posto os olhos, uma garota séria com uma beleza que o deixava iluminado. Diante dela, seus ouvidos enchiam-se de música e o mundo ganhava novas cores. Seu coração batia, agradecido. Mas ela logo revirou os olhos e o mandou parar de gorjear. Tornou-se claro que sua missão era ouvi-la e responder adequadamente, sem importuná-la com frivolidades. Ela era a terra fértil e o sol e a chuva; ele era apenas o fazendeiro que cultivava a plantação. Era um coadjuvante, essencial mas secundário. Ela o tratava bem. Ele a amou naquela época e a ama ainda hoje. Maria é tudo para Eusébio. Ela ainda é a terra fértil e o sol e a chuva, e ele ainda se sente feliz por ser o fazendeiro que cultiva a plantação.

Mas, naquela noite, tinha esperança de adiantar o trabalho. Estava claro que não conseguiria. A Conversa estava com ele.

– Olá, meu anjo – ele diz. – Que boa surpresa vê-la aqui! Que há na sacola? Não pode ter ido às compras. Nenhuma loja estaria aberta a esta hora. – Ele se inclina e beija a esposa.

Maria ignora a pergunta.

– A morte é uma porta difícil – ela diz em voz baixa. Entra na sala. – Eusébio, que houve? – exclama. – Seu gabinete está uma confusão dos diabos. É indecente. Onde os visitantes devem sentar-se?

Ele percorre o gabinete com os olhos. Fica constrangido ao ver a desordem por toda parte. Os patologistas, quando trabalham, não costumam receber visitantes que precisem sentar-se ou que apreciem a ordem. Em geral, ficam deitados, sem reclamar, em macas dispostas no corredor. Ele apanha a cadeira da bancada e a coloca diante da escrivaninha.

– Não a estava esperando esta noite, meu anjo. Aqui, sente-se – diz.

– Obrigada – ela se senta, pondo no chão a sacola que trouxera consigo.

Ele recolhe os papéis da escrivaninha, enfia-os na pasta mais próxima, que empilha com outras, para em seguida jogá-las no chão. Com o pé empurra a pilha para baixo da escrivaninha, para fora de vista. Amassa papéis avulsos, varre vergonhosos acúmulos de pó com o canto da mão, usando a outra como pá, que esvazia no cesto de papel ao lado da escrivaninha. Pronto, está melhor. Acomoda-se e observa a mulher sentada do outro lado da mesa. Um homem e sua esposa.

– Por fim encontrei a solução, e precisei vir contar-lhe a respeito – ela anuncia.

A solução? Qual era o problema?

– Por que não me conta, então – responde.

Ela faz que sim com a cabeça.

– Em princípio, experimentei com o riso, porque você gosta de rir – ela declara, sem sinal de hilaridade. – Você viu os livros que eu estava lendo.

Ele reflete. Sim, isso explicaria a seleção de obras encomendadas nos últimos meses às livrarias favoritas de Coimbra. Algumas peças de Aristófanes, Shakespeare, Lope de Veja, Molière, Georges Feydeau, alguns tomos mais pesados de Boccaccio, Rabelais, Cervantes, Swift, Voltaire. Ela lera tudo com a expressão mais soturna. Ele próprio não é um leitor contumaz. Não sabia por que ela lera aqueles livros, mas, como sempre, deixara-a em paz.

– Humor e religião não se misturam bem – ela continua. – O humor revela os muitos equívocos da religião; muitos padres abominavelmente imorais ou monstros que derramaram sangue em nome de Jesus. Mas o humor não lança luz sobre a verdadeira religião. Trata-se apenas do humor em si mesmo. Pior, o humor engana-se acerca da religião, pois não há espaço para a comicidade na religião; e não cometamos o erro de pensar que a comicidade equivale à alegria. À religião sobeja alegria. A religião *é* a alegria. Rir da religião, portanto, é perder o foco, o que não constitui um problema para uma pessoa que está disposta a rir, mas não para uma pessoa disposta a entender. Está me acompanhando?

– Ainda que esteja tarde, creio que sim – responde.

– Depois, tentei a literatura infantil, Eusébio. Jesus não disse que precisamos receber o Reino de Deus como crianças? Assim, reli todos os livros que costumávamos ler para Renato, Luísa e Antônio.

Vêm à mente de Eusébio imagens dos três filhos quando pequenos. Os filhos conviveram com a loquacidade materna como crianças acostumadas ao clima chuvoso: saem correndo para brincar nas poças, gritando e rindo, sem se importar com o temporal.

Ela nunca se ressentiu dessas interrupções alegres. Com dificuldade, volta a atenção para a esposa.

– Essas obras evocaram muitas lembranças felizes; e alguma tristeza, porque nossos filhos já estão crescidos, mas não me proporcionaram iluminação religiosa. Continuei minha busca. Então a solução surgiu bem diante de mim, com sua escritora favorita.

– Mesmo? Que interessante? Quando vi seu nariz metido naqueles livros da Agatha Christie, pensei que estava fazendo uma *pausa* em seus árduos estudos.

Ambos são fãs de Agatha Christie. Leram todos os seus livros, a começar pelo primeiro, *O misterioso caso de Styles*. Graças aos bons ofícios do Círculo Português de Mistério, recebem todo romance policial da autora logo que a obra é traduzida, e a tradução é rápida, pois os leitores lusitanos são impacientes. Marido e mulher sabem que não devem importunar um ao outro quando estão imersos no último lançamento. Quando terminam, examinam juntos o caso, discutindo as pistas que deveriam ter seguido e os caminhos para a solução que percorreram apenas para descobrir que se tratava de becos sem saída. O celebrado detetive de Agatha Christie é Hercule Poirot, um pequeno belga pedante, de aparência estranha. Contudo, em sua cabeça, do formato de um ovo, Poirot dispõe da mente mais rápida e vigilante de todas. Suas "células cinzentas" – como ele denomina o cérebro – funcionam com ordem e método, e essas células alcançam o que ninguém mais alcança.

– *Morte no Nilo* foi uma maravilha de engenho! O próximo livro deve sair em breve – ele diz.

– Deve.

– E que solução você encontrou em Agatha Christie?

– Deixe-me primeiro explicar o caminho que percorri – ela responde. – O caminho dá voltas e reviravoltas, de modo que você deve ouvir com atenção. Vamos começar com os milagres de Jesus.

Os milagres de Jesus. Um dos tópicos favoritos da mulher. Olha para o relógio pegado ao microscópio. A noite será longa.

– Há algum problema com o microscópio? – ela pergunta.

– Nenhum.

– Ficar espiando através dele não vai ajudá-lo a compreender os milagres de Jesus.

– Verdade.

– E não tirar os olhos do relógio não vai livrá-lo do seu futuro.

– Verdade de novo. Está com sede? Posso oferecer-lhe água antes?

– Água *desse* copo? – Ela espia com ar desconfiado o copo imundo sobre a escrivaninha.

– Posso lavá-lo.

– Seria uma boa ideia. Estou bem por ora, porém. Mas que conveniente que tenha mencionado água; voltaremos à água. Agora, preste atenção. Os milagres de Jesus; são tantos, não são? Contudo, se olharmos de perto, veremos que se encaixam em duas categorias. Em uma se enquadram aqueles que fazem bem ao *corpo humano*. Há muitos dessa espécie. Jesus faz o cego voltar a ver, o surdo ouvir, o mudo falar, o aleijado andar. Ele cura febres, trata epilepsia, exorciza enfermidades psicológicas. Livra o leproso de sua moléstia. Uma fiel que sofria havia doze anos de hemorragias toca seu manto e o sangramento cessa. E, claro, ele ressuscita os mortos – a filha de Jairo e o único filho de uma viúva de Naim, ambos tendo acabado de morrer, mas também Lázaro, morto havia quatro dias e cujo corpo fedia a morte. Podemos chamá-los de milagres médicos de Jesus, que representam a maioria esmagadora de sua obra milagreira.

Falando de corpos fedendo a morte, Eusébio se recorda da autópsia executada mais cedo, no mesmo dia. O corpo mole e inchado de um afogado causa aversão aos olhos e ao nariz, mesmo quando estes são experientes.

— Mas há outras graças que favorecem o corpo humano, além dos milagres médicos — a esposa continua. — Jesus enche de peixes as redes dos pescadores. Ele multiplica os peixes e o pão para alimentar milhares de pessoas. Em Caná, transforma água em vinho. Ao aliviar a fome e saciar a sede, Jesus mais uma vez faz bem ao corpo humano. Assim também ocorre quando acalma uma tempestade que ameaçava a embarcação em que seus discípulos viajavam, salvando-os do afogamento. O mesmo quando arranja para que Pedro pague o imposto com a moeda extraída da boca do peixe; ao fazer isso, livra Pedro do castigo que teria suportado caso houvesse sido preso.

Maria fez bem a seu corpo, pondera Eusébio, assim como ele fez bem ao dela. Amar e divertir-se com o amor, haveria uma alegria maior? Foram como pássaros na primavera. As relações carnais diminuíram com o passar dos anos, mas a satisfação se manteve, o conforto de um ninho quente e robusto. O amor renovado por Maria arde nele. Quando se conheceram, ela nunca lhe dissera que seu nome era Legião, que germinando nela estavam todos os profetas e apóstolos da Bíblia, além de um bom número de Pais da Igreja. Quando estava dando à luz seus filhos — com cada um a agonia se iniciava com algo como um prato que se quebrava dentro dela, segundo contava —, mesmo nessas ocasiões, enquanto ele permanecia sentado na sala de espera, ouvindo seus arquejos, gemidos e gritos, ela continuava a discursar sobre a religião. O médico e as enfermeiras saíam com expressão pensativa. Eusébio tinha de lembrá-los de dar-lhe notícia do recém-nascido. Mesmo enquanto ela sofria e eles trabalhavam, Maria os fazia meditar. Como foi acabar com uma esposa a um só tempo bela e profunda? Mereceria essa sorte? Ele sorri e pisca para a mulher.

— Eusébio, pare com isso. O tempo é curto — ela sussurra. — Agora, por que Jesus auxiliou o corpo humano? Claro que ele realizou milagres para impressionar os que o cercavam; e eles *ficaram* impressionados. Ficaram fascinados. Mas, para mostrar que ele é o Messias, por que Jesus curou enfermidades e alimentou estômagos famintos? Afinal, poderia ter voado como um pássaro, conforme lhe solicitou o demônio, ou, como ele próprio mencionou, poderia ter lançado montanhas ao mar. Esses também seriam milagres dignos de um messias. Por que milagres *do corpo*?

Eusébio se cala. Está cansado. Pior, está faminto. Lembra-se da sacola ao pé da mulher. Talvez deva lavar o copo na pequena pia de seu gabinete e, quando voltar à escrivaninha, dar uma espiada dentro da sacola. Ela costuma lhe trazer algo de comer quando o visita.

A esposa responde à própria pergunta:

– Jesus executa esses milagres porque proporcionam refrigério para aquilo de que mais necessitamos. Todos sofremos padecimentos corporais e morremos. É nosso destino, como você sabe muito bem, meu querido, que passa os dias rasgando carne humana. Ao curar e nos dar alimento, Jesus se aproxima de nós naquilo que é nossa maior fraqueza. Ele nos alivia do pesado fardo da mortalidade. E isso nos impressiona mais profundamente do que qualquer outra exibição de poder extremo, seja voando pelos céus, seja jogando montanhas no mar.

"Agora, quanto à segunda categoria milagrosa, a categoria do *milagre da interpretação*. Essa categoria é composta de um milagre apenas. Sabe qual é?"

– Diga-me – diz Eusébio, em voz baixa.

– É quando Jesus anda sobre as águas. Não há outro milagre igual. Jesus diz a seus discípulos para subirem no barco e seguir em frente. Eles partem, enquanto ele vai rezar na montanha. O dia termina. Os discípulos se esfalfam remando, por causa de um vento forte... mas não há tempestade; o corpo deles não corre perigo. Após uma longa noite de peleja, no alvorecer de um novo dia, eles veem Jesus se aproximar do barco, caminhando sobre o mar. Ficam assustados. Jesus os tranquiliza: "Sou eu, não temam". Na versão de Mateus, Pedro pergunta se pode unir-se a ele. "Venha", responde Jesus. Pedro desce do barco e caminha sobre as águas rumo a Jesus, mas então o vento o assusta e ele começa a afundar. Jesus lhe dá a mão e o leva de volta ao barco. O vento adverso se detém.

"Por que Jesus anda sobre as águas? Teria feito isso para salvar uma alma que se afogava, para amparar o corpo humano? Não... Pedro teve problemas no mar *depois* que Jesus começou a andar sobre as águas. Houve outro impulso? Jesus iniciou sua caminhada miraculosa muito cedo, pela manhã, vindo de margens distantes, sozinho, e, no mar, ninguém o avistara exceto seus discípulos, que estavam fora do campo de visão de quem estivesse na costa. Em outras palavras, não havia nenhuma necessidade *social* para o milagre. Andar sobre as águas não fez nenhum bem particular para ninguém, não alimentou nenhuma esperança específica. Não foi algo que lhe solicitaram, algo esperado ou mesmo algo de que *careciam*. Qual a razão de um milagre tão incomum em documentos tão frugais e seletivos como os Evangelhos? E não se pode escapar a esse milagre único. Ele aparece em dois dos Evangelhos sinópticos... Mateus e Marcos... *e* em João, um dos poucos milagres mencionados em textos diversos. Que isso significa, Eusébio, *que significa*? Em um momento de clareza, eu compreendi."

Ele se anima. É sempre assim. Ela fala, fala e fala, e então, de repente, sente-se fisgado, como o peixe da história bíblica. O que ela teria compreendido?

— Vi que o milagre de andar sobre as águas significa muito pouco quando tomado por seu valor de face. Contudo, quando consideramos que diz algo, mas implica outra coisa, ou seja, é uma *alegoria*, então o milagre se revela. Nadar é uma invenção moderna;

as pessoas na época de Jesus não sabiam nadar. Se caíssem em águas profundas, afundavam e se afogavam; essa é a verdade literal. Mas, se pensarmos na água como uma experiência da vida, ela também é a verdade religiosa. Os homens e as mulheres são fracos, e, em sua fraqueza, afundam. Jesus não. Um homem que se afoga naturalmente olhará para cima. O que ele vê? À medida que a escuridão asfixiante o engolfa, ele vê no alto a luz clara e o ar puro da salvação. Ele vê Jesus, que se eleva sobre aqueles que lutam contra a fraqueza, oferecendo-lhes a redenção. Isso explica o infeliz desempenho de Pedro no mar: ele é apenas humano e, portanto, começa a afundar. Lido dessa forma, como uma alegoria sobre nossa fraqueza e a pureza de Jesus e sobre a salvação que nos oferece, o milagre se reveste de um significado inteiramente novo.

"Bem, perguntei a mim mesma, por que esse milagre exige uma leitura alegórica, ao contrário dos outros? Os milagres que favorecem o corpo humano teriam a ganhar com uma leitura similar? Nunca tinha pensado nisso. Pobre parva que sou, sempre tomara os milagres corpóreos de Jesus em sua verdade literal. Em minha cabeça, Jesus realmente curou a lepra, a cegueira e outras moléstias e enfermidades, e de fato alimentou multidões. Mas devemos reduzir o Senhor a um médico itinerante ou a um mascate de pãezinhos? Creio que não. Os milagres que fazem bem ao corpo humano também devem ter um significado maior."

– Qual? – Eusébio pergunta, interessado.

– Bem, que mais podem ser senão símbolos do Reino Eterno? Cada cura miraculosa de Jesus é um vislumbre de nossa última morada, *se tivermos fé*. Tenha fé e você será curado de sua mortalidade, será alimentado eternamente. Vê a importância do que estou lhe dizendo? – Eusébio arrisca um sinal afirmativo com a cabeça. A voz de Maria é quente, rica, reconfortante. Se ao menos pudesse comer suas palavras. Espia o relógio. – O milagre de Jesus andar sobre as águas é um guia sobre como devemos ler as Escrituras como um todo. Os Evangelhos são secundários, sua mensagem fraca, se os lermos como o relato de quatro jornalistas. Mas se entendermos que foram escritos na linguagem das metáforas e dos símbolos, eles eclodem com profundeza e verdade moral. Essa é a linguagem empregada por Jesus, não é? Como ele ensinava o povo?

– Os Evangelhos dizem: 'E não lhes falava sem usar de parábolas'.

– Está certo. A parábola da ovelha perdida, do grão de mostarda, da figueira estéril, do fermento, do semeador, do filho pródigo. São inúmeras.

Carneiro com molho de mostarda, figos cozidos e um copo de vinho... são tantas parábolas apetitosas, rumina Eusébio.

– Uma parábola é uma alegoria sob a forma de uma história simples. É uma mala que precisamos abrir, desembalando o que vai dentro. E a única chave capaz de abri-la, de escancará-la, é a alegoria.

"Por fim, apenas um milagre permanece verdadeiro e literal, o pilar de nossa fé: a ressurreição. Assim que nós o esclarecemos, podemos começar a compreender todas as histórias contadas por Jesus e sobre Jesus. Eis a cristandade em sua essência: um único milagre cercado e sustentado por histórias, como uma ilha cercada pelo mar.

Eusébio tosse de leve.

– Você não anda falando com o padre Cecílio sobre essas ideias, anda?

O padre Cecílio é o pároco local, alvo de muito revirar de olhos por parte de Maria. Diante dela, o pobre homem sempre age como uma galinha incapaz de botar bastantes ovos.

– Como assim? Quer que ele nos excomungue? O parvo é o próprio instrumento do literalismo que insulta minha fé. Ele é estúpido como um asno.

– Mas tem boa intenção – Eusébio sugere, apaziguador.

– Como um asno.

– Tudo isso é muito interessante, o que está dizendo.

– Não terminei. Estava investigando, não se lembra? Há um problema.

– Sim, e você encontrou a solução.

– Ah, como meu coração palpita! Quero beber agora, se você lavar aquele copo.

Maria se inclina e retira da sacola uma garrafa de vinho tinto, que deposita sobre a mesa. Eusébio abre um sorriso largo.

– Maria, que maravilha! – Corre para abrir a garrafa. Enquanto o vinho respira, ele lava cuidadosamente o copo. – Não tenho outro – diz. – Tome, fique com ele; eu tomo diretamente da garrafa.

– Não é certo. Partilhemos o copo.

– Está bem. – Ele entorna o elixir no copo, que reluz como um vaga-lume. Eusébio lambe os beiços diante do prospecto de sentir o líquido descer pela garganta, mas oferece o copo à esposa. – Você primeiro, meu anjo

Maria dá um gole pequeno e refletido. Fecha os olhos, enquanto sente o efeito do álcool sobre si. Sussurra e abre os olhos.

– Esse é bom.

Ela lhe passa o copo. Ele dá um gole maior, grunhe de prazer, esvaziando-o de uma vez.

– Ah, de fato! Só um tantinho mais. – Enche o copo até a metade, talvez passando um pouco da metade.

Maria sorve outro gole.

– Para mim, basta – diz. – Feliz Ano-Novo.

– Como?

– De que serve um relógio se você não percebe as horas? Veja os dois ponteiros. É meia-noite. Estamos agora em 1939.

– Você está certa. Feliz Ano-Novo, meu anjo. Que este seja um ano bom!

Ele enxuga o copo e torna a sentar-se. Agora é sua vez de brilhar como um vaga-lume; sua mente borboleteia, enquanto a mulher recomeça a falar.

– Por que Jesus fala por meio de parábolas? Por que ele a um só tempo conta histórias e permite ser apresentado por intermédio de histórias? *Por que a Verdade emprega os instrumentos da ficção?* As histórias cheias de metáforas são para escritores que tocam a linguagem como um bandolim para nos divertir, romancistas, poetas, dramaturgos e outros artistas da *imaginação*. Entretanto, não é extraordinário que não haja nenhum relato *histórico* significativo acerca de Jesus de Nazaré? Um pequeno funcionário público de Lisboa chega a Bragança, um homenzinho rígido com nada a dizer, e o fato logo sai registrado em todos os jornais, que acabam em arquivos até o fim dos tempos. Veja você, seu trabalho, Eusébio. Alguém realiza esse feito extraordinário de morrer... e você escreve um relatório, você imortaliza o mero mortal. Contudo, o Filho de Deus chega à cidade, percorre-a de alto a baixo, encontra-se com toda gente, deixa uma impressão poderosa, é assassinado, *e ninguém escreve sobre isso?* Sobre esse cometa divino que atinge a Terra o único impacto é *um turbilhão de contos orais?*

"Há centenas de documentos de autores pagãos do primeiro século da era cristã. Nenhum menciona Jesus. Nenhuma figura romana contemporânea, nenhum funcionário, general, administrador, historiador, filósofo, poeta, cientista, comerciantes, nenhum escritor de nenhum tipo o menciona. Não há dele um único registro de nascimento, relatório do julgamento, certidão de óbito. Um século após a sua morte – cem anos! – restam apenas duas referências pagãs sobre Jesus, uma de Plínio, o Jovem, um senador e escritor romano; e outra de Tácito, um historiador romano. Uma carta e algumas páginas: isso é tudo o que produziram os zelosos burocratas e orgulhosos administradores de um império cuja religião seguinte foi fundada por Jesus, cuja capital se tornaria a capital dedicada a seu culto. Os pagãos não notaram o homem que viria a transformá-los de romanos em cristãos. Parece tão improvável quanto um francês que não tenha reparado na Revolução Francesa.

"Se os judeus daquela época tiveram alguma coisa a mais a dizer sobre Jesus, isso se perdeu. Nada há de nenhum fariseu que tenha conspirado contra ele, nada do sinédrio, o conselho religioso que o condenou. O historiador Flávio Josefo faz duas breves menções a Jesus, mas muitas décadas depois da crucificação. O completo registro histórico sobre Jesus de Nazaré proveniente de fontes não cristãs compreende um punhado de páginas, e tudo é de segunda mão. Nada há ali que nos conte algo que não saibamos pelas fontes cristãs.

"Não, não, não. O registro histórico não nos ajuda. Todo o nosso conhecimento do Jesus de carne e osso provém de quatro *alegoristas*. Ainda mais surpreendente, esses menestréis da palavra não conheceram Jesus. Mateus, Marcos, Lucas e João, quem quer que sejam, não foram testemunhas oculares. Eram escribas inspirados que registraram e organizaram contos orais que vinham circulando fazia décadas. Jesus chegou até nós, portanto, por intermédio de velhas histórias que em grande parte sobreviveram do boca a boca. Que modo casual e arriscado de imprimir a sua marca na história!

"Mais estranho ainda foi ter Jesus pretendido que fosse assim. Os judeus eram obsessivamente letrados. Cada dedo de um judeu é uma caneta. Deus apenas *falou* para o resto de nós, ao passo que os judeus receberam tábuas de pedra inscritas. Contudo, houve um importante judeu que preferiu o vento à palavra escrita. Que escolheu o turbilhão dos contos orais em vez de fatos registrados. Por quê? Por que não se impor como o grande Messias militar que os judeus esperavam? Por que contar histórias em vez de produzir história?"

Sua mulher o conduzia de um longo corredor a outro. Agora, pressente Eusébio, estão prestes a adentrar o salão de baile, com seu vasto piso dançante, candelabros reluzentes e janelas altas.

– Creio que seja porque, mais uma vez, Jesus procura nos fazer o bem. Uma história é um casamento no qual os ouvintes são o noivo a observar a noiva chegar pela nave central. Somente em conjunto, num ato de consumação imaginária, a história nasce. Esse ato nos envolve por inteiro, como qualquer casamento, e assim como nenhuma cerimônia é exatamente igual à outra, assim também cada um interpreta a história de um modo diferente, comove-se de forma diferente. Uma história nos convoca assim como Deus nos convoca, como indivíduos; e *nós gostamos disso*. As histórias fazem bem à mente humana. Jesus caminhou pela terra com a tranquila certeza de que permaneceria conosco e nós permaneceríamos com ele desde que ele nos comovesse por meio das histórias, desde que deixasse sua marca em nossa imaginação sobressaltada. Assim ele veio, não sobre um cavalo, mas conduzindo calmamente uma história.

"Imagine, Eusébio, que você tenha sido convidado a um banquete e que uma mesa esplêndida lhe seja apresentada, com os vinhos mais finos e a comida mais deliciosa. Você come e bebe até se fartar. Você se dirigiria ao anfitrião perguntando a ele acerca dos animais do estábulo que acabara de comer? Seria possível, assim como seria possível obter algumas informações sobre esses animais, mas como isso se compara ao banquete que você acabou de ter? Precisamos abandonar essa busca reducionista pelo Jesus histórico. Não o encontraremos, pois não é ali, não é *desse modo*, que ele decidiu deixar sua marca. Jesus contou histórias e viveu por intermédio das histórias. Nossa fé é a fé em sua história, e não há muito além dessa história-fé. A palavra sagrada é a história, e a história é a palavra sagrada."

Maria respira profundamente. Um sorriso lhe ilumina a face.

– Bem, as histórias ainda estão conosco. Foi assim topei com a solução, com a Agatha Christie.

Ela se debruça e tira da sacola a seus pés pilhas de volumes com os quais Eusébio está familiarizado: *O homem do terno marrom, O mistério do trem azul, O mistério dos sete relógios, Assassinato na casa do pastor, Por que não pediram a Evans?, Tragédia em três atos, Morte na Mesopotâmia, Morte no Nilo, O misterioso sr. Quin, Os crimes ABC, A morte de lorde Edgware, O assassinato de Roger Ackroyd, O misterioso caso de Styles, Os treze enigmas, O cão da morte, O mistério de Sittaford, Assassinato no Expresso do Oriente, Poirot perde uma cliente, A casa do penhasco*. Tantas capas coloridas, todos acabam em sua escrivaninha, exceto por uns poucos que caem no chão com um baque.

– A ideia me ocorreu pela primeira vez quando estava relendo *Assassinato no Expresso do Oriente*. Chamou-me a atenção o trem vir do Oriente. Há treze passageiros no centro da história, um dos quais é um monstro, um judas. Notei que esses passageiros tinham diversos estilos de vida e nacionalidades. Reparei que um dos investigadores, um assistente de Hercule Poirot, é um tal de doutor Constantine. A história de Jesus não é uma história oriental que se popularizou com um Constantino? Jesus não tinha doze discípulos, sendo Judas um deles? A Palestina também não era um Expresso do Oriente de nacionalidades diversas? Ressalta-se o fato de Hercule Poirot ser estrangeiro. Ele repetidamente salva a pátria. O estrangeiro cuja intervenção é redentora: não é esse um modo de enxergar Jesus? Essas observações me fizeram ver os romances policiais de Agatha Christie sob uma nova luz.

"Comecei a perceber as coisas misturadas. Há um significado em cada pequeno incidente; as histórias de Agatha Christie são narrativas repletas de detalhes reveladores, daí a linguagem direta e frugal e os vários e numerosos parágrafos e capítulos, como nos Evangelhos. Apenas se reconta o essencial. Os romances policiais, como os Evangelhos, são o produto de destilações.

"Notei a quase total ausência de crianças em Agatha Christie, porque o assassinato é decididamente uma diversão para adultos, assim como elas estão em larga medida ausentes dos Evangelhos, que também se dirigem à sensibilidade mais madura.

"Percebi como aqueles que conhecem a verdade são sempre tratados com suspeita e desdém. Foi o caso de Jesus, claro. Mas veja a velha Miss Marple. Ela sempre sabe, e todos se surpreendem com isso. O mesmo se dá com Hercule Poirot. Como aquele homem ridículo pode saber de alguma coisa? Mas ele sabe, ele sabe. É o triunfo do manso, tanto em Agatha Christie como nos Evangelhos.

"O maior dos pecados, tirar a vida de alguém, sempre está na base das histórias de Agatha Christie, como na história de Jesus. Em ambas, diversos personagens são apresentados de forma breve e com um objetivo único: a exibição de todos os suspeitos, de modo que o leitor possa ver quem cai na tentação do mal, ao contrário de quem não cai. Dispõe-se a coragem ao lado da fraqueza, não só nos Evangelhos, como também em Agatha Christie. E, nos dois casos, a luz do entendimento ocorre do mesmo modo: fornecem-nos fatos, neutros em si, e fornecem-nos uma interpretação, que imprime um significado a esses fatos. Assim se encaminham as parábolas de Jesus – exposição e depois explicação –, e assim se encaminha a Paixão de Cristo; sua morte e ressurreição são explicadas por Paulo e ganham sentido depois do fato consumado. Do mesmo modo encaminham-se os desenlaces nos romances de Agatha Christie: Hercule Poirot sintetiza todos os fatos antes de nos contar o que significam.

"Repare no papel da testemunha. Nem Jesus nem Hercule Poirot ligam para a escrita. Ambos se contentam com viver no mundo falado. A ação da testemunha era, portanto, uma necessidade; de que outra forma saberíamos o que disseram e fizeram? Mas também era uma *consequência*. Cada um, em sua própria esfera, realizou atos tão extraordinários que as pessoas se sentiram compelidas a testemunhar. As que conheceram Jesus passaram o resto da vida falando sobre ele para a família, amigos, desconhecidos, até que suas ações chegaram os ouvidos de Paulo, e depois de Mateus, Marcos, Lucas e João. O mesmo se deu com Arthur Hastings, o narrador à Watson das histórias de Hercule Poirot, um narrador não menos leal do que os que figuram nos Evangelhos.

"Mas cada testemunha é em certa medida não confiável. Percebemos isso claramente com Arthur Hastings, que sempre está alguns passos atrás de Hercule Poirot, até que, com suas explicações lúcidas, o detetive o ajuda a pôr-se a par dos fatos. Reconhecemos que não é só a Arthur Hastings que falta agudeza mental. Nós também deixamos de ver pistas, interpretamos mal os sinais, fracassamos em captar o sentido. Também precisamos de Hercule Poirot para nos ajudar a nos pôr a par dos fatos. O mesmo se dá com Jesus. Cercavam-no muitos Arthur Hastings, que constantemente deixavam de ver as pistas, interpretavam mal os sinais, fracassavam em captar o sentido. Ele também tinha de explicar tudo a seus discípulos, de modo que pudessem pôr-se a par dos fatos. E ainda assim os discípulos se equivocavam, ainda assim não concordavam acerca do que Jesus lhes dissera ou fizera. Repare nos Evangelhos: *quatro deles*, cada qual um pouco diferente dos outros, cada um *discrepante* em relação aos outros, como sempre ocorre com o depoimento das testemunhas.

"Em um romance de Agatha Christie, o assassino é quase sempre alguma pessoa mais próxima do que imaginávamos. Tenha em mente *O homem do terno marrom, O mistério dos sete relógios, Tragédia em três atos, Os crimes ABC* e, em especial, *O assassinato de Roger Ackroyd*, para citar uns poucos. Vemos com clareza o mal que se acha distante, mas quanto mais próximo ele estiver, maior é a miopia moral. As bordas se embaralham, o centro fica difícil de distinguir. Assim é a reação quando se revela o culpado: '*Et tu, Brute?*' Os discípulos devem ter reagido dessa maneira quando Judas, o bom Judas Iscariotes, nosso amigo dileto e companheiro de viagens, revelou-se o traidor. Como somos cegos ao mal próximo, como estamos dispostos a olhar para o outro lado!

"Falando de cegueira, há um fenômeno curioso. Lemos Agatha Christie tomados pela compulsão. *Temos de* seguir com a leitura. Queremos saber quem fez, e como e por quê. Então descobrimos. Surpreendemo-nos com a complexidade da execução do crime. Ah, a frieza da mente do assassino, a firmeza de sua mão. Quando satisfazemos nossa curiosidade devastadora, dispensamos o livro; e no mesmo instante esquecemos quem perpetrou o crime. Não é assim? Não esquecemos a vítima. Agatha Christie pode intitular seus romances *O assassinato de Roger Ackroyd* ou *A morte de lorde Edgware* sem medo de perder o interesse de seus leitores. A vítima é um pressuposto, e ela permanece conosco. Mas com que rapidez o assassino desaparece de nossa mente! Apanhamos um romance de Agatha Christie, e ela escreveu tantos, e nos perguntamos: Será que já li esse? Deixe-me ver. Ela é a vítima, sim, lembro-me disso, mas quem é o assassino? Ah, não lembro. Precisamos reler cem páginas antes de conseguirmos recordar quem foi que tirou uma vida humana.

"Recaímos na mesma amnésia com os Evangelhos. Lembramos a vítima. Claro que sim. Mas lembramos quem a matou? Se formos até uma pessoa comum na rua e lhe perguntarmos 'Diga-me de pronto: quem matou Jesus?', meu palpite é que essa pessoa não saberá o que responder. Quem *mesmo* matou Jesus de Nazaré? Quem foi o responsável? Judas Iscariotes? Ora! Ele foi um instrumento, um cúmplice. Traiu Jesus, entregou-o às pessoas que o procuravam, mas não o matou. Pôncio Pilatos, então, o juiz romano que o condenou à morte? Dificilmente. Ele apenas cooperou. Considerou Jesus inocente de qualquer malfeito, procurou libertá-lo, preferiu a crucificação de Barrabás, mas capitulou diante da multidão enfurecida. Pilatos preferiu sacrificar um homem inocente a ter a revolta do povo nas mãos. Portanto, foi um homem fraco, outro cúmplice do assassinato, mas não foi o verdadeiro assassino.

"Quem então praticou o ato? Os romanos, de forma geral? Jesus foi executado por soldados romanos seguindo a lei romana em uma província romana. Mas quem jamais ouviu falar de um assassinato tão nebuloso? Devemos aceitar que teologicamente o Filho de Deus foi assassinado por servos anônimos de um império há muito desaparecido para sossegar uma tribo local beligerante? Nesse caso, não admira que ninguém se recorde do responsável!

"Ah, mas é claro: foram os judeus que mataram Jesus! Trata-se de um refrão familiar, não? Um grupo de astuciosos anciões judeus, em conluio com as autoridades romanas, conspirou para se livrar de um judeu inoportuno. E lembramos de odiar os judeus, mas não os italianos, como isso foi acontecer? Que vergonha! Mas se foram os judeus os responsáveis, quem são eles? Quais são seus nomes? Não se nomeia ninguém. E de fato, como Judas, como Pilatos, Caifás foi apenas um cúmplice. Os judeus não podiam matar abertamente um judeu; lembra-se dos Dez Mandamentos? Caifás teve de encontrar outros que o fizessem. De modo que ele e os demais sacerdotes açularam a multidão, e foi a multidão que decidiu a questão contra Jesus. Nela repousa a culpa prática, de fato. Se a multidão houvesse clamado pela libertação de Jesus e a crucificação de Barrabás, Pilatos a teria atendido, Caifás teria sido barrado e Judas teria de devolver o dinheiro sujo de sangue.

"Assim, parece que chegamos a este ponto: foi a *multidão* a responsável pelo assassinato de Jesus de Nazaré. Em termos exatos, uma multidão cercada em sua maioria por agentes anônimos, manipulada em sua maioria por sacerdotes anônimos, queria vê-lo morto, e em seguida soldados anônimos o mataram. Mas começou com a multidão, há algo mais anônimo que uma multidão? A multidão não seria mesmo, por definição, anônima? Dessa afirmação, fica claro: esses culpados judeus, esses culpados romanos não passam de falácias, pistas falsas, na melhor tradição de Agatha Christie. Não admira que a mente bruta do povo comum pense que foi o vizinho judeu quem matou Jesus; é mais concreto. Mas na verdade teológica foi o Anônimo quem matou Jesus de Nazaré. E quem é o Anônimo?"

Maria faz uma pausa. Depois de alguns segundos de silêncio, Eusébio percebe com um sobressalto que sua mulher está esperando que ele responda à pergunta.

– Ah! Não tenho certeza. Nunca...

– O Anônimo é você, sou eu, somos todos nós. Fomos nós que matamos Jesus de Nazaré. Somos a multidão. Somos o Anônimo. Não é a culpa dos judeus que perpassa a história, é a culpa de todos nós. Mas com que rapidez nos esquecemos disso! Não gostamos da culpa, gostamos? Preferimos ocultá-la, esquecê-la, torcê-la para apresentá-la sob uma luz mais favorável, para transmiti-la aos outros. E, assim, por causa de nossa aversão à culpa, nos esforçamos para lembrar quem matou a vítima nos Evangelhos, esforçamo-nos por lembrar quem matou a vítima nos romances de Agatha Christie.

"Ao fim e ao cabo, não seria esse o modo mais simples de descrever a vida de Jesus, como um romance policial? Tirou-se uma vida, uma vítima completamente inocente. Quem fez? Qual foi o motivo e a oportunidade? Que sucedeu com o corpo? Que significou tudo aquilo? Logo se fez necessário um detetive excepcional para esclarecer o crime, e ele veio, alguns anos depois do assassinato, o Hercule Poirot do primeiro século: Paulo de Tarso. A cristandade começa com Paulo. Os primeiros documentos são suas cartas. Com elas temos a história de Jesus, anos antes do Jesus dos Evangelhos. Paulo jurou chegar ao fundo do caso de Jesus. Usando suas células cinzentas, ele investigou, ouvindo depoimentos, vasculhando os registros dos eventos, recolhendo provas, estudando cada detalhe. Teve um grande golpe de sorte na forma de uma visão a caminho de Damasco. E ao fim de sua investigação, tirou a única conclusão possível. Depois pregou e escreveu, e Jesus passou de um Messias falhado ao Filho de Deus renascido, que toma para si o pecado de todos nós. Paulo encerrou o caso de Jesus de Nazaré. E assim como a resolução de um crime em Agatha Christie transmite uma espécie de alegria, ficando o leitor impressionado com a incrível engenhosidade da autora, da mesma forma a ressurreição de Jesus e seu significado traz ao cristão uma poderosa alegria – mais: uma alegria duradoura –, e o cristão agradece a Deus por Sua incrível engenhosidade, bem como por Sua compaixão infinita. Porque a ressurreição de Jesus para lavar nossos pecados é a única solução possível ao caso, conforme Paulo o concebeu, o caso de um Deus amoroso subitamente condenado à morte, que depois ressuscita. Hercule Poirot teria aprovado vivamente a lógica da solução de Paulo.

"O mundo nos Evangelhos é cru. Há muito sofrimento ali, sofrimento do corpo, sofrimento da alma. É um mundo de extremos morais, onde o bom é absolutamente bom e o mau insistentemente mau. O mundo de Agatha Christie é igualmente cru. Quem dentre nós vive uma vida tão assolada por assassinatos como Hercule Poirot e Jane Marple? E, por trás desses assassinatos, há tanta maldade capciosa! Nosso mundo não é assim, é? A maioria de nós não conhece tanto mal nem tanto bem. A gente navega por um meio-termo temperado. E, no entanto, assassinatos ocorrem, às vezes em larga escala, não vê? A Grande Guerra acabou faz pouco tempo. Perto de nós, os espanhóis estão matando uns aos outros sem freio. E agora há rumores insistentes de outra guerra emergindo no continente. O crime simbólico de nosso século é o assassinato, Eusébio. O Anônimo ainda está bem presente entre nós. O meio-termo temperado onde navegamos é ilusório. Nosso mundo também é cru, mas nós nos refugiamos em um abrigo forjado de sorte e olhos fechados. Que faremos quando nossa sorte acabar, quando nossos olhos forem abertos à força?

"O triste fato é que não há mortes naturais, a despeito do que dizem os médicos. Toda morte é sentida por alguém como se fosse um assassinato, como o roubo injusto de um ente querido. E mesmo o mais afortunado entre nós se depara ao menos com um assassinato em sua vida: o próprio. É nosso destino. Todos vivemos um romance policial no qual somos a vítima.

"O único gênero moderno que exerce o mesmo registro moral dos Evangelhos é o desprestigiado romance policial. Se dispusermos os romances de Agatha Christie no topo dos Evangelhos e iluminarmos o conjunto, veremos correspondência e congruência, adesão e equivalência. Encontraremos padrões correlatos e similaridades narrativas. São mapas da mesma cidade, parábolas da mesma existência. Brilham com a mesma transparência moral. E esta é explicação por que Agatha Christie é a autora mais popular na história do mundo. Seu apelo é amplo e sua difusão é tão grande quanto a da Bíblia, pois ela é uma apóstola moderna – uma mulher, o que já não é sem tempo, depois de dois mil anos de tagarelice masculina. E essa nova apóstola responde às mesmas questões às quais Jesus respondeu: que devemos fazer com a morte? Porque os romances policiais sempre chegam a uma resolução no fim, o mistério habilmente se desfaz. Precisamos fazer o mesmo com a morte em nossa vida: temos de solucioná-la, encontrar um significado para ela, colocá-la em contexto, por mais difícil que seja.

"Todavia há uma diferença crucial entre Agatha Christie e os Evangelhos. Já não vivemos numa era de profecias e milagres. Já não temos Jesus entre nós da maneira como o povo dos Evangelhos. Os Evangelhos de Mateus, Marcos, Lucas e João são narrativas da presença. As narrativas da Agatha Christie são evangelhos da *ausência*. São evangelhos modernos para gente moderna, um povo mais desconfiado, menos disposto a crer. Assim, Jesus só está presente em fragmentos, traços, coberto e mascarado, obscurecido e oculto. Mas veja: está bem ali no sobrenome da autora. Em essência, porém, ele paira no ar, murmura."

Um sorriso invade o rosto de Maria Luísa enquanto ela observa as reações do marido. Ele devolve o sorriso, mas permanece calado. Para ser honesto, é chocante ouvir que Jesus Cristo e Agatha Christie, o apóstolo Paulo e Hercule Poirot estão estreitamente associados. O papa, em Roma, não ficará feliz de ouvir que tem um rival na forma de uma mulher de quarenta e oito anos proveniente de Torquay, na Inglaterra, autora de passatempos bastante envolventes.

Maria fala de novo, e sua voz gentil chega como um abraço.

— Trata-se de um grande e continuado desafio de nossos tempos, não acha, o casamento entre a fé e a razão? É tão difícil, tão *irracional*, basear nossa vida num longínquo fio de santidade. A fé é grandiosa, mas nada prática: como se pode viver uma ideia eterna na vida cotidiana? É muito mais fácil ser razoável. A razão é prática, sua recompensa imediata, seu funcionamento claro. Mas, infelizmente, a razão é cega. A razão, sozinha, não nos leva a lugar nenhum, especialmente em face da adversidade. Como equilibramos as duas, como viver tanto com a fé quanto com a razão? Em seu caso, Eusébio, imaginei que a solução estivesse nas histórias que dessem destaque à razão, enquanto ainda o mantivesse próximo a Jesus de Nazaré. Assim, você pode reter a sua fé, se ela um dia vacilar. E foi o que lhe dei: Agatha Christie.

Ela está radiante. Seu presente de duas palavras, embrulhado em rolos de retórica, agora está no colo do marido. Décadas de experiência lhe ensinaram que agora é sua vez de intervir. Mas sente a língua inesperadamente presa. *Como assim?* Os milagres de Jesus, Jesus favorecendo o corpo humano, Jesus andando sobre as águas, o alegorista Jesus salvo por outros alegoristas, Jesus como vítima em um romance policial, Jesus como sussurrante personagem de fundo em Agatha Christie: toda essa argumentação tortuosa para que ele possa ler sua autora favorita com *maior conforto religioso?* Tem dificuldade para encontrar as palavras.

– Obrigado, Maria. Nunca pensei em Agatha Christie desse jeito. É...

– Eu o amo – sua mulher o interrompe –, e fiz isso por você. Tudo o que você lê é Agatha Christie. A próxima vez que estiver em casa, com o coração pesado de tristeza, apanhe um dos livros dela e imagine que está em um barco. De pé sobre a água, ao lado do barco, está Jesus de Nazaré. Ele começa a ler Agatha Christie para você. O hálito quente de Deus, que o ama, emana da página e lhe toca a face. Como poderá não sorrir quando isso acontecer?

– Por que, M-M-Maria.... – ele soluça. Que gaguejo é esse que de súbito o aflige? Olha para a mulher e se recorda daquilo pelo qual deve ser grato, a terra fértil e o sol, a chuva e as colheitas. – Meu anjo, é tão gentil da sua parte! Agradeço de todo o coração.

Ele fica de pé e contorna a escrivaninha, avançando em sua direção. Ela também se levanta. Ele a abraça. Beijam-se. Ela está fria. Segura-a com força para aquecê-la com seu corpo. Ele lhe diz:

– É um presente extraordinário. Tenho tanta sorte de ter...

Ela se afasta e lhe acaricia o rosto.

– Não há de quê, querido marido, não há de quê. Você é um homem bom. – Solta um suspiro. – Preciso voltar para casa. Pode me ajudar a pôr os livros de volta na sacola, por favor?

– Claro! – Eusébio se inclina para apanhar os livros que haviam caído no chão. Juntos, enchem a sacola com todos os volumes de

Agatha Christie e caminham os poucos passos até a porta do gabinete. Ele abre a porta.

– Você deixou o leite do lado de fora – ela adverte, à soleira. – Faz três dias. Estragou. Cheira mal. Eu não tinha percebido, já que nunca bebo aquilo. Se for trabalhar a noite toda, compre leite fresco a caminho de casa. E pão. Certifique-se de não comprar pão de lentilha, pois lhe dá gases. E, por fim, trouxe um pequeno presente. Não veja agora. Já vou.

Mas, ainda assim, Eusébio quer detê-la, para agradecer-lhe pela dádiva que ela representa, sua querida esposa de trinta e oito anos; ainda assim, quer dizer-lhe tantas coisas.

– Vamos rezar? – pergunta, tipicamente um bom modo de retê-la.

– Estou cansada demais. Mas você deve rezar. E ainda tem trabalho a ser feito. Em que está trabalhando?

Ele olha para a escrivaninha. Seu trabalho? Havia esquecido tudo acerca do trabalho.

– Tenho uma série de relatórios para preencher. Um caso é particularmente desagradável, de uma mulher empurrada de uma ponte. Um assassinato cruel.

Suspira. Apenas as autópsias de bebês e crianças são piores; todos esses órgãos de brinquedo. Do contrário, não há nada mais abominável do que o corpo humano decomposto. Dois ou três dias após a morte, o corpo putrefato exibe uma mancha esverdeada no abdômen, que se espalha pelo torso e pelas coxas. A tonalidade verde resulta de um gás produzido por bactérias existentes no trato intestinal. Durante a vida, essas bactérias ajudam a digerir os alimentos, mas, com a morte, auxiliam na digestão do corpo. A natureza está repleta de amigos como esses. O gás contém enxofre, cujo cheiro é fétido. Parte dele escapa pelo reto; o odor do corpo deteriorado é muitas vezes sentido antes de o cadáver ser avistado.

Mas logo há muito a ser visto. Quando o gás termina de descolorir a pele, faz em seguida com que o corpo inche. Os olhos – as pálpebras estufadas – saltam. A língua projeta-se para fora da boca. A vagina vira do avesso e é expulsa, assim como o intestino, que escapa pelo ânus. A cor da pele continua a mudar. Após uma curta semana, um pálido corpo branco, se entregue a uma completa e úmida decomposição gangrenosa, passará do verde-pálido ao roxo e depois a um verde-escuro marchetado de faixas negras ao longo das veias. Bolhas gotejantes crescem e estouram, deixando poças de podridão sobre a pele. Caldos cadavéricos escorrem pelo nariz, pela boca e por outros orifícios do corpo. Dois dos elementos químicos encontrados nesses fluidos denominam-se putrescina e cadaverina, nomes que expressam adequadamente o aroma liberado. Já na segunda semana da morte, o corpo está todo retesado com o inchaço, especialmente o abdômen, o escroto, os seios e a língua. A pessoa mais esguia se torna enorme por causa da corpulência. A pele distendida se rompe e começa a descolar-se em camadas. Na semana posterior, os cabelos, as unhas e os dentes perdem a aderência. A maior parte dos órgãos internos se romperam e começaram a liquefazer-se, incluindo o cérebro, que, em sua fase sólida, é uma gelatina verde-escura. Todos esses órgãos se tornam um rio mole e fedorento que escorre dos ossos.

Ao ar livre, outros organismos além das bactérias exercem um papel na desfiguração do corpo. Muitos pássaros bicam a carne morta, abrindo o caminho para hostes de invasores menores, entre os quais as moscas, principalmente a varejeira e a saprófaga, com sua generosa e abundante contribuição de larvas, mas também besouros, formigas, aranhas, ácaros, diplópodes, centopeias, vespas, entre outros. Cada um destrói o corpo à sua maneira. E há ainda outros destruidores: musaranhos, ratos-do-campo, camundongos, ratazanas, raposas, gatos, cães, lobos, linces. Estes comem o rosto, arrancam nacos de carne, removem membros inteiros. E tudo isso é produzido sobre um corpo que, há pouco tempo, estava vivo, inteiro e em pé, andando, sorrindo, gargalhando.

– Que horrível! – diz Maria.

– Sim. Procurarei evitar aquela ponte de hoje em diante.

A esposa concorda com a cabeça.

– A fé é a resposta para a morte. Adeus.

Ela inclina a cabeça e os dois se beijam uma última vez. Só de ter o rosto dela tão perto do dele! Sentir o corpo dela contra o seu! Maria recua. Com um pequeno sorriso e um olhar de despedida, ela sai do gabinete e começa a avançar pelo corredor. Ele a acompanha.

– Adeus, meu anjo. Obrigado pelos presentes. Eu a amo.

Maria desaparece depois de uma curva. Eusébio fita o corredor deserto, voltando em seguida para o gabinete e fechando a porta.

Seu gabinete agora parece muito vazio e silencioso. Talvez deva rezar de novo, embora ele não seja, na realidade, alguém que tenha conquistado muitas vitórias por meio da oração, por mais devoto que seja de Jesus de Nazaré. Nem está em uma idade em que cair de joelhos é coisa que se faça com facilidade. A genuflexão é antecedida de um gemido e um funcionamento lento das partes, um ato de equilíbrio precário acompanhado por momentos de súbito abandono. E, no final, os joelhos pressionam de maneira dolorosa o piso duro e frio, de mármore (ainda que seja perfeito para limpar o sangue e os fluidos cadavéricos). Ele começa a se pôr de joelhos, apoiando-se na escrivaninha, quando se lembra: Maria mencionara um presente. Lança um olhar para a escrivaninha. Ela deve tê-lo posto ali enquanto estava debruçado, recolhendo a Agatha Christie do chão. Com efeito, alguns papéis denunciam uma protuberância que não estava lá. Eusébio se endireita e estica o braço. Um livro. Segura-o e vira-o.

Encontro com a morte, de Agatha Christie. Vasculha a memória. Nem o título nem a capa lhe parecem familiares. Mas há tantos títulos, tantas capas! Verifica a página do copyright: 1938, o ano atual, ou melhor, o ano atual até poucos minutos atrás. Seu coração dá pulos. É um novo romance de Agatha Christie! Um sucessor de *Morte no Nilo*. Deve ter chegado aquele dia do Círculo Português de Mistério. Deus os abençoe. Deus abençoe sua esposa, que o agraciou com mais um presente ao deixá-lo ler o romance antes dela.

Os relatórios terão de aguardar. Acomoda-se na cadeira. Ou melhor, como sugeriu sua mulher, acomoda-se em um barco. Uma voz chega a seus ouvidos:

– *Você entende que ela tinha de ser morta, não entende?*

A pergunta flutuou no tranquilo ar noturno, pareceu pairar ali por um instante, até se afastar na escuridão, em direção ao mar Morto.

Hercule Poirot parou um minuto com a mão no trinco da janela. Franziu o cenho e cerrou-a com um gesto determinado, impedindo assim a entrada do ar nocivo da noite! Hercule Poirot fora criado na convicção de que era melhor deixar o ar exterior para fora, e de que aquela brisa noturna era especialmente perigosa para a saúde.

Enquanto fechava cuidadosamente as cortinas e andava até a cama, sorriu resignado para si mesmo.

– *Você entende que ela tinha de ser morta, não entende?*

Que palavras curiosas para um certo detetive, Hercule Poirot, ouvir sem querer em sua primeira noite em Jerusalém.

– Decididamente, aonde quer que eu vá, há algo para lembrar-me de crimes! – murmurou.

Eusébio se interrompe. Um romance de Agatha Christie que se passa em *Jerusalém*? O último transcorreu no Nilo, houve um ambientado na Mesopotâmia – em torno da região da Palestina

–, mas eis que agora é a própria Jerusalém. Depois de tudo o que Maria lhe dissera a coincidência o deixa espantado. Para ela, será a confirmação de sua teoria.

Uma batida na porta o assusta. O livro em sua mão voa como um pássaro.

– Maria! – exclama. Ela voltou! Corre até a porta. Precisa lhe contar.

– Maria! – chama de novo, ao abrir a porta.

Uma senhora está de pé diante ele. Mas não é sua esposa. É outra mulher. Mais velha. Uma viúva vestida de preto. Uma desconhecida. Ela o observa. Há uma mala grande e surrada a seus pés. Certamente não poderia estar de viagem a essa hora da noite? Percebe algo mais. Sob as rugas, toldado pelo tempo, dissimulado pelo rústico vestido negro, o fato transparece ainda assim: a mulher é de uma grande beleza. Uma face luminosa, uma figura atraente, um porte gracioso. Deve ter sido muito admirada quando era jovem.

– Como sabia que eu vinha? – a mulher perguntou, sobressaltada.

– Desculpe-me, pensei que fosse outra pessoa.

– Meu nome é Maria das Dores Passos Castro.

Seja a Maria que for, quem seria ela? Não é a sua Maria, sua esposa, é outra Maria. O que ela quer? Que está fazendo ali?

– Como posso ajudá-la, minha senhora? – indaga, de modo formal.

Maria responde com outra pergunta:

– O senhor é o médico que lida com cadáveres?

Essa é uma forma de dizê-lo.

– Sim, sou chefe do departamento de patologia. Meu nome é doutor Eusébio Lozora.

– Nesse caso, preciso falar com o senhor, doutor, se tiver alguns minutos.

Ele estica o corpo na direção do corredor, à procura da esposa. Ela não está lá. Ela e aquela mulher devem ter-se cruzado. Solta um suspiro interior. Outra mulher que quer falar com ele. Estaria também preocupada com a sua salvação? Quantas profetisas bíblicas aquela noite teria reservado para ele? Tudo o que deseja é trabalhar um pouco, animar-se com a tarefa. E desde quando patologistas realizam consultas com o público, no meio da noite ainda por cima? Ademais, está faminto. Deveria ter trazido algo para comer se queria trabalhar a noite toda.

Ele dispensará a mulher. Qualquer que seja sua aflição, ela precisa procurar um médico de família, deve ir ao pronto-socorro. Com a mão determinada a fechar a porta, lembra-se: nenhum homem esteve presente ao sepultamento de Jesus. Apenas mulheres vieram a seu túmulo, apenas mulheres.

Talvez um dos casos em sua escrivaninha tenha relação com ela? Um parente, um ente querido? É bastante incomum tratar com familiares. Eusébio se orgulha de sua habilidade em determinar o que pode ter causado a dor, mas a dor em si, o trato com a dor, não é sua especialidade médica nem um talento de que por acaso disponha. Foi por isso que abraçou a patologia. A patologia é a medicina reduzida à ciência pura, sem o extenuante contato com os pacientes. Mas antes de se especializar em perseguir o rastro da morte, ele estudara a vida, e ali estava uma mulher viva que queria se consultar com ele. É a isso, lembra, que a vocação original da arte médica diz respeito: aliviar os que padecem.

Com a voz mais gentil que sua fatigada carcaça consegue exibir, diz:

— Queira entrar, por favor.

A velha senhora entra no gabinete de mala em punho.

— Muito agradecida, senhor doutor.

— Pode sentar-se aqui – ele diz, indicando a cadeira que sua esposa ocupara. Seu gabinete continua bagunçado, a bancada repleta de papéis. E que é aquela pasta no canto, no chão? Mas terá de servir por enquanto. Senta-se em sua cadeira, do outro lado da escrivaninha. Um médico e sua paciente. Exceto pela garrafa de vinho tinto sobre a mesa e o romance de Agatha Christie caído no chão.

— Como posso ajudá-la? — pergunta.

Ela hesita, mas acaba decidindo:

— Venho de Tuizelo, nas Altas Montanhas.

Ah, sim. As poucas pessoas que habitam a região serrana descem até Bragança, pois não há nenhum hospital em todo o ingrato planalto; na verdade, nenhum centro comercial de nenhum tamanho.

— É sobre meu marido.

— Sim? — procura encorajá-la.

Ela nada diz. Ele espera. Deixará que se renda. A sua queixa será um lamento emocional disfarçado de pergunta. Eusébio terá de usar palavras gentis para explicar a morte do marido.

— Tentei escrever — ela declara, por fim. — Mas ficou muito vulgar no papel. E falar soa pior.

— Está tudo bem — ele responde com uma voz suave, apesar de considerar estranha a escolha das palavras. *Vulgar?* — É perfeitamente natural. E inevitável. Ocorre com todos nós.

— Ocorre? Não em Tuizelo. Diria que por lá é bastante raro.

Eusébio franze a testa. A mulher viveria numa aldeia de imortais onde apenas poucos receberiam a insolente visita da morte? Sua esposa lhe diz que ele gasta tanto tempo com os mortos que às vezes deixa de perceber as pistas dos vivos. Teria ouvido mal? Ela não havia acabado de lhe perguntar se não era o médico responsável pelos cadáveres?

— Minha senhora, a morte é universal! Todos nós temos de passar por ela.

— Morte? Quem está falando de morte? Referia-me ao sexo.

Agora que a temida palavra fora enunciada, Maria das Dores prossegue, mais segura de si.

— O amor surgiu em minha vida no disfarce que eu menos esperava. No de um homem. Fiquei surpresa como uma flor que percebe pela primeira vez uma abelha se aproximar. Foi minha mãe quem sugeriu que eu me casasse com Rafael. Ela consultou o meu pai, e ambos decidiram que formávamos um bom casal. Não foi um casamento arranjado, porém, não exatamente, mas eu teria de vir com uma boa desculpa, e bem convincente, se não quisesse desposá-lo. Não consegui pensar em nenhuma. Só era preciso que nos déssemos bem, o que me parecia muito fácil. Eu o conhecera minha vida toda. Rafael era um dos garotos da aldeia. Sempre estivera ali, como uma rocha num campo. Devo ter pousado os olhos nele pela primeira vez quando ainda era uma criança pequena, e ele, sendo mais velho, talvez tenha dado por mim quando eu era um bebê. Era um rapaz esguio, de aparência agradável, mais calado e reservado do que os outros moços da aldeia. Não saberia dizer se passei mais de vinte minutos em sua companhia quando sugeriram que passássemos o resto de nossa vida juntos.

"Quando penso bem, tivemos um momento, na verdade. Deve ter sido um ano, dois antes disso. Estava ocupada com meus afazeres quando topei com ele no caminho. Estava consertando um portão. Perguntou se eu poderia segurar algum objeto. Inclinei-me e, assim, fiquei com a cabeça perto da dele. Nesse instante um golpe de vento fez meu cabelo esvoaçar e cair sobre seu rosto. Sentindo o açoite gentil, puxei minha cabeça para trás, segurando os últimos cachos que despegavam de seu rosto. Ele estava sorrindo e com os olhos cravados em mim.

"Também me lembro de ouvi-lo tocar flauta doce, uma coisinha de madeira. Eu apreciava o som, seu gorjeio primaveril.

"Então, houve a sugestão do casamento e eu pensei: por que não? Precisava casar em algum momento. Ninguém quer ficar sozinho a vida toda. Ele decerto seria útil para mim e eu faria o que pudesse para lhe ser útil também. Passei a olhá-lo sob uma nova luz e agradou-me a ideia de me casar com ele.

"O pai dele morreu quando Rafael era menino, de maneira que consultamos a mãe. Ela pensou o mesmo e acredito que ele também. Todo mundo pensou: por que não? Assim nos casamos sob o pretexto do 'por que não?' Tudo correu com muita rapidez. A cerimônia foi protocolar. O padre seguiu com as exéquias. Não se gastou dinheiro com festa. Nós nos mudamos para um barracão que Valério, o tio de Rafael, nos cedeu até que encontrássemos coisa melhor.

"Ficamos sozinhos pela primeira vez desde a cerimônia. A porta mal havia fechado quando Rafael se virou para mim e disse: 'Tire a roupa'. Eu o olhei de esguelha e respondi: 'Não. Tire você a sua'. 'Tudo bem', ele respondeu, e se despiu de pronto. Foi impressionante. Nunca tinha visto um homem nu antes. Ele se aproximou, pôs a mão em meu seio e o apertou. 'É bom?', perguntou. Eu dei de ombros e respondi: 'Tudo bem'. 'E assim?', ele perguntou, tornando a apertar, mas de leve, e beliscando o mamilo. 'Tudo bem', disse, mas desta vez não dei de ombros.

"Depois disso, ele foi bastante direto. Veio por trás e me agarrou. Pude sentir seu pepino me pressionando. Ele correu a mão por baixo do meu vestido, bem por baixo, até pousá-la *ali*. Eu não o rechacei. Imaginei que era isso que significava estar casada, ter de suportar aquilo.

"'Está bom?', ele perguntou.

"'Não sei', respondi.

"'E assim?', perguntou, enquanto cutucava ao redor.

"'Não... sei.'

"'E assim?'

"De repente, não consegui responder. Uma sensação começou a tomar conta de mim. Ele havia tocado um ponto que me fizera emudecer. Ah, era tão bom! Que foi aquilo?

"'E isso?', ele repetiu a pergunta.

"Assenti com a cabeça. Ele continuou. Eu me inclinei para a frente e ele se inclinou junto. Perdemos o equilíbrio e tropeçamos pelo quarto, derrubando uma cadeira, golpeando a parede, empurrando a mesa. Rafael me segurou com firmeza e nos levou ao chão, sobre a pequena alfombra dada pelo irmão dele, o Batista. Durante todo o tempo ele continuou a mexer com a mão, e a sensação não me deixava. Não tinha ideia do que era, mas parecia um estrondo que me atravessava como um trem, e havia uma espécie de explosão, como se o trem de súbito saísse do túnel em direção à luz. Eu deixei que o estrondo me atravessasse. Perdi o fôlego. Virei para Rafael: 'Vou tirar minhas roupas agora', disse.

"Ele tinha vinte e um anos; eu, dezessete. O desejo era uma descoberta. Como poderia tê-lo descoberto antes? Para meus pais o desejo era um deserto. Eu fui a única planta agreste que eles produziram. Fora isso, a vida deles era dura e amarga. A igreja me ensinou acerca do desejo? A ideia valia uma boa risada, se eu tivesse tempo a perder. A igreja me ensinou a ter vergonha daquilo que eu nem mesmo conhecia. Quanto aos meus conhecidos, tanto jovens quanto velhos, talvez houvesse indiretas, insinuações, deslizes, à medida que eu crescia; mas o significado me escapava.

"Aí está: eu nunca tinha sentido desejo. Tinha um corpo pronto para ele, a mente disposta a aprender, mas tudo continuou adormecido, intocado, insuspeito. Então, Rafael e eu nos unimos. Por baixo das vestes simples e dos gestos tímidos, descobrimos nossos belos corpos, como ouro oculto sob a terra. Ignorávamos o assunto por completo. Não sabia o que era um pepino ou para que servia.

Não sabia o que ele podia fazer comigo ou eu fazer com ele. E Rafael nada sabia sobre o meu ninho. Ele o encarava, perplexo. *Que coisa estranha*, seus olhos diziam. *E você, já viu o que tem ali?*, meus olhos respondiam. *Sim, sim*, seus olhos replicavam, arquejando, *tudo é muito estranho.*

"O mais estranho de tudo é que sabíamos o que fazer. Tudo se encaixou. Nós nos tocamos, perguntamos, agimos, tudo a um só tempo. O que o deleitava me deleitava, o que me deleitava o deleitava. Às vezes funciona assim na vida, não funciona? Um selo sente prazer quando a língua o umedece para colá-lo no envelope, e o envelope sente prazer com a cola do selo. Cada um se entrega ao outro sem jamais ter suspeitado da existência daquele outro. Assim, Rafael e eu éramos como o selo e o envelope.

"E, para nosso espanto, protegida pelo matrimônio, nossa conduta era boa e correta. Nunca imaginei que poderia sentir-me tão bem por ser portuguesa.

"Costumava correr pela cimeira do morro, desde a aldeia vizinha, onde assistia a professora. Não havia trilha propriamente, mas era o caminho mais rápido para chegar a nossa casinha. Eu escalava rochedos, pulava sebes. Eram muros de pedra, mas com portão. Do terceiro ao último, costumava avistá-lo, lá embaixo, na segunda quinta, onde as ovelhas pastavam. Ocorria com frequência que ele também me visse, bem quando eu alcançava esse determinado portão. Que coincidência extraordinária! Acabei de cruzar esse portão e ele já me avistou, eu pensava toda vez. Não podia me ouvir – era longe demais –, mas, percebendo o céu mais escuro, ciente da hora do dia, sabia que eu logo apareceria, e constantemente virava e dirigia o olhar para o alto, criando as condições para a coincidência. Ele me avistava e redobrava os esforços na lavoura, apressando e empurrando as ovelhas para o redil, para o deleite do cão que ladrava sem parar vendo seu mestre assumir sua função.

"Muitas vezes, antes mesmo de ter concluído devidamente a tarefa, ele começava a correr, assim como eu. Estava na minha frente, mas tinha muito a fazer. Irrompia no pátio e gritava com as galinhas. Enquanto eu me aproximava, podia ouvir seu cacarejo frenético. Eram despachadas para o galinheiro. Em seguida, havia os porcos, que precisavam da lavagem para a noite. E mais. A lida interminável da roça. Do alto da colina, eu corria para os fundos da casa. Eu gargalhava e gritava: 'Vou chegar primeiro!' A porta da frente era mais próxima dele; a dos fundos, de mim. Quando eu estava a poucos metros, ele entregava os pontos – para o diacho com a quinta! – e saía em disparada. Abríamos a porta com estrondo, às vezes a dele primeiro, às vezes a minha. De todo modo as fechávamos bruscamente, fazendo estremecer os alicerces de nosso casebre, e assim ficávamos face a face, sem fôlego, inebriados, bêbados de felicidade. E por que a pressa? Por que essa indecorosa corrida pelo campo? Por que negligenciar as tarefas da granja? Porque estávamos impacientes para ficarmos nus um diante do outro. Arrancávamos nossa roupa como se estivéssemos pegando fogo.

"Um dia, minha mãe e eu estávamos fazendo geleias, alguns meses depois do casamento. Ela me perguntou se Rafael e eu já tínhamos tido 'intimidade'. Era assim que ela falava. O marido dela, meu pai, não a tocou por um ano e meio após o casamento. Não sei o que fizeram nesse ano e meio. Deitavam-se na cama, de costas um para o outro, esperando cair no sono em silêncio mortal, com os olhos arregalados? A preocupação de minha mãe era com os netos. A estirpe dela não era das mais fecundas. Ela própria fora filha única, e cinquenta e quatro anos de casamento haviam resultado em uma única filha. Ela receava que eu tivesse sido afetada pela esterilidade familiar. Contei que meu marido e eu tínhamos sido íntimos todas as noites, e às vezes durante o dia também, se acontecesse ambos estarmos em casa, como em um domingo, por exemplo. Às vezes também pela manhã, antes de sairmos correndo para o trabalho. Às vezes éramos íntimos duas vezes em seguida.

"Minha mãe olhou para mim: 'Quero dizer o ato, o ato', ela sussurrou, embora estivéssemos sozinhas.

"Será que pensava que eu estava me referindo a *sonecas*? Que íamos para a cama cedo todas as noites e que às vezes tirávamos uma soneca durante o dia também? E que às vezes, pela manhã, acordávamos e de pronto tornávamos a dormir? Imaginava que éramos preguiçosos e dorminhocos como gatos?

"'Sim, sim, mãe', respondi, 'nós consumamos o ato todas as vezes. Se eu o vir daqui a meia hora, repetiremos a dose talvez.'

"Os olhos de minha mãe expressaram surpresa, consternação, horror. *Toda noite? Aos domingos?* Isso era o século passado, repare. Muito mudou desde então. Tudo é muito moderno hoje em dia. Podia ver na mente de minha mãe as páginas da Bíblia virando rapidamente. A produção das geleias havia se encerrado. Eu podia ir embora. 'Ele *é* meu marido', disse-lhe, abrindo a porta com uma pancada do quadril.

"Ela nunca mais tocou no assunto. Pelo menos podia ter a esperança de ser abençoada com uma dúzia de netos. Ela desfilaria com eles pela aldeia como se fossem joias raras. E minha resposta era um bom tema de fofoca. Assim era minha mãe, uma falsa puritana que vivia de mexericos, como toda falsa puritana. Depois disso, os aldeões passaram a olhar para mim arrastando um longo sorriso – quanto mais velhos eles eram, maior o brilho nos olhos –, ao passo que as mulheres, as jovens e as velhas, compunham um vago misto de inveja, desdém e curiosidade. A partir desse dia, minha mãe passou a anunciar sua chegada com grande estardalhaço, cem metros antes de alcançar a casa.

"Quanto ao cômputo de netos, as esperanças dela se frustraram. Revelei ser tão pouco fértil quanto ela. Considerando-se as vezes com que o selo foi levado ao envelope, é surpreendente que não tivesse havido mais cartas. Mas apenas uma carta chegou, uma delícia de carta, mas temporã, temporã, temporã, um lindo menino que se me arrancou não com um choro, mas com uma explosão de riso. Quando apresentei nosso filhotinho de urso para minha mãe, sua mente já variava. Poderia ter lhe mostrado um pintainho cacarejante e o sorriso indeciso teria sido o mesmo."

Um sorriso indefinido, mas não indiferente, formou-se nos lábios da velha senhora.

— Agora que estou velha, o sono se tornou um mistério para mim. Consigo me lembrar de dormir, só não me lembro de como fazê-lo. Por que o sono foi me trair? Rafael e eu costumávamos ceder ao sono com bastante generosidade quando éramos jovens. A despeito de nossa pobreza, tínhamos uma cama confortável, cortinas, obedecíamos ao comando da noite. Nosso sono era profundo como um poço. Toda manhã acordávamos e nos indagávamos acerca desse evento revigorante que nos havia nocauteado. Agora minhas noites são assoladas por preocupações e tristeza. Fico na cama cansada, e nada acontece. Fico deitada ali com meus pensamentos enroscando-se em mim como uma serpente.

Eusébio fala em voz baixa:

— Envelhecer não é fácil, minha senhora. É uma patologia terrível, incurável. E o grande amor é outra patologia. Ele começa bem. É uma enfermidade das mais desejáveis. Não queremos ficar sem ela. É como o fermento que corrompe o suco das uvas. Amamos, amamos, continuamos amando... o período de incubação pode ser muito longo... e então, com a morte, vem o pesar. O amor sempre há de enfrentar seu fim indesejado.

E onde está o corpo? Essa é a questão premente que ele não menciona. E corpo de quem? Talvez não seja o do marido? Ela está vestida de preto, mas esse é o hábito de toda mulher com mais de quarenta anos na zona rural lusitana que tenha perdido algum parente em qualquer canto. A indumentária do luto é um traje permanente das camponesas. Talvez ela tenha vindo indagar acerca de uma pessoa mais jovem. Sendo esse o caso, uma das pastas a seus pés, sob a escrivaninha, pode conter a informação que ela requer. Também é possível que sua demanda seja relativa a um dos casos examinados por seu colega, o doutor Otávio. José já estava ausente havia quase três semanas, tendo partido para seu mês de férias na Inglaterra, em visita à filha. Por isso o acúmulo de trabalho. Mas José havia subscrito todos os seus casos, de modo que se Maria das Dores estiver solicitando um desses, basta consultar os arquivos do gabinete ao lado.

Em todo caso, era preciso haver um corpo, pois ele era um patologista. Os que tinham distúrbios do sono podiam ir a outro lugar, em busca de um médico de família que lhes pudesse receitar um narcótico, ou de um padre que lhes absolvesse os pecados. Os que se sentem insatisfeitos com a idade ou estão tomados pelo pesar também podem buscar ajuda alhures, com um padre mais uma vez, um amigo, em uma bodega ou até mesmo um prostíbulo. Mas não com um patologista.

– Fico feliz de ouvir acerca de suas alegrias e triste por saber de suas tribulações – ele continua. – Mas por que exatamente veio me ver? Está aqui para inquirir acerca de um caso específico?

– Queria saber como ele viveu.

Como ele *viveu*? Ela quer dizer como morreu. Um lapso devido à idade.

– Quem?

– Rafael, é claro.

– Qual é o nome completo?

– Rafael Miguel Santos Castro, da aldeia de Tuizelo.

– Seu marido então. Um momento, por favor.

Abaixa-se e puxa as pastas sob a escrivaninha. Onde está a lista geral? Encontra uma folha de papel. Examina-a com atenção. Não há nenhum Rafael Miguel Santos Castro entre os casos pendentes.

– Não acho o nome dele em minha lista. Seu marido deve ter ficado ao encargo de meu colega, o doutor Otávio. Preciso pegar a pasta. Só me tomará um momento.

– Que pasta? – pergunta Maria.

– A de seu marido, claro. Cada paciente tem uma.

– Mas o senhor ainda não o viu.

– Ah. A senhora não me disse isso. Nesses casos, é preciso que volte dentro de alguns dias, depois de ele ter chegado.

– Mas ele está aqui.

– Onde?

O corpo não poderia estar na câmara fria. Eusébio conhece bem os cadáveres que estão armazenados ali. Ela quer dizer que o marido está lá num sentido *espiritual*? Pergunta-se sobre o estado de saúde mental da mulher, do ponto de vista clínico. Um indício de demência delirante?

Maria das Dores o fita com uma expressão de clara lucidez e responde em tom factual:

– Bem aqui.

Ela se debruça e solta os fechos da mala. A tampa se abre e o único conteúdo escorrega para fora como um bebê ao nascer: o corpo morto e sem sapatos de Rafael Castro.

Eusébio espia o cadáver. A morte acorre aos corpos de várias formas, mas estes sempre lhe chegam ao hospital da mesma maneira: numa maca e devidamente preparados, acompanhados de um relatório clínico. Não saltam de uma mala, trajando roupa de festa. Mas os camponeses possuem seus próprios costumes, ele sabe. Convivem com a morte de um modo que a gente nas cidades deixou de fazer há muito tempo. Nas zonas rurais por vezes se enterram os mortos em velhos troncos de árvore, por exemplo. Em sua longa experiência profissional, chegou a examinar corpos submetidos a esse tratamento para determinar se haviam morrido de causa natural e depois sepultados, ou se foram assassinados e ali descartados. (Em todas as ocasiões o sepultamento foi apropriado.) Também lidou com corpos de camponeses com pregos enfiados embaixo das unhas. Não se tratava de crueldade; apenas um método para assegurar que a pessoa estava de fato morta. E lá estava outro jeito prático de o camponês lidar com a morte: assumir a função da ambulância. Deve ter sido uma tarefa árdua para a velha senhora arrastar aquela mala montanha abaixo.

– Quando morreu? – indaga.

– Faz três dias.

Parece correto. O frio invernal da estrada fez um bom trabalho de preservação do corpo.

– Como ele morreu? – pergunta. – Quero dizer, estava doente?

– Não que ele me tenha dito. Estava tomando uma xícara de café na cozinha. Eu saí. Quando voltei, estava no chão e não consegui despertá-lo.

– Certo. – Infarto agudo do miocárdio, aneurisma cerebral, algo assim, pensa. – E o que a senhora quer que eu faça com ele?

– Abra-o, conte-me como ele viveu.

De novo o mesmo equívoco. Talvez uma aversão à palavra em si. No entanto, pensando nisso, a maneira dela de expressar-se não é incorreta. Ao mostrar como uma pessoa morreu, uma autópsia em geral indica como ela viveu. Ainda assim, é estranho. Talvez uma expressão regional, oriunda da superstição.

– A senhora deseja que eu realize uma autópsia em seu marido?

– Não é o que o senhor faz?

– Sim. Mas não se pode solicitar uma autópsia do modo como se solicita uma refeição em um restaurante.

– Qual é o problema?
– Há procedimentos a serem seguidos.
– Ele está morto. Que mais resta a fazer?

Está certa nesse ponto. Seguindo ou não o protocolo, o corpo continuará sendo o mesmo. Mande-a embora com sua mala e Maria das Dores e Rafael voltarão no dia seguinte. No meio-tempo, uma pensão em Bragança terá a infeliz surpresa de descobrir que um de seus hóspedes é um cadáver. E, em uma noite, no calor do quarto, aquele corpo pode atingir o transbordamento da decomposição, que para ele será um mero inconveniente, mas escandalizará os donos do lugar. Se o casal for mesmo a uma pensão. Desde quando camponeses têm dinheiro para gastar em uma acomodação? É mais provável que ela passe a noite na estação de trem, acomodada em um banco, ou, pior, ao relento em um parque, sentada sobre a mala. O frio não incomodará o velho Rafael Castro, nem sequer sua fiel esposa; esses antiquados camponeses são tão robustos quanto os rinocerontes ibéricos de outrora. É ele, Eusébio, quem fica incomodado. Um pedaço de papel não vale tanto sofrimento, não depois de tamanho pesar. E é melhor lidar com esse corpo fresco do que com o cadáver que do contrário teria de enfrentar, o da mulher jogada da ponte.

Maria das Dores olha para ele, esperando a resposta. A paciência dela o faz decidir.

Ele é prático a seu modo. Como ela disse? Casou-se sob o pretexto do "por que não?" Bem, por que não? Essa será uma história para contar a José.

– Tudo bem, eu farei a autópsia em seu marido. A senhora terá de aguardar aqui.

– Por quê?

– As autópsias não são espetáculo público.

Não era verdade, é claro. Autópsias foram um espetáculo público ao longo da história da medicina. Mas não para o público *geral*.

Mais para especialistas. Do contrário, como os médicos aprenderiam o seu ofício?

— Não sou uma espectadora. Fui a mulher dele por sessenta anos. Estarei lá com ele.

Há uma finalidade contundente em sua última frase, as palavras de uma mulher a quem restam tão poucas necessidades que as que ainda subsistem se enchem até a borda com sua determinação.

É indecoroso discutir tão tarde da noite, ainda mais com uma viúva enlutada. Mais uma vez seu lado prático sugere a solução. Ele deixará uma cadeira por perto. À primeira incisão, a que abre o peito, ela se sentirá mal. Ele a ajudará a sentar-se e depois, após ela ter-se recuperado, a acompanhará ao gabinete, onde a deixará enquanto termina seu trabalho.

— Muito bem. Façamos a sua vontade, senhora. Mas eu a advirto de que uma autópsia, para os não iniciados, não é uma visão bonita.

— Eu abati minha cota de porcos e galinhas. Um corpo é um corpo.

Exceto pelo turbilhão de emoções, Eusébio observa para si mesmo que não amamos porcos ou galinhas. Não pranteamos porcos ou galinhas. Nem mesmo nos lembramos de porcos ou galinhas. Mas deixe-a ver por si mesma. Aliás, esse é o sentido exato da palavra "autópsia", do grego, ver com os próprios olhos. Ela não aguentará. Mesmo o mais resistente aldeão, colocado tão perto da morte, vai querer regressar à vida. Só precisa cuidar de ela não cair e se machucar.

— Talvez possa me ajudar com o corpo – sugere.

Alguns minutos depois, Rafael Miguel Santos Castro está deitado de costas sobre uma das duas mesas de operação do departamento de patologia. Sem nenhum alarido, Maria das Dores o ajuda a remover as roupas do marido. Ela alisa o cabelo dele. Arruma-lhe o pênis, endireitando-o sobre o escroto. Depois examina o corpo como poderia fazer a uma horta, satisfeita de ver que tudo está em ordem.

Eusébio perde a coragem. Assim é que ele olhava um cadáver quando era estudante de medicina, interessado, curioso, corajoso. A morte é um esporte impessoal. Aquele ali é o marido dela. Arrepende-se de sua decisão de permitir a presença de Maria das Dores na autópsia. Em que estava pensando? É o cansaço. Não terá problemas com o hospital ou a faculdade de medicina. Não há regras sobre quem pode assistir a uma autópsia. Ele é o capitão do navio. Só que aquele não é um espetáculo digno de quem ama, a nudez bruta de um homem, em um cenário necessariamente frio e estéril, e isso antes mesmo de ele ter tocado o corpo do camponês com sua ciência. Como a mulher reagirá a isso?

Veste o avental e o amarra. Poderia oferecer um a Maria das Dores, mas desiste da ideia. Um avental a encorajaria a se aproximar.

Verifica sua bandeja de instrumentos. São simples mas eficientes: poucos bisturis e tesouras afiados, alguns fórceps e pinças, um par de tesouras curvas e de pontas cegas, um cinzel, um martelo de madeira, um bom serrote, uma balança para pesar os órgãos, uma régua com clara marcação em centímetros e milímetros para medi--los, uma faca longa e lisa para fatiá-los, diversas esponjas, agulhas e linha para costurar o corpo depois. E um balde para os resíduos, ao pé da mesa. Claro que seu principal instrumento é o microscópio, com o qual examina as lâminas dos espécimes excisados e biopsiados e as amostras de fluidos corporais. Essa é uma parte essencial de seu ofício, o trabalho histológico. Sob o microscópio do patologista, vida e morte combatem em um círculo iluminado, uma espécie de tourada celular. A tarefa do patologista é encontrar o touro em meio às células dos matadores.

Deveria ter levado o corpo para longe e voltado alguns minutos depois com algumas lâminas, afirmando tratar-se de espécimes do marido. Ela não saberia a diferença. Sobrevoando esses cenários coloridos com o microscópio de duas cabeças, teria declamado sortilégios médicos. *Ah, sim, é absolutamente claro para mim, senhora Castro. Está vendo o padrão, aqui e ali? É a arquitetura clássica. Sem dúvida nenhuma. Seu marido morreu de câncer hepático.* Então ela teria partido, triste mas satisfeita, capaz de seguir adiante, porém poupada da carnificina de seu marido.

Mas é tarde demais para isso. Ali está a mulher, perto da mesa, sem nenhum interesse na cadeira que ele lhe trouxe.

Talvez consiga fazê-la sentar-se no cubículo de dona Leonor Melo. O que ele e José fariam sem a incansável dona Leonor? O escritório dela, não muito maior do que a mesa onde repousa sua máquina de escrever, fica na divisa entre as duas salas de autópsia. Dos dois lados, na altura da cabeça da secretária, dando para cada uma das salas, existe uma abertura provida de um painel de palhinha. Os múltiplos furos minúsculos da trama permitem que ela escute com os ouvidos, mas não veja com os olhos. Se fosse diferente, veria os órgãos gotejantes e os corpos desmembrados, gritaria e desmaiaria, e ela está ali para registrar, não para reagir. Dona Leonor datilografa com velocidade e precisão extraordinárias, e sua grafia do latim é excelente. Sua assistência permite que ele e José observem e falem o que estão fazendo sem ter de parar para redigir. Há muitas autópsias a serem feitas. Na atual configuração, enquanto um médico trabalha e dita, o outro conclui as diligências com um corpo, faz uma pausa e então se prepara para o próximo caso. Alternando dessa maneira, os dois médicos executam com perfeição uma autópsia após a outra.

Às vezes, depois de se confessar com o padre Cecílio, ocorre-lhe que dona Leonor seria uma confessora mais adequada. Para ela, revelaram-se muito mais verdades duras do que ao padre Cecílio.

Costuma usar luvas de borracha para fazer autópsias, um avanço tecnológico recente e bem-vindo. Zela por suas luvas com grande carinho, lavando-as com água e sabão todos os dias e mantendo-as úmidas com solução de iodeto de mercúrio. Mas hesita em calçá--las agora. Maria Castro poderia pensar que, ao usá-las, expressaria desdém pelo corpo do marido. Melhor nesse caso voltar à velha técnica das mãos nuas.

Mas, primeiramente, precisa substituir a tira de papel mata--moscas. As moscas são um problema persistente no clima português. Proliferam como mascates do contágio. Faz questão de trocar pessoalmente, com regularidade, os rolos amarelos pendurados nas salas de autópsia.

– Se a senhora me der licença – diz a Maria das Dores. – Higiene, ordem, rotina: tudo muito importante. – Apanha a cadeira que lhe destinara, coloca-a debaixo da tira usada, sobe, remove o papel cravejado de moscas gordas, substituindo-o por uma nova tira, brilhante e grudenta.

Maria das Dores o observa calada.

Da cadeira ele fixa o olhar na mesa de autópsia. Nunca parecem muito grandes na mesa, esses corpos. Elas são fabricadas de modo a acomodar os físicos mais avantajados, é por isso. E estão nus. Mas há algo mais. Aquela parte do ser chamada alma, e que pesa vinte e um gramas conforme os experimentos do médico americano Duncan MacDougall, toma uma quantidade surpreendente de espaço, como uma voz alta. Em sua ausência, o corpo parece encolher. Melhor dizendo, antes do inchaço da decomposição.

Inchaço do qual Rafael Castro parece estar livre, provavelmente por causa do frio, mas também em razão do sacolejo do corpo na mala durante a viagem. Em seu trabalho, Eusébio está acostumado a ser saudado pelas irmãs Mortis. A mais velha, Algor, resfria o paciente até a temperatura ambiente; Livor, a do meio, aplica com cuidado seu padrão de cores favorito, cinza-amarelado para a metade superior do paciente e vermelho-púrpura para a de baixo;

enquanto Rigor, a mais nova, endurece o corpo de tal forma que os ossos podem se quebrar quando se forçam os membros. Formam um trio alegre, essas irmãs, solteironas eternas que violentam incontáveis corpos.

As orelhas de Rafael Castro apresentam um arroxeado profundo; há apenas esse toque de *livor mortis*. E a boca está aberta. O momento agônico é a última batida que o corpo dá na porta da eternidade antes que ela se abra. O corpo se convulsiona, o peito arqueja, a boca se escancara e é o fim. Talvez a boca se abra para liberar os vinte e um gramas. Ou talvez seja apenas um relaxamento dos músculos mandibulares. Seja como for, as bocas geralmente estão fechadas, porque os corpos sempre lhe são entregues lavados e preparados; a mandíbula presa por uma faixa de algodão; as mãos unidas diante do corpo; o reto e, se for o caso, a vagina recheados de chumaços de algodão. Cortar esses ligamentos e remover esses bloqueios são os primeiros passos a serem dados quando se abre o livro do corpo.

Os dentes parecem estar em boas condições, uma exceção ao que se espera de um camponês comum, com ossos saudáveis e dentes podres.

Não há etiqueta de identificação no dedão do pé. Eusébio precisa acreditar que se trate realmente de Rafael Miguel Santos Castro, oriundo de Tuizelo. Mas não tem motivo para duvidar da palavra de Maria das Dores.

Também não dispõe de um relatório clínico. Tal relatório é como a capa de um livro, anunciando o que está por vir. Mas, assim como a capa pode se desprender do verdadeiro conteúdo do livro, assim também se dá com o relatório clínico. Sem dispor de nenhum conhecimento acerca do caso, Eusébio ainda assim descobrirá o que golpeou Rafael Castro, o que fez com que o corpo cedesse.

Desce da cadeira. Olha para a prateleira de frascos, junto à parede próxima da mesa. Apanha o frasco de óleo carbólico. Como não vai usar as luvas de borracha, encharca as mãos com o óleo, para protegê-las. Em seguida, encontra a barra de sabonete de Marselha e esfrega-o de modo que lascas de sabão fiquem presas sob as unhas. Essa precaução, em conjunto com uma rigorosa lavagem das mãos e a aplicação de óleos odoríferos, garante que possa aproximar-se de sua esposa à noite sem que ela recue e o rejeite.

Começará com as palavras. As palavras serão o anestésico que prepararão Maria das Dores para o que está prestes a fazer.

– Dona Maria das Dores, deixe-me explicar um pouco o que vai acontecer. Vou realizar uma autópsia em seu marido. O propósito é descobrir a anormalidade fisiológica, ou seja, a doença ou a lesão responsável pela morte. Em alguns casos, quando o relatório clínico é bastante preciso, esse objetivo é determinado com muita tranquilidade após o exame de um único órgão, digamos o coração ou o fígado. O corpo saudável é a ação equilibrada de milhares de partes, e o desequilíbrio sério de uma delas pode, por si só, fazer a vida cair de sua corda bamba. Mas, em outros casos, o cadáver é, digamos, um romance policial. Não preciso dizer que estou usando uma figura de linguagem. Não quero dizer que houve um verdadeiro assassinato. Quero dizer que o corpo é uma casa habitada por um elenco de personagens, cada um dos quais negando ter qualquer responsabilidade pela morte, mas em alguns cômodos podemos encontrar pistas. O patologista é um detetive que presta muita atenção e emprega suas células cinzentas para aplicar ordem e lógica até que a máscara de um dos órgãos possa ser arrancada e sua verdadeira natureza, sua culpa obscura, seja revelada de modo incontestе.

Sorri para si mesmo. Maria, a sua Maria, teria gostado da analogia com o romance policial. Maria das Dores apenas o encara sem piscar. Ele prossegue.

– Por onde começamos? Pela superfície. Antes de qualquer incisão, precisamos examinar a superfície do corpo. O corpo parece ter sido adequadamente nutrido? Está magro, macilento ou, ao contrário, obeso? O peito tem a forma de barril, indicador de bronquite ou enfisema, ou é um peito de pombo, sinal de raquitismo em sua vida pregressa? Há lividez incomum na pele ou o oposto, alguma intensificação da cor ou sinal de icterícia? Erupções cutâneas, cicatrizes e lesões, ferimentos recentes: precisamos observar tudo isso, sua extensão e severidade.

"É preciso verificar os orifícios do corpo... a boca, o nariz, os ouvidos, o ânus... em busca de secreções ou anormalidades, e também a genitália externa. Por fim, os dentes.

"No caso de seu marido, tudo parece estar em ordem. Vejo aqui e aqui. Aqui. Aqui. Parece normal, exteriormente um homem saudável para a idade, morto em função de uma causa interna. Percebo aqui uma velha cicatriz."

– Ele escorregou de uma rocha – diz Maria das Dores.

– Não é motivo de preocupação. Apenas observo. Em geral, essa parte externa do exame é sumária, já que pouco acrescenta aos resultados. A doença em geral se desenvolve do interior para o exterior. Assim, o fígado falha antes de a pele ficar amarela, por exemplo. Há exceções notáveis, é claro: tumores de pele, lesões e assemelhados, e acidentes. E a morte causada por um crime costuma ser examinada primeiramente pelo aspecto externo, mas não é do que se trata aqui. Em nosso caso, a pele tem pouco a nos contar.

"Agora precisamos, bem, precisamos *entrar* no corpo, precisamos examiná-lo por dentro. Podemos afirmar com segurança que não há razão para iniciar uma autópsia por uma extremidade, digamos, o pé do paciente. Em patologia, o equivalente ao rei e à rainha no jogo de xadrez são o tórax e a cabeça. Cada um é vital ao jogo, por assim dizer, de modo que podemos começar uma autópsia por qualquer um deles. O patologista em geral faz a incisão inicial no tórax."

Eusébio se arrepende de suas palavras. Que história é essa de xadrez? Chega dessa conversa fiada.

– De início usarei este bisturi para fazer uma incisão em forma de Y no tórax de seu marido, começando pelos ombros e encontrando-se no esterno, prosseguindo em seguida pelo abdômen até o púbis. A senhora notará que a gordura subcutânea é bem amarela e os músculos têm a aparência de bife cru, muito vermelhos. O que é normal. Já estarei em busca de indicadores. A aparência dos músculos, por exemplo, que poderia dar sinal de uma doença degenerativa ou tóxica, como a febre tifoide.

"Depois removeremos o esterno e a parte anterior das costelas. Usarei estas tesouras curvas para cortá-las, cuidando de não molestar nenhum dos órgãos internos."

Sua esposa usa um par idêntico no jardim, no qual deposita grande confiança.

– Agora as vísceras ficam expostas, dispostas em uma massa colorida. Observarei como elas se reúnem. Os órgãos funcionam como irmãos que trabalham em um negócio familiar. Há alguma anormalidade óbvia capaz de ter provocado um distúrbio na família? Algum inchaço? Alguma coloração suspeita? Normalmente, a superfície das vísceras deve ser macia e brilhante.

"Depois dessa análise geral, preciso observar cada órgão individualmente. Como não sabemos o que provocou a morte de seu marido, estou inclinado a retirar todos os itens do tórax para examiná-los em conjunto, antes de separá-los e investigar cada componente por si próprio.

"*Grosso modo*, farei a mesma pergunta a cada órgão. Qual é seu formato normal? Houve um encolhimento ou, ao contrário, uma expansão? Algo exsudou na superfície do órgão, ou seja, alguma matéria vazou? Essa matéria se esfarela com facilidade ou é fibrosa e de difícil remoção? Há áreas que exibem um branco perolado, indicando uma inflamação crônica? Há cicatrizes ou pregas, rugas se achar melhor, sinal de fibrose? E assim por diante. Depois disso, vem o exame interno. Farei uma incisão em cada órgão, usando esta faca, com o propósito de avaliar a condição interna. O coração é local de muitas possibilidades patológicas e eu o examinarei com cuidado adicional."

Ele se detém. A mulher nada diz. Talvez esteja impressionada. É hora de resumir e concluir.

— As vísceras abdominais são o próximo passo, os intestinos grosso e delgado, o estômago, o duodeno, o pâncreas, o baço e os rins; farei um exame detalhado. — Ele percorre o torso com a mão. — O rei já foi. Agora é a vez da rainha, ou seja, a cabeça. Para examinar o cérebro e o tronco encefálico de seu marido, precisarei remover o escalpo, fazendo uma incisão e serrando o crânio. Mas deixemos isso para lá. Detalhes, detalhes. Por último, examinarei os nervos periféricos, os ossos, as juntas, os vasos etc., se achar necessário. Ao longo do exame, retirarei amostras, partículas de órgãos, que estabilizarei com formalina embebida em parafina, para depois seccionar, adicionar corante e examinar ao microscópio. O serviço do laboratório vem depois.

"Nesse estágio, a tarefa principal a ser feita no corpo de seu marido estará concluída, dona Maria das Dores. Devolverei os órgãos ao corpo e encherei todas as cavidades com jornal. Recolocarei o esterno e costurarei a pele, fazendo o mesmo com o topo do crânio. Com isso, o trabalho estará pronto. Depois de vestido, será como se nada tivesse acontecido com ele e ninguém de fora da sala saberá o que se passou, mas a ciência sim. Saberemos com segurança como e por que seu marido morreu; ou, como a senhora disse, como ele viveu. Tem alguma pergunta?"

A velha senhora suspira e meneia a cabeça. Teria revirado os olhos? Tudo bem, então. Relutante, apanha o bisturi.

— Aqui está o bisturi — proclama.

A lâmina afiada paira sobre o peito de Rafael Castro. A mente de Eusébio dispara. Não há como fugir. Terá de abrir o tórax. Mas logo se concentrará em um órgão, o coração. *Ah, isso explica tudo. Podemos ver com clareza a resposta aqui. Não há necessidade de prosseguir...*

— Bem, lá vamos nós.

— Comece pelo pé — diz Maria das Dores.

Ele levanta os olhos. Que ela disse? Teria dito pé ou fé? E que isso significa, começar com a fé? Quer que ele faça uma oração antes de iniciar? Terá prazer em atendê-la, embora nunca tenha orado numa sala de autópsia. O corpo de Cristo está em outra parte. Mais singelamente, ali está o corpo de um homem.

— Desculpe-me. O que a senhora disse? — pergunta.

Maria repete:

— Comece pelo pé.

Desta vez ela aponta. Ele olha para os pés amarelados de Rafael Castro. Nada mais distante do infarto agudo do miocárdio que pretendia diagnosticar.

— Mas, dona Maria das Dores, como acabei de lhe explicar, na realidade usando esse mesmo exemplo, não tem sentido começar uma autópsia pelo pé do paciente. Os pés são órgãos periféricos, tanto literal quanto patologicamente. E, no que diz respeito aos do seu marido, não vejo indicação de fratura ou nenhum tipo de lesão; absolutamente nada, nenhum sinal de tumor de pele ou de outra doença, nenhuma patologia, joanete, unha encravada. Há um ligeiro edema periférico, ou seja, um inchaço, natural para alguém morto há três dias. Há traços de *livor mortis* ao redor do calcanhar. Mais uma vez, é normal.

Maria das Dores diz pela terceira vez:

– Comece pelo pé.

Ele se cala. Que noite desastrosa! Deveria ter ficado em casa. Não apenas não conseguirá adiantar nenhum trabalho como agora tem uma camponesa maluca na sala de autópsia. Foi precisamente por isso que se especializou em patologia, para evitar situações como essa. Sabe lidar com o entupimento ou liquefação dos corpos, mas não com o entupimento ou liquefação das emoções. Que pode fazer? Dizer que não e mandá-la cortar os pés do marido na mesa da cozinha dela se está tão disposta a isso? O que significaria enfiar o marido de novo na mala, nu desta vez. E a velha bruxa iria embora sem brigar? Duvida.

Desiste. Fará o que ela quer. Sente-se como um ambulante em uma feira, fazendo o pregão de seus produtos. *Autópsia, autópsia, quem quer uma autópsia? Não vacile, venha ver! Especial do dia: pague por um glóbulo ocular, ganhe o outro de graça. O senhor, doutor, que tal um testículo, apenas um testículo para começar? Venha, faça sua autópsia!* Por que não começar pelos pés? Se ela quer que a autópsia do marido se inicie por ali, então que seja. O freguês sempre tem razão. Suspira e se dirige para a extremidade distal do corpo, o bisturi em punho. Maria das Dores une-se a ele.

– O pé, a senhora disse?

– Sim – ela responde.

– Tem predileção por algum?

Ela balança a cabeça. Eusébio está mais perto do pé direito de Rafael Castro. Olha para ele. Em seus dias de residência já dissecara um pé, lembra-se vagamente, mas como patologista prático, além da ocasional excisão superficial, nunca lidou com nenhum. Quantos ossos há mesmo ali? Vinte e seis, trinta e três em cada um? Todos reunidos e operando por meio de um conjunto de músculos, ligamentos e nervos. Um arranjo muito eficiente tanto para o apoio quanto para a locomoção.

Onde deve cortar? Melhor a superfície plantar do que a dorsal, pensa. Menos ossuda. Segura a planta e puxa. O pé se flexiona com pouca rigidez. Examina a sola. A pele calosa se partirá, a gordura subcutânea aparecerá, um pouco de sangue espesso pode vazar – apenas um pé submetido a um corte aleatório. O corpo não sofre nenhuma indignidade, apenas o patologista.

Pressiona a lâmina do bisturi no alto do metatarso medial. Deixa a lâmina afundar na carne, não importa onde perfure, e avança na direção do calcanhar. O bisturi secciona facilmente a planta do pé até o arco, ao longo do ligamento plantar. Retira a lâmina e a enterra no corpo adiposo do calcanhar.

Um liquido grosso vaza pelo corte. Começa a gotejar na mesa de autópsia. É esbranquiçado e granuloso, recoberto por um lustre brilhante, com um ligeiro corrimento amarelo. O cheiro é acre.

– Foi o que imaginei – declara Maria das Dores.

Ele a encara, espantado. *Que é isso, em nome de Deus?* Embora não tivesse falado em voz alta, Maria das Dores responde.

– É vômito – diz.

Eusébio examina de perto a exsudação. Cheira. A aparência glutinosa, o odor bilioso... sim, é realmente vômito, vômito fresco. Mas como isso é possível? *Trata-se de um pé.* Já viu necrose e putrefação de todos os tipos, mas nada assim, jamais.

– Por onde mais poderia sair? – ela diz. – É a força da gravidade. – Ele parece precisar de mais explicações. – Veja, a criança morreu – ela acrescenta. Faz uma pequena pausa. Em seguida, converte todo o silêncio em palavras. – Deixe-me dizer como se passa um funeral em Tuizelo. Em primeiro lugar é preciso ter um bom motivo. Deve-se abrir mão de uma vida. Se quiser um bom funeral, a vida tem de ter sido preciosa, não a de um tio distante ou do amigo de um amigo. Digamos que seja a de seu próprio filho. Assim se inicia um funeral, com um relâmpago que arrebenta o peito e despedaça suas vísceras. Surdo, mudo, idiota, você agora pode considerar detalhes. Uma cerimônia pronta lhe é entregue, velha e usada. Você segue em frente porque não sabe o que fazer. Há um carro fúnebre, apenas uma carroça que lhe emprestaram, enfeitada, uma cerimônia rígida, inconcebível, na igreja, seguida de um enterro no cemitério em um dia cinzento, todo mundo parecendo pouco à vontade em suas roupas de festa, tudo isso insuportável. Então acaba.

"As pessoas permanecem um pouco mais, mas acabam indo embora. Concedem-lhe uma parcela de tempo, depois da qual você deve voltar ao mundo, à sua vida de outrora. Mas por que devemos fazer isso? Após um funeral, um bom funeral, tudo perde valor e não há vida para onde voltar. Nada mais resta. Nem mesmo as palavras, não de imediato. De imediato, a morte devora as palavras. As palavras vêm mais tarde, por que de que outra forma você poderia pensar nele, já que ele não está mais a seu lado?

"No funeral Rafael disse apenas uma coisa. Ele gritou: 'O tamanho do caixão, veja o tamanho disso'. É verdade, não era muito grande.

"No dia em que Rafael voltou a Tuizelo, não precisou dizer nada para que eu soubesse. Ele não conseguiu, de todo modo. O sofrimento lhe paralisou o rosto e lhe aturdiu a boca. Eu soube no mesmo instante. Nada mais seria capaz de deixá-lo naquele estado. Soube só de olhar para ele que nosso adorado havia morrido. Os vizinhos já se reuniam em frente de nossa casa, aglomerando-se em silêncio. Rafael o depositou na mesa de jantar. Eu desmaiei. Queria ter ficado desacordada para sempre, queria tê-lo acompanhado de maneira rápida e protetora, como uma mãe deve fazer. Em vez disso, acordei cercada por velhas viúvas fedorentas. Rafael manteve-se distante. Próximo, mas distante. Remoía-se de culpa. Nosso filho morreu sob sua guarda. Ele era o pastor naquele dia. E deixou que seu rebanho se perdesse.

"Amávamos nosso filho como o mar ama a ilha, sempre o envolvendo com nossos braços, sempre tocando-o e desaguando nosso cuidado e nossa preocupação em suas praias. Quando ele partiu, só restou ao mar contemplar a si próprio. Nossos braços abraçaram o vazio. Chorávamos o tempo todo. Se um dos afazeres não fosse cumprido – o galinheiro sem conserto, a horta sem capinar –, sabíamos que um de nós havia sentado e chorado. Esta é a natureza da dor: é uma criatura de muitos braços e poucas pernas, e ela sai cambaleando, à procura de apoio. A tela de arame puída e a erva daninha se tornaram expressão de nossa perda. Não posso ver uma tela de arame hoje sem pensar no nosso filho perdido. Há algo a respeito de sua urdidura, a um só tempo tão fina e resistente, tão porosa e sólida, que me lembra a maneira como o amamos. Depois, por causa de nossa negligência, as galinhas morreram na boca de uma raposa sorrateira que invadiu o galinheiro e a colheita de legumes rendeu poucos frutos; mas assim é: um filho morre e a terra se torna estéril.

"Quando ele não se sentia bem ou não conseguia dormir, rastejava para nossa cama, deitando-se no meio. Depois que ele se foi, esse espaço em nosso leito se tornou intransponível. Rafael e eu nos tocávamos apenas embaixo, quando, à noite, as unhas de nossos pés espetavam como facas soltas em uma gaveta, ou por cima, quando olhávamos um para o outro sem dizer palavra. Rafael nunca quis preencher aquele espaço, pois isso seria reconhecer que nosso filhote de urso não voltaria mais. Houve noites em que vi sua mão alcançar o espaço e acariciar o vazio. Então a mão retornava, como o membro de uma tartaruga para dentro da casca, e toda manhã Rafael acordava com os olhos cansados e enrugados de uma tartaruga que viveu demais. Seus olhos piscavam lentamente, como os meus.

"A dor é uma doença. Fomos assolados por suas cicatrizes, atormentados por suas febres, violados com seus golpes. Ela nos devorou como vermes, atacou-nos como piolhos; esfregávamo-nos até quase enlouquecer. Durante o processo ficamos ressecados como grilos, cansados como cães velhos.

"Nada mais se encaixou em nossa vida. As gavetas não se fecharam mais com precisão, as cadeiras e as mesas ficaram bambas, os pratos lascados, os talheres apareceram com marcas de comida ressecada, as roupas começaram a ficar manchadas e a se rasgar... e a vida lá fora ficou igualmente mal-ajambrada.

"A morte dele fez pouca diferença para a vida lá fora. O mesmo não se passa com todas as crianças? Quando uma criança morre, não há propriedades a serem legadas, bens a serem divididos, nenhum trabalho ou ofício que fica desocupado, não há dividas a serem pagas. Uma criança é um pequeno sol que brilha à sombra dos pais, e, quando se apaga, nada lhes resta senão a sombra.

"De que adianta ser mãe se não há ninguém a quem servir de mãe? É como ser flor sem a corola. No dia em que nosso filho morreu, virei um talo sem flor.

"Se há um rancor que guardei contra Rafael por muito tempo foi o fato de ele ter demorado um dia para voltar. Ele hesitou. Mas uma mãe tem o direito de saber imediatamente da morte do filho. Deixá-la imaginando por um minuto sequer que ele está vivo e bem quando não está é um crime contra a maternidade.

"E então aquele pensamento que se instala em sua mente: e agora, como terei coragem de amar qualquer coisa?

"Quando você se esquece dele por um mero instante, é aí que vem a punhalada. Rafael gritava 'Meu lindo menino!' e desabava. Em geral, porém, levávamos a vida com uma insanidade silenciosa e reservada. É assim que se faz. Rafael começou a andar de costas. Das primeiras vezes que o vi andando assim, pela estrada ou no meio do campo, nem prestei atenção. Imaginei que estivesse agindo daquela maneira por um momento, para ficar de olho em alguma coisa. Então, certa manhã, ele andou desse jeito a caminho da igreja. Ninguém disse nada. Deixaram-no em paz. Perguntei-lhe aquela noite a razão daquilo, a razão de andar de costas. Rafael me contou que, no dia em que voltou a Tuizelo, viu um homem, um estranho, saindo da aldeia. Rafael estava sentado na ponta da carroça, segurando nosso filhote nos braços, embrulhado em um lençol. O forasteiro estava a pé, deslocando-se em marcha rápida, quase uma corrida, e andava de costas. Segundo Rafael, o rosto daquele homem, tomado pelo sofrimento e pela angústia, era a coisa mais triste. Não se lembrou mais dele até que descobriu que queria fazer a mesma coisa; combinava com suas emoções, ele me disse. Foi o que começou a fazer ao sair de casa, em direção ao mundo. Com muita frequência ele se virava e começava a andar de costas.

"Eu sabia quem era aquele homem. Havia parado para visitar a igreja. Um homem estranho, da cidade, muito imundo e doente. O padre Abraão lhe falou e depois ele saiu correndo. Abandonou a máquina com a qual chegara; um automóvel, o primeiro que víamos. Deve ter sido um regresso árduo, para voltar de onde quer que tivesse vindo. O automóvel ficou parado na praça durante semanas, ninguém sabia o que fazer com ele. Um dia, um outro homem, alto e magro, chegou à vila e o levou embora sem dar nenhuma explicação. As pessoas falavam sem parar umas com as outras sobre a máquina e seu motorista. Seria apenas um visitante... ou um anjo da morte? Independentemente do que fosse, eu não dava importância. Havia me entregado às lembranças. A memória nunca nos tinha sido muito útil. Para que lembrar dele quando ele estava ali, bem diante de nossos olhos? Recordar era apenas um prazer ocasional. Depois é tudo o que resta. Você faz o possível para viver das lembranças que guardou dele. Procura transformar as lembranças em coisas reais. Puxa os fios da marionete e diz: 'Aí está, aí está, não vê: ele está vivo!'

"Foi Rafael que começou a chamá-lo de nosso filhote de urso depois de sua morte. Rafael dizia que ele estava hibernando. 'No fim, quando ele se mexer e despertar, estará faminto', costumava dizer, ligando um fato, ou seja, o imenso apetite de nosso filho quando acordava, a uma fantasia, a de que iria voltar. Eu entrava no jogo, pois ele também me reconfortava.

"Ele *era* tão alegre! Todos diziam. Não o tínhamos planejado nem esperado. Para mim, meus anos férteis tinham ficado para trás fazia muito tempo; e, de repente, ele veio. Costumávamos olhar para ele e perguntar: "Que criança é essa? De onde ela veio?" Ambos temos olhos e cabelos escuros, como toda a gente em Portugal, não? Contudo, o cabelo dele era louro como um campo de trigo, e que olhos ele tinha: de um azul brilhante! Como olhos como aqueles foram parar naquela cabeça? Um sopro do Atlântico teria bafejado Tuizelo no dia em que fora concebido, associando-se à sua criação? Minha teoria é que empregamos com tamanha parcimônia os suprimentos que havia na despensa de nossa árvore genealógica, que, quando enfim os usamos, apenas os mais finos foram utilizados. Ele inventou o riso. Sua capacidade de produzir alegria era infinita e sua boa vontade não tinha limites. A aldeia inteira o adorava. Todos procuravam sua atenção e seu afeto, tanto os adultos como as outras crianças. Muito amor fora vertido naqueles olhos azuis. Ele tomava aquele amor e o devolvia, feliz e generoso como uma nuvem.

"Rafael tinha ido ajudar um amigo perto de Cova da Lua. Uma semana de trabalho, para pouco dinheiro. Ele o levou, nosso menino de cinco anos de idade. Seria uma aventura para ele. E poderia ajudar. Então aconteceu, enquanto Rafael afiava a foice na pedra de amolar. Parou e escutou. Estava silencioso demais. Chamou. Vasculhou a quinta. Ampliou a busca. No fim, seguiu pela estrada, chamando o nome dele. Foi onde o encontrou. E quanto ao outro pé?"

A pergunta o pegou de surpresa. Eusébio olha para o pé esquerdo do cadáver. Corta na altura do calcanhar. De novo, sai o vômito.

— E mais para cima? — pergunta Maria das Dores.

Não hesita mais. Com o bisturi, faz uma incisão na metade da perna direita, perto da tíbia; outra no joelho esquerdo, entre a patela e o côndilo medial do fêmur; outra nas coxas, um corte em cada quadríceps. Cada uma com cerca de cinco, seis centímetros, e, a cada vez, vaza o vômito, embora ele perceba que com menor pressão vinda do corte nas coxas. Rasga a pelve, pouco acima do púbis, um corte longo. Puxa a pele para trás. Surge uma massa de vômito. Na borda, o bisturi topa com algo duro mas solto. Eusébio investiga. Percebe um brilho. Ele o desloca e o vira com a lâmina. Uma moeda, uma moeda de prata de cinco escudos. Há outras moedas ao lado, alguns escudos, outros centavos, cada qual deitada sobre o vômito. O mísero patrimônio de um camponês.

Ele para. Pergunta-se se deve deixar as moedas ali ou extraí-las.

Maria das Dores lhe interrompe o pensamento.

— O pênis — ela diz.

Ele segura o pênis considerável de Rafael Castro. À primeira vista o falo e as glândulas parecem perfeitamente normais. Não há sinal da doença de Peyronie, de condilomas, de papulose bowenoide. Decide cortar ao longo do corpo cavernoso, uma das duas alongadas câmaras esponjosas que, quando cheias de sangue, proviam tanto prazer ao casal. Faz uma incisão no comprimento do pênis, através do prepúcio até as glândulas. Mais uma vez o bisturi atinge algo rígido onde nada rígido deveria existir. Deixa o bisturi de lado. Com os dedões posicionados dos dois lados do corte, empurrando com os dedos o lado oposto do pênis, extrai a coisa rígida. Vem em dois pedaços: de madeira, lisa, arredondada e com buracos.

— Ah! — exclama Maria das Dores. — Sua flauta doce.

As duas outras peças da flauta estavam alojadas no segundo corpo cavernoso. Como homem de ordem e método, Eusébio monta o instrumento. Entrega-o à velha senhora, que a leva aos lábios. Uma vibração de três notas ecoa no ar.

– Ele tocava muito bem. Era como ter um canário em casa – afirma.

Ela deposita o instrumento na mesa de autópsia, ao lado do corpo.

Com uma palavra aqui, um balançar de cabeça ali, exibindo um perfeito conhecimento da anatomia baseada em experiências de Rafael Castro, Maria das Dores dirige o bisturi de Eusébio. É a autópsia mais simples que ele já executara, pois necessita tão somente daquele instrumento afiado, mesmo para a cabeça. Deixa para o fim o tórax e o estômago, preferindo as descobertas distais dos membros superiores, do pescoço e da cabeça.

Leves plumas revestem o dedo anelar da mão esquerda, assim como o dedo médio da mão direita, enquanto, nos dedos indicadores das duas mãos, localiza sangue, sangue fresco e vermelho – o único traço de sangue encontrado no corpo. Todos os outros dedos contêm lama. A palma da mão direita encerra uma concha de ostra; a palma da esquerda, páginas de um pequeno calendário de parede. Os braços estavam abarrotados. Extrai deles um martelo, um par de tenazes, uma faca comprida, uma maçã, um torrão de lama, um feixe de trigo, três ovos, um bacalhau salgado, um garfo e uma faca. A cabeça de Rafael Castro se revela mais espaçosa. Dentro dela descobre um quadrado de tecido vermelho; um brinquedinho artesanal de madeira com rodas que giram; um espelho de bolso; mais plumas; um pequeno objeto de madeira pintada, de cor ocre, que Maria das Dores não consegue identificar; uma vela; uma longa madeixa de pelo escuro e três cartas de baralho. Em cada olho localiza um dado e uma pétala de flor seca no lugar da retina. O pescoço contém três pés de galinha e o que parecem ser gravetos: folhas secas e galhos. A língua está cheia de cinzas, exceto na ponta, onde há mel.

Por fim, é a vez do tórax e do abdômen. A velha senhora assente com a cabeça, ainda que com evidente agitação desta vez. Eusébio encerra a autópsia fazendo a incisão com a qual pretendia iniciá-la, o corte em forma de Y dos ombros ao esterno, descendo para o estômago. Secciona a pele o mais superficialmente possível, mal atingindo a gordura subcutânea. Como havia feito um corte no púbis anteriormente, as cavidades torácicas e abdominais ficam bem à mostra.

Pode ouvi-la ofegar.

Embora não seja especialista na matéria, está muito seguro de que se trata de um chimpanzé, um tipo de primata africano. Demora um pouco mais para identificar a segunda criatura, menor, parcialmente oculta pela primeira.

Preenchendo o tórax e o abdômen de Rafael Castro, deitados bem juntos em tranquilo repouso, estão um chimpanzé e, envolto em seus braços protetores, um filhote de urso, pequeno e castanho.

Maria das Dores inclina-se para a frente e pressiona o rosto contra o filhote de urso. Foi assim, portanto, que o marido dela *viveu*? Eusébio nada diz, apenas observa. Nota a face brilhante e clara do chimpanzé e sua pelagem grossa e lustrosa. Um animal jovem, conclui.

Ela fala em tom calmo:

– O coração tem duas alternativas: fechar-se ou abrir-se. Não contei minha história de modo inteiramente verdadeiro. Fui eu que protestei contra o tamanho do caixão. Fui eu que gemi "Meu lindo menino!" e desabei. Fui eu que não quis que o espaço em nossa cama se fechasse. Poderia cortar um pouco do pelo da criatura negra? E, por gentileza, me apanhe a mala.

Ele obedece. Com o bisturi, corta um tufo do flanco do chimpanzé. Ela esfrega os pelos entre os dedos, cheira-o e o pressiona contra os lábios.

– Rafael sempre teve mais fé do que eu – diz. – Sempre repetia algo que lhe dissera uma vez o padre Abraão, algo sobre a fé ser muito jovem, sobre a fé, ao contrário de tudo mais que há em nós, nunca envelhecer.

Eusébio recupera a mala que estava em seu gabinete. Maria das Dores abre-a, deposita-a na mesa de autópsia e passa a transferir para ela os objetos encontrados no corpo de Rafael Castro, um a um.

Depois, começa a despir-se.

A nudez chocante de uma senhora velha. A carne minada pela gravidade, a pele destruída pela idade, as proporções arruinadas pelo tempo – e ainda assim, reluzindo sua vida longa, como um invólucro de pergaminho encobrindo o texto. Ele vira um bom número de mulheres assim, todas defuntas, porém sem personalidade, e tornadas mais abstratas por estarem retalhadas. Quando não lhes toca a doença, os órgãos internos são intemporais.

Maria das Dores se despe até a última peça de roupa. Ela retira a aliança, o elástico que lhe prendia o cabelo. Coloca todos os itens na mala, que fecha assim que conclui a operação.

Com o auxílio da cadeira que Eusébio lhe trouxera, sobe na mesa. Deitando-se sobre o cadáver de Rafael Castro, empurrando aqui e ali, pressionando e se contorcendo, encontrando espaço onde não parecia haver nenhum, uma vez que ali já se abrigam duas criaturas, Maria Castro se acomoda cuidadosamente no corpo do marido. O tempo todo, repete: "Aqui é minha casa, aqui é minha casa". Ela se posiciona de modo que o dorso do chimpanzé fica aninhado em sua frente e seus braços enlaçam tanto o primata quanto o filhote de urso, com as mãos pousadas sobre o último.

— Por favor — ela diz.

Ele sabe o que fazer; tem muita prática no assunto. Apanha uma agulha. Empurra o fio pelo buraco. Então começa a costurar o corpo. É um trabalho rápido, pois a pele é macia, um simples trançado de um lado e para o outro seguindo com o fio em zigue-zague, embora, nesse caso, dê pontos bem apertados, criando uma sutura mais fina do que o habitual. Segue pelo púbis de Rafael Castro, em seguida fecha a pele sobre o abdômen e o peito, subindo pelo ombro. Cuida de não espetar com a agulha nem Maria das Dores nem os dois animais. Pode ouvi-la dizer muito debilmente enquanto termina o torso:

— Obrigada, senhor doutor.

Nunca trabalhara num corpo que acabou com tantas incisões. A ética profissional o obriga a fechar cada uma delas: ao longo da cabeça, dos braços, pescoço, pernas e mãos, pênis e língua. Os dedos são uma tarefa árdua. O resultado final dos olhos não é satisfatório — demora-se tentando fechar as pálpebras sobre o trabalho malfeito.

Finalmente, restam apenas um corpo sobre a mesa de autópsia e uma mala no chão, recheada com objetos variados.

Eusébio deixa o olhar vagar, silenciosamente, por um longo tempo. Quando se volta, percebe algo sobre a mesa de apoio: o tufo de pelos do chimpanzé. Maria das Dores esqueceu-se dele — ou o deixou ali de propósito? Apanha-o e faz o que ela fez: cheira-o e o aproxima dos lábios.

Está absolutamente esgotado. Retorna ao gabinete, segurando os pelos do chimpanzé em uma das mãos e a mala na outra. Coloca a mala sobre a escrivaninha e tomba pesadamente na cadeira. Abre a mala e fita o conteúdo. Abre uma gaveta, encontra um envelope, insere nele o tufo do chimpanzé e joga o envelope na mala. Percebe no chão o romance de Agatha Christie. Apanha-o.

Dona Leonor chega cedo, como de costume. Fica surpresa ao encontrar o doutor Lozora caído na escrivaninha. O coração dispara. Estaria morto? Um patologista morto – a ideia lhe soa imprópria do ponto de vista profissional. Está apenas dormindo. Pode ouvir a respiração e o gentil arquear dos ombros. A cor parece boa. Ele salivou sobre a escrivaninha. Não contará a ninguém esse detalhe embaraçoso, o córrego brilhante em sua boca, a pequena poça. Nem mencionará a garrafa vazia de vinho tinto. Ela a levanta e silenciosamente a deposita no chão, atrás da escrivaninha, longe da vista. Há uma grande mala puída sobre a escrivaninha. Seria do médico? Pretenderia viajar? Seria dono de uma mala tão vagabunda?

Ele dorme sobre uma pasta. A mão esconde grande parte, mas dona Leonor consegue ler a primeira linha.

Rafael Miguel Santos Castro, 83 anos, oriundo de Tuizelo, nas Altas Montanhas de Portugal.

Estranho – não reconhece a localidade. Ela é senhora dos nomes, o elo seguro de cada pessoa com a sua fatalidade. Escrita transitoriamente na caligrafia do médico, em vez de marcada para a eternidade com sua máquina de escrever. Poderia ter sido um caso de emergência surgido depois de ela ter partido na noite anterior? Teria sido bem incomum. De passagem nota a idade do paciente. Oitenta e três anos é uma idade considerável. A observação a tranquiliza. A despeito das tragédias da vida, o mundo ainda pode ser um bom lugar.

Observa que os fechos da mala estão abertos. Embora saiba que não deve fazê-lo, ela a abre silenciosamente, para ver se pertence ao médico. Aquele conjunto incongruente de objetos – uma flauta, um garfo e uma faca, uma vela, um vestido preto simples, um livro, um pedaço de tecido vermelho, um envelope, entre outras miudezas – possivelmente não era do doutor Lozora. Fecha a mala.

Sai do gabinete sem fazer barulho, para não deixar o médico envergonhado de acordar com ela ali. Dirige-se a seu minúsculo recanto de trabalho. Gosta de estar a postos quando o dia começa. Precisa verificar a fita da máquina de escrever, trocar o papel-carbono, encher a garrafa de água. A porta da sala de autópsia está aberta, embora não devesse estar. Dá uma espiada. Perde o fôlego. Há um cadáver sobre a mesa! Um arrepio a estremece. Que estaria fazendo ali? Há quanto tempo estaria fora da câmara fria? É muito inadequado. Costumam gastar uma boa hora com o ditado dos relatórios finais antes do início da autópsia. Em geral, os corpos vêm e vão amortalhados, ocultos de todos com exceção dos médicos.

Dona Leonor entra na sala. É como se fosse um corpo vivo, diz para si mesma, só que morto.

Não se parece nada com um corpo vivo. Trata-se do cadáver de um homem, um senhor idoso. Amarelo e desconjuntado. Ossudo. O púbis peludo e o pênis imenso expostos com indescritível obscenidade. Mas o pior é a costura grosseira por todo o corpo, suturas irregulares vermelhas, cinzentas e amarelas, que o fazem parecer com uma boneca de pano. As mãos assemelham-se ao lado interno de uma estrela-do-mar. Mesmo o pênis está marcado por pontos sinistros. Dona Leonor engole em seco e, imaginando estar a ponto de desmaiar, controla-se. Obriga-se a olhar para o rosto do homem. Mas nada há para ser visto ali, apenas a idade. Está perplexa por perceber que um cadáver é uma tamanha – procura achar a palavra – *relíquia*. Ao sair pé ante pé da sala de autópsia, como se fosse incomodar a relíquia, pergunta-se: *Onde está a maca? Como ele foi parar ali?*

Fecha a porta da sala e respira fundo algumas vezes. Claramente o médico necessita de ajuda. Faz algum tempo que não está bem. Às vezes, chega tarde no trabalho, às vezes não aparece, às vezes trabalha a noite toda. Pobre homem. A morte da esposa foi difícil para ele. Dispensou o préstimo de outros médicos, do próprio diretor do hospital. Ele se encarregaria, disse, se encarregaria. Mas que coisa estranha de se fazer! O doutor Otávio, colega dele, estava de férias, mas, mesmo se não estivesse, teria se recusado a trabalhar com ela, porque a conhecia. Esse é o procedimento-padrão. É o curso natural das coisas, o corpo dela deveria ter ido para o hospital de Vila Real. Mas o doutor Lozora não suportou a ideia de que outra pessoa pudesse encarregar-se dela. E a mulher estava em decomposição; a autópsia precisava ser feita de imediato. Desse modo, ele fez a autópsia de sua própria mulher.

Em estado de choque, os olhos abrigados pelo painel de palhinha, dona Leonor testemunhou a cena de sua saleta. Fez o melhor que pôde para registrar o relatório vindo aos pedaços da sala de autópsia. Períodos de silêncio seguidos de períodos de choro, e então explosões de determinação, durante as quais o doutor Lozora falava. Mas como se registra a dor, como se registra a devastação? Estas ficaram registradas nela mesma, enquanto datilografava diligentemente as palavras.

Sabia que muitos consideravam Maria Luísa Lozora uma mulher excêntrica. Nos últimos tempos, por exemplo, costumava caminhar carregando uma sacola de livros. Tinha a língua afiada. Seus silêncios eram terríveis. O padre Cecílio morria de medo dela. Não discutia sua arenga extemporânea acerca de religião, não dizia nada quando ela começava a ler algo tirado da sacola, à vista de todos, durante os sermões. Mas no fundo era uma boa mulher, sempre disposta a ajudar a qualquer hora do dia ou da noite. Parecia nunca dormir. Quantas vezes surgia à noite na casa dos amigos, quando os filhos deles estavam doentes, com uma vasilha de sopa e seu bom marido médico ao lado? Vidas foram consoladas e, em alguns casos, salvas, por causa de sua intervenção. Eram um par inseparável, esses dois. Que esquisito! Não conheceu outro casal que tivesse tanto prazer na companhia um do outro.

E então aquilo tinha de acontecer com ela! Saíra para andar sozinha à noite, como era seu costume. Não estava em casa quando o doutor Lozora voltou do hospital. Cada vez mais preocupado, ele foi à polícia na mesma noite registrar o seu desaparecimento. Não tinha ideia de onde pudesse estar. Ela tinha vontade própria, dissera, e talvez tivesse decidido visitar alguém sem lhe contar. Sim, ele estivera trabalhando até tarde naquele dia.

Alguns dias depois, encontraram um livro na margem do rio, sob a ponte. *A casa do penhasco*, da escritora inglesa Agatha Christie. Havia um timbre intumescido. O doutor Lozora identificou o livro como pertencente a ele e à sua mulher. Vasculharam o rio e as margens rochosas. Acharam outros livros de Agatha Christie correnteza abaixo. Por fim, o corpo de Maria Luísa foi localizado. Infelizmente havia ficado preso entre as rochas, em um local que dificultava a localização.

Quem mais estaria andando ao léu naquele tempo horrível senão Maria Luísa? E como teria caído da ponte?

Era absolutamente inexplicável – na verdade, cada explicação possível parecia mais inacreditável do que a outra. Suicídio? Era uma mulher feliz, realizada, com uma rede familiar e de amigos, e que não dava nenhum sinal de sofrimento mental ou moral. E uma senhora que se sentia tão à vontade com as palavras não teria deixado um bilhete de suicídio? Ademais, era cristã séria e devota; cristãos como ela não atentam contra a própria vida. Ninguém – nem o marido, nem os filhos, nem o padre, nem a polícia – achou convincente a explicação do suicídio. Um acidente, portanto? Ela despencou de uma ponte protegida por uma sólida balaustrada de pedra, cuja altura impedia que qualquer um escorregasse ou saltasse sobre ela. Podia-se admitir que alguém quisesse subir nela, mas por que qualquer alma sensível faria tal coisa a não ser que tivesse a intenção de pular? E já que o suicídio fora descartado como explicação provável de sua morte, assim também foi a hipótese de que ela teria, de vontade própria, subido na balaustrada. Se suicídio e acidente foram descartados, o que sobrou? Assassinato. Mas essa pareceu a mais improvável de todas as explicações. Quem desejaria matar Maria Luísa Lozora? Ela não tinha inimigos. Era apreciada – era amada – por todos os que a conheciam. E estavam em Bragança, não em Chicago. A região ignorava o assassinato. Aquela não era uma cidade em que mulheres inocentes eram aleatoriamente alçadas ao ar e jogadas ponte abaixo. A ideia era absurda. De modo que tinha de ser suicídio ou acidente. O caso seguiu assim em círculos. A polícia apelou para que as testemunhas se apresentassem, mas ninguém vira coisa nenhuma. Especialistas forenses vieram de Lisboa, sem que conseguissem elucidar nada. O doutor Lozora abraçou a teoria do assassinato, apesar de não ter ideia de quem pudesse ter feito aquilo com a esposa.

Afligia dona Leonor que a morte de Maria Luísa não tivesse uma resolução adequada, como a dos romances policiais que ela e o doutor tanto apreciavam.

Ouve um arquejo. O doutor Lozora havia acordado. Escuta-o chorar. Ele não sabe que ela chegou, que não está sozinho. O som aumenta. Soluços profundos. O pobre homem, o pobre homem. O que ela pode fazer? Se ele descobrir que ela está lá, ficará mortificado. Não quer que isso ocorra. Talvez deva fazer um ruído para alertá-lo sobre sua presença. Ele continua a chorar. Fica parada, em silêncio. Então dona Leonor se irrita consigo mesma. Não está evidente que o homem precisa de ajuda? Não foi o que ela mesma pensou um momento antes?

Ela se vira e se dirige ao gabinete do doutor Lozora.

Terceira parte

Em casa

No verão de 1981, quando Peter Tovy, membro da Câmara dos Comuns, é nomeado para o Senado a fim de abrir caminho para uma celebridade da política de Toronto, já não precisa mais perder muito tempo com seus eleitores. Ele e a mulher, Clara, compram um apartamento maior e melhor em Ottawa, com uma bela vista do rio. Ambos preferem o ritmo mais tranquilo da capital e se alegram por estar próximos do filho, da nora e da neta, que residem na cidade.

Então, certa manhã ele entra no quarto e vê Clara sentada na cama, segurando o flanco esquerdo com ambas as mãos, chorando.

– Que foi? – pergunta.

Clara apenas balança a cabeça. O medo se apodera dele. Vão para o hospital. Clara está doente, muito doente.

Enquanto a mulher luta pela vida, o casamento do filho desmorona. Para a esposa, ele pinta o quadro mais cor-de-rosa possível da separação.

– É o melhor para os dois – afirma. – Nunca se deram bem. Separados, poderão crescer. É o que as pessoas fazem hoje em dia.

Ela sorri, concordando. Os horizontes de Clara diminuem. Mas aquilo não é o melhor; não é nem mesmo bom. É horrível. Ele vê os cônjuges se tornando inimigos amargos, vê a criança virando despojo de guerra. Seu filho, Ben, gasta tempo, dinheiro e energia em excesso lutando contra a ex-mulher, Dina, que contra-ataca com o mesmo ímpeto, para deleite dos advogados e para sua estupefação. Ele tenta conversar com Dina e ser o mediador, mas, por mais cortês que seja o tom dela e por mais que ela se mostre aberta no início de cada conversa, a ex-nora inevitavelmente perde o controle e ferve de raiva. Sendo o genitor da outra parte, ele só pode ser cúmplice e conspirador. "Você é *igualzinho* a seu filho", ela cuspiu uma vez. Exceto pelo fato de que, segundo observou, vinha vivendo em perfeita harmonia com sua mulher fazia mais de quatro décadas. Ela desligou o telefone na cara dele. A neta, Rachel, um espírito alegre quando pequena, vira-se contra os pais e se isola numa torre adolescente de cáustico ressentimento. Em raras ocasiões, ele a leva a um passeio e a um restaurante para animá-la – e animar a si próprio, espera –, mas nunca consegue vencer o mau humor. Depois, ela se muda para Vancouver com a mãe, que "ganhou" a menina na batalha pela custódia. Peter as conduz ao aeroporto. Quando passam pela segurança, ele não vê uma mulher adulta e sua filha crescida, mas dois escorpiões negros, os aguilhões peçonhentos em riste, aferroando uma à outra.

Quanto a Ben, que ficou em Ottawa, é um caso perdido. No entender de Peter, seu filho é uma clara e inacreditável besta. Como pesquisador médico, Ben a certa altura estudou por que as pessoas acidentalmente mordem a língua. Esse doloroso colapso da habilidade da língua de evitar os dentes, como um metalúrgico encarregado do maquinário pesado, tem raízes surpreendentemente complexas. Agora Peter vê o filho como uma língua que se joga às cegas debaixo de dentes furiosos, saindo ensanguentada apenas para tornar a arremessar-se ali no dia seguinte, vezes sem fim, com nenhum grama de autoconsciência ou qualquer ideia sobre os custos ou consequências. Em vez disso, Ben sempre se irrita e se exaspera. As conversas entre pai e filho terminam em silêncio pétreo, com o filho revirando os olhos e o pai sem saber o que dizer.

Em meio ao turbilhão de termos médicos, depois do crescimento e do declínio da esperança sobre cada tratamento, depois de muito se contorcer, gemer e soluçar, depois da incontinência e do definhamento, sua bela Clara jaz em um leito de hospital, metida em um tenebroso traje verde, os olhos vidrados e semicerrados, a boca aberta. Clara tem uma convulsão, um estertor sacode seu peito e ela morre.

Ele se torna o espectro da Colina do Parlamento.

Um dia está falando no Senado. Um colega se vira para ele e o perscruta com mais intensidade do que um mero interesse. Por que está olhando para mim desse jeito?, ele pensa. Que há com você? Se ele se inclinar e soprar na cara do colega, seu hálito funcionará como um maçarico, descolando-lhe a pele do rosto. Será uma caveira sorridente olhando para ele. *Isso dará um jeito na sua expressão estúpida.*

Seu devaneio é interrompido pelo presidente do Senado, que pergunta:

— O ilustre parlamentar pretende prosseguir com esse tópico ou...?

A interrupção da fala do presidente é significativa. Peter examina seus papéis e percebe que não tem ideia do que estava falando; nenhuma ideia, nenhum interesse em prosseguir, mesmo se recuperasse a lembrança. Nada tem a dizer. Olha para o presidente, balança a cabeça negativamente e senta. Após observá-lo mais um segundo, seu colega desvia o olhar.

O senador aproxima-se de sua mesa. São amigos.

— Como vai, Peter? — pergunta.

Peter dá de ombros.

— Talvez você deva dar um tempo. Dê uma escapada. Você passou por momentos difíceis.

Ele suspira. Sim, precisa sair. Não suporta mais. Os discursos, os intermináveis maneirismos, as manobras cínicas, os egos inflados, os assistentes arrogantes, a mídia implacável, os pormenores sufocantes, a burocracia científica, a melhoria microscópica da humanidade – esses são os marcos da democracia, reconhece. A democracia é uma coisa maluca e formidável. Mas basta.

— Vou ver se consigo encontrar alguma coisa para você – o senador diz. Dá-lhe um tapinha no ombro. – Aguente firme. Vou conseguir.

Alguns dias depois, o senador volta com uma proposta. Uma viagem.

— Para *Oklahoma*? – Peter responde.

— Ei, lugares remotos podem esconder boas surpresas. Quem ouviu falar de Nazaré antes de Jesus?

— Ou de Saskatchewan antes de Tommy Douglas?

O senador sorri. Ele é de Saskatchewan.

— E foi o que surgiu. Alguém caiu fora no último momento. A Assembleia Legislativa do estado fez um convite a membros do Parlamento canadense. Você sabe, a costura e a manutenção das relações, essa coisa toda. Não terá muito que fazer.

Peter nem sabe a localização exata de Oklahoma. Um estado marginal no império americano, em algum lugar no meio dele.

— Apenas uma mudança de ares, Peter. Umas curtas férias de quatro dias. Por que não?

Ele concorda. Certo, por que não? Duas semanas depois, pega um voo para Oklahoma acompanhado de três parlamentares.

Oklahoma City é quente e agradável em maio, e seus anfitriões exibem generosa hospitalidade. A delegação canadense se encontra com o governador do estado, deputados e empresários.

São levados ao Capitólio, visitam uma fábrica. Cada jornada se encerra com um jantar. O hotel onde se hospedam é luxuoso. Durante a visita, Peter fala sobre o Canadá e ouve falar de Oklahoma através de uma névoa serena. A mudança de cenário, até mesmo a mudança de atmosfera, suave e úmida, é reconfortante, como o senador previra.

Na véspera da última jornada completa na cidade, reservada para a recreação dos convidados canadenses, ele repara em um folheto turístico sobre o zoológico de Oklahoma. Peter gosta de zoológicos, não porque tenha um interesse especial por animais, mas por causa de Clara. Numa ocasião, ela fez parte do comitê executivo do Jardim Zoológico de Toronto. Ele expressa o desejo de visitar o Jardim Zoológico de Oklahoma City. A assistente da Câmara Legislativa vai inquirir sobre o assunto e retorna com profusos pedidos de desculpas.

– Sinto muitíssimo – diz. – Em geral, o zoológico fica aberto todos os dias, mas está fechado no momento por causa de uma grande reforma. Posso verificar se permitem a sua entrada em todo caso, se estiver interessado.

– Não, não quero incomodar.

– Há um santuário de chimpanzés da universidade, ao sul, nas proximidades de Norman – ela sugere.

– Um santuário de chimpanzés?

– Sim, é um instituto para o estudo de... macacos, imagino. Normalmente não fica aberto ao público, mas tenho certeza de que posso dar um jeito.

Ela dá um jeito. A palavra "senador" faz maravilhas nos ouvidos americanos.

No dia seguinte um carro está à espera dele em frente ao hotel. Nenhum outro participante da delegação quis acompanhá-lo, de modo que Peter segue sozinho. O carro o leva ao Instituto para a Pesquisa de Primatas, como o lugar é chamado, um posto avançado da Universidade de Oklahoma no meio de um matagal desolado a cerca de dez quilômetros de Norman. O céu está azul, a terra verde.

No instituto, no fim de um acesso tortuoso de cascalho, ele avista um homem alto, de ar vagamente ameaçador com barba e uma barriga proeminente. Ao lado dele está um homem mais jovem, magricela, com cabelos compridos e olhos esbugalhados; a linguagem corporal diz que se trata de um subordinado.

– Senador Tovy? – pergunta o homem maior quando ele desce do veículo.

– Sim.

Apertam as mãos.

– Sou o doutor Bill Lemnon, diretor do Instituto para a Pesquisa de Primatas. – Lemnon olha por cima de seus ombros na direção do carro, cuja porta ainda está aberta. – Não é uma grande delegação.

– Não, sou apenas eu. – Peter fecha a porta do carro.

– De que estado mesmo o senhor vem?

– Sou da província de Ontário, no Canadá.

– Verdade? – A resposta parece ter dado ao diretor motivo para fazer uma pausa. – Bem, venha comigo e eu lhe explicarei brevemente o que fazemos aqui.

Lemnon se vira e segue adiante sem aguardar que ele o alcance. O subordinado não apresentado dispara atrás.

Contornam um bangalô e algumas barracas antes de dar com um lago considerável sombreado por gigantescos choupos-do-canadá. O lago tem duas ilhas, uma das quais apinhada de árvores. Nos galhos de uma delas, pode avistar vários macacos magros e espigados gingando com graça e agilidade extraordinárias. A outra ilha é maior, com o mato alto, arbustos e poucas árvores dispersas dominadas por uma imponente estrutura feita de toras. Postes altos apoiam quatro plataformas em diferentes alturas, conectadas por uma teia de cordas e redes de carga. Um pneu de caminhão pende de uma corrente. Perto da estrutura há uma oca arredondada feita de blocos de cimento.

O diretor se volta para Peter. Parece entediado com o que está prestes a dizer mesmo antes de começar.

– Aqui no instituto, estamos na vanguarda do estudo do comportamento e da comunicação dos chimpanzés. O que podemos aprender com eles? Mais do que o cidadão comum pode imaginar. Os chimpanzés são nossos parentes mais próximos na escala evolutiva. Temos um antepassado em comum. Faz apenas cerca de seis milhões de anos que rompemos nossa sociedade. Como disse Robert Ardrey, somos primatas evoluídos, não anjos decaídos. Ambos possuímos cérebro grande, uma extraordinária capacidade de comunicação, habilidade para o uso de ferramentas e estrutura social complexa. Tomemos a comunicação. Alguns de nossos chimpanzés podem fazer sinais que correspondem a quase cento e cinquenta palavras, estas empregadas para formar frases. Isso é *linguagem*. Do mesmo modo, são capazes de produzir ferramentas para coletar formigas e cupins ou abrir nozes. Podem caçar em conjunto, assumindo papéis diferentes na captura da presa. Possuem, em suma, rudimentos de *cultura*. De modo que, quando estudamos os chimpanzés, estamos diante do reflexo ancestral de nós mesmos. Na expressão facial...

O assunto é interessante, ainda que expresso de modo algo automático, sem entusiasmo. Lemnon parece irritado. Peter ouve desatento. Suspeita que a assistente da Câmara Legislativa exagerou a sua importância. Provavelmente esqueceu de mencionar que o senador visitante não era americano. Alguns dos chimpanzés surgem na ilha maior. Nesse momento ele ouve uma voz chamando.

– Doutor Lemnon! O doutor Terrace está ao telefone. – Ele se vira e vê uma jovem parada perto de um de um dos edifícios.

Lemnon é chamado de volta à vida.

– Preciso atender. Se me permite – grunhe ao afastar-se, sem esperar a resposta de seu convidado.

Peter solta um suspiro de alívio quando vê o homem sair. Torna a voltar-se para os chimpanzés. Há cinco deles. Movem-se lentamente de quatro, a cabeça baixa, o peso maior na parte dianteira, amparada pelos braços grossos e fortes, enquanto as pernas, mais curtas, acompanham o movimento como se fossem as rodas traseiras de um triciclo. Sob a luz do dia, são surpreendentemente negros – manchas andarilhas da noite. Um deles galga a plataforma mais baixa da estrutura de madeira.

É pouco, mas há algo de prazeroso na observação dos animais. Cada um é como a peça de um quebra-cabeças, e, onde quer que pare, ele se ajusta, encaixando-se com um clique perfeito no lugar.

O subordinado ainda está a seu lado.

– Não fomos apresentados. Meu nome é Peter – Peter diz, estendendo a mão.

– Sou Bob. Prazer em conhecê-lo.

– Igualmente.

Cumprimentam-se. O pomo de adão saliente de Bob sobe e desce sem parar.

– Quantos macacos vocês têm ali? – Peter pergunta.

Bob segue o olhar de Peter na direção da ilha principal.

– Aqueles ali são chimpanzés, senhor.

– Ah. – Peter aponta para a outra ilha, onde avistou as criaturas gingando nas árvores. – E aqueles lá?

– São gibões. Membros dos primatas "inferiores", como são denominados. De modo geral, podemos dividir os símios entre os que têm cauda e os que não têm cauda. Normalmente, os primeiros vivem nas árvores e os outros no solo. Gibões e chimpanzés não têm cauda.

Quando Bob termina a explicação, o chimpanzé sentado na plataforma mais baixa sobe até a plataforma superior gingando com destreza acrobática. Ao mesmo tempo, os gibões inferiores reaparecem na árvore da outra ilha, dançando pelo ar de galho em galho.

– É claro que a natureza nos brinda com muitas exceções para que continuemos atentos – Bob acrescenta.

– Então, quantos chimpanzés vocês têm aqui? – Peter pergunta.

– Trinta e quatro hoje. Temos uma criação de chimpanzés, que emprestamos ou vendemos a outros pesquisadores, de modo que o número pode variar. E temos cinco sendo criados por famílias nas proximidades de Norman.

– Criados por famílias humanas?

– Sim. Norman deve ser a capital mundial da adoção entre espécies – Bob ri, até notar a expressão perplexa de Peter. – Adoção entre espécies é quando os filhotes de chimpanzés são criados por famílias humanas como se fossem humanos.

– Com qual propósito?

– Ah, vários. Eles aprendem a língua de sinais. É espantoso: nós nos comunicamos com eles e vemos como sua mente funciona. E há muita pesquisa comportamental em curso, aqui e em outros centros, sobre as relações sociais dos chimpanzés, sua forma de comunicação, como se estruturam em grupos, padrões de dominação e submissão, comportamento sexual e maternal, como se adaptam às mudanças e assim por diante. Professores e pós-graduandos da universidade nos visitam todos os dias. É como diz o doutor Lemnon: eles são diferentes da gente mas também sinistramente semelhantes.

– E todos os chimpanzés moram naquela ilha? – Peter indaga.

– Não. Nós os levamos para lá em grupos pequenos para conduzir experiências e lições de linguagem de sinais, e para que descansem e se divirtam, como é o caso do grupo que está vendo agora.

– Eles não fogem?

– Não sabem nadar. Afundam como pedra. Mesmo se fugissem, não iriam longe. Aqui é a casa deles.

– Não são perigosos?

– Podem ser. São fortes e têm a boca repleta de punhais. É necessário um manejo adequado. Mas no geral são incrivelmente dóceis, especialmente se lhes oferecermos doces.

– Onde ficam os demais?

Bob aponta:

– Na instalação principal, ali.

Peter se vira e começa a andar na direção do edifício, presumindo que seja a próxima etapa da excursão.

Bob se aproxima por trás.

– Ah, não estou certo de que a instalação faça parte de sua... visita.

Peter para.

– Mas gostaria de ver os outros chimpanzés de perto.

– Bem... hum... deveríamos falar com.... ele não disse...

– Ele está ocupado. – Peter torna a caminhar. – Gosta da ideia de irritar o todo-poderoso doutor Lemnon.

Bob o acompanha, produzindo ruídos de hesitação.

– Tudo bem, acho – ele enfim decide, quando vê que Peter não vai mudar de ideia. – Que seja rápido! Por aqui.

Dobram uma esquina e chegam a uma porta. Passam para uma pequena sala com uma escrivaninha e armários. Há outra porta de metal. Bob saca uma chave. Ele destranca e abre a porta. Entram.

Se a ilha no lago dava a impressão de um idílio ensolarado, dentro do edifício sem janelas a realidade é de um submundo úmido e sombrio. O odor atinge Peter primeiro, um fedor animal de urina e tristeza, o mau cheiro acentuado pelo calor. Encontram-se no limiar de um corredor arredondado, semelhante a um túnel, cercado de barras de metal que rasgam o espaço ao redor, como se fossem um ralador. Em cada lateral dispõem-se duas fileiras de jaulas quadradas de metal, de cerca de um metro e meio. Correntes as mantêm suspensas no ar, como gaiolas de pássaro. As fileiras da frente ficam separadas das de trás, de modo que, do corredor, avista-se facilmente cada jaula, uma mais perto, a outra um pouco mais distante. Feitas de barras arredondadas de aço, as jaulas não oferecem nenhuma privacidade. Abaixo de cada uma há um grande tabuleiro de plástico, repleto de refugo animal: comida apodrecida, excrementos, poças de urina. Algumas das jaulas estão vazias, mas a maioria não, e estas contêm uma coisa e somente uma coisa: um grande chimpanzé negro.

Uma explosão ensurdecedora de gritos e guinchos os saúda. Um medo primitivo toma conta de Peter. Ele perde o fôlego e fica paralisado.

– Um efeito e tanto, não? – grita Bob. – É porque o senhor é novo aqui e está "invadindo" o território deles. – Com os dedos Bob assinala as aspas irônicas da palavra "invadir".

Peter olha, atônito. Alguns chimpanzés chacoalham as jaulas juntos, com fúria. Presas por correntes horizontais, as jaulas não balançam muito. É o modo como os animais estão suspensos no ar, isolados um dos outros, desligados da terra, que o choca. Eles não têm nada a esconder, nada que segurar, ou brincar, nenhum brinquedo, cobertor ou o mínimo pedaço de palha. Ficam suspensos ali em suas jaulas desoladas, a própria imagem do encarceramento. Já não vira filmes assim, nos quais um novo prisioneiro chega à penitenciária e todos os demais começam a zombar e a vaiar? Engole em seco e respira fundo, procurando vencer o pavor.

Bob avança, ocasionalmente berrando um comentário ou outro, sem se preocupar com a comoção enlouquecedora. Peter o acompanha de perto, caminhando bem no meio do corredor, longe das barras. Embora possa ver que os animais estão seguramente confinados – nas jaulas e atrás de grades –, ainda sente medo.

A cada três ou quatro jaulas há grades de ferro de bitola larga que vão das barras do corredor até as paredes e o teto da instalação, separando um conjunto de gaiolas das outras. Mais uma camada de separação. Em cada grade há uma porta, nos fundos, perto da parede.

Peter aponta para as grades.

– As jaulas não são suficientes? – grita.

Bob responde aos berros:

– As grades permitem que soltemos alguns dos chimpanzés de modo que possam ficar juntos em espaços maiores, mas separados.

De fato, na relativa escuridão do recinto, Peter percebe quatro chimpanzés refestelando-se no solo, perto da parede do corredor. Ao vê-lo, o grupo se ergue e começa a fazer algazarra. Um ameaça avançar para as barras. Mas ao menos parecem mais naturais assim – no chão, em grupo, animados e dinâmicos. Bob gesticula para que Peter se abaixe.

– Os chimpanzés gostam quando ficamos na altura deles – ele diz no ouvido de Peter.

Ambos se agacham. Bob estica a mão pela barra e acena para o chimpanzé que parece mais agressivo, o que parecia querer atacá-los. Depois de um momento de hesitação, o animal corre para as barras, toca a mão de Bob e retorna gingando para unir-se aos demais na parede dos fundos. Bob sorri.

Peter começa a se acalmar. Estão apenas fazendo o que costumam fazer, diz a si mesmo. Ele e Bob tornam a andar pelo corredor. Peter consegue prestar mais atenção aos chimpanzés. Eles exibem níveis variados de agressividade e agitação; tremem, rugem, gritam, fazem caretas e vigorosos gestos corporais. Todos estão alvoroçados.

Exceto um. O último prisioneiro no fim do corredor permanece sentado em sua jaula, perdido em seus pensamentos e aparentemente alheio ao entorno. Quando chega à sua jaula, Peter se detém, impressionado com o comportamento singular da criatura.

O animal está sentado de costas para seus companheiros barulhentos, mostrando o perfil a Peter. De modo casual, apoia um braço esticado sobre o joelho dobrado. Peter nota o casaco de pelo preto lustroso que recobre o corpo do animal. É tão grosso que parece uma fantasia. Dele emergem mãos e pés pelados, claramente muito ágeis. Na cabeça, Peter observa a fronte recuada, quase ausente; as grandes orelhas como pires; as imensas sobrancelhas protuberantes; e a boca lisa, abaulada, harmoniosamente arredondada, com o lábio superior imberbe e o inferior ligeiramente peludo. Por causa do tamanho considerável, esses lábios são altamente expressivos. Peter pousa o olhar neles. Naquele momento e naquele espécime em particular, os lábios se movem ligeiramente, vibrando, abrindo-se, fechando-se e franzindo-se como se o animal estivesse falando consigo mesmo.

A criatura vira a cabeça e o fita nos olhos.

– Está olhando para mim – Peter diz.

– Sim, eles fazem isso – Bob responde.

– Quero dizer, bem nos meus olhos.

– Sim, sim. Em geral é sinal de dominação, mas esse camarada é bem tranquilo.

Ainda com o olhar fixo em Peter, o chimpanzé estica os lábios, à maneira de um funil. Deles, projetando-se em meio ao ruído roufenho do recinto até os ouvidos de Peter, chega um *uh-uh* ofegante.

– Que quer dizer?

– É uma saudação. Está dizendo oi.

O chimpanzé repete o movimento, desta vez apenas com a boca, sem emitir nenhum som, confiando mais no olhar atento de Peter do que em seus ouvidos fustigados.

Peter não consegue tirar os olhos do animal. Que rosto atraente, com expressão tão vivaz e escrutínio tão intenso! Os pelos negros que lhe recobrem o corpo também se alastram, densos, pela cabeça, mas a face, em suas partes essenciais, o triângulo invertido dos olhos, o nariz e o círculo em torno da boca, é glabra, exibindo uma pele escura e macia. Salvo algumas débeis rugas verticais no lábio superior, as únicas dobras no rosto se alojam ao redor dos olhos, concêntricas abaixo de cada órbita, além de algumas linhas onduladas sobre o dorso do nariz e entre as sobrancelhas proeminentes. O efeito desses círculos dentro de círculos é chamar a atenção para os centros duplos. Qual a cor dos olhos? Peter não consegue afirmar com certeza sob a luz artificial da instalação, mas parecem ser de um vivo castanho-enferrujado, quase vermelhos mas terrosos. Os olhos ficam bem juntos, o olhar é firme. Aquele olhar o perfura e o transfixa.

O chimpanzé gira o corpo para encarar Peter de frente. O olhar é carregado, mas a postura se mostra relaxada. Parece gostar de engoli-lo com os olhos.

– Quero chegar perto – Peter anuncia. Fica surpreso por ter dito isso. Onde está o seu medo agora? Há um minuto estava tremendo de pavor.

– Ah, não pode fazer isso, senhor – diz Bob, evidentemente alarmado.

No fundo do corredor encontra-se uma porta pesada, de arame. Havia duas iguais a meio caminho do corredor, uma em cada lado. Peter olha em torno; não há chimpanzés no solo atrás da porta. Dá um passo na sua direção, pousa a mão sobre a maçaneta e a gira por inteiro.

Bob arregala os olhos.

– Ah, rapaz, quem esqueceu de trancar a porta? O senhor realmente não deveria entrar! – suplica. – O senhor tem... tem de falar com o doutor Lemnon.

– Faça isso – Peter diz, enquanto abre a porta e entra.

Bob o acompanha.

– Não toque nele. Pode ficar muito agressivo. Ele pode arrancar sua mão com uma mordida.

Peter fica na frente da jaula. Ele e o animal se entreolham novamente. Mais uma vez sente a atração magnética. *O que você quer?*

O chimpanzé comprime a mão para passá-la pela grade e a estende. A mão se abre na frente de Peter, com a palma estreita virada para cima. Peter fixa o olhar nela, na pele negra coriácea, os dedos longos. Não há dúvida, nenhuma hesitação. Ele levanta a própria mão.

– Oh, Deus, oh, Deus! – Bob lastima.

As mãos se entrelaçam. Um curto mas forte polegar opositor avança e prende a mão de Peter. O gesto não é acompanhado de maior pressão para apertar ou puxar; não há sinal de ameaça. O animal apenas segura a mão de Peter com a própria mão. O calor dela lhe causa surpresa. Peter a detém com as duas mãos, uma contendo-a num cumprimento, a outra segurando o dorso peludo. Parece-se com o aperto de mão satisfeito de um político, mas fixo e intenso. O aperto do animal recrudesce. Peter se dá conta de que poderia esmagar a sua mão, mas não esmaga, e ele não sente medo. O chimpanzé mantém os olhos cravados nos seus. Peter não sabe por quê, mas sente um travo na garganta e seus olhos se enchem de lágrimas. Seria por que ninguém além de Clara o olhou dessa forma, tão íntegra e franca, os olhos como portas abertas?

– De onde é este aqui? – pergunta sem desviar o olhar. – Como se chama?

Percebe que não pensa mais nele como se fosse uma coisa ou animal. Vem naturalmente. A criatura não é um objeto.

– Chama-se Odo – Bob responde, balançando apreensivamente de um lado para outro. – É um nômade. Foi trazido por algum voluntário do Peace Corps, na África. Esteve na NASA, em testes para o programa espacial. Depois foi transferido para o Yerkes Center; para o LEMSIP, o laboratório de medicina experimental e cirurgia em primatas, antes de...

Uma explosão de berros vem da outra ponta do corredor. Os chimpanzés, que em sua maioria haviam se apaziguado, recomeçam a algazarra. É mais ensurdecedor do que quando ele e Bob entraram. O doutor Lemnon estava de volta:

– BOB, É BOM QUE VOCÊ TENHA UMA MALDITA DE UMA BOA EXPLICAÇÃO PARA ISTO! – troveja.

Peter e Odo soltam as mãos. O consenso é mútuo. O chimpanzé se vira e retorna à sua posição inicial, de lado para Peter, o olhar de algum modo mais elevado.

Bob tem cara de quem prefere pendurar-se em uma das jaulas a voltar pelo corredor. Peter segue na frente. A total extensão da ameaça do doutor Lemnon fica evidente enquanto ele avança pelo corredor, as feições zangadas alternadamente iluminadas e obscurecidas pelas lâmpadas espaçadas, o alvoroço dos animais ampliando-se à medida que ele se aproxima.

– QUE ESTÁ FAZENDO AQUI? – grita para Peter.

Esvai-se qualquer pretensão de cordialidade. Lemnon é um animal impondo seu domínio.

– Quero comprar aquele ali de vocês – diz Peter, calmo. Aponta para Odo.

– Ah, quer, é? – Lemnon retruca. – Devemos incluir quatro elefantes e um hipopótamo? Talvez dois leões e um bando de zebras? *Isto não é uma loja de animais!* SAIA JÁ DAQUI, PUTA MERDA!

– Eu lhe pagarei quinze mil dólares. – Ah, o terrível apelo dos números redondos. Quinze mil... é muito mais do que vale o seu carro.

Lemnon o olha atônito, assim como Bob, que havia rastejado de volta ao corredor.

– Bem, bem, deve ser mesmo um senador para ficar distribuindo por aí essa quantia de dinheiro. Qual deles?

– Aquele ali.

Lemnon olha.

– Hã. Não dá para ser mais solitário do que aquele eremita. Ele vive no mundo da lua. – Pensa. – Disse quinze mil dólares?

Peter assente com a cabeça.

Lemnon ri.

– Acho que somos uma loja de animais. Bob, você tem um bom olho para clientes. Senhor Tovy, desculpe-me, *senador* Tovy; pode ficar com o seu chimpanzé de estimação se quiser. Devo lhe dizer, porém, que não temos uma política de devolução. Se o comprar, cansar-se dele e quiser devolvê-lo, podemos até recebê-lo, mas isso lhe custará quinze mil. Está me ouvindo?

– Fechado – diz Peter. Estende a mão. Lemnon a aperta, com a cara de quem ouviu a maior piada do mundo.

Peter olha para Odo. Ao começar a andar, percebe pelo canto do olho que o chimpanzé está virando a cabeça. Peter torna a olhar. Odo o está encarando mais uma vez. Uma discreta emoção toma conta dele. *Ele estava ciente da minha presença desde o início.* Sussurra não apenas para si mesmo, mas para o chimpanzé:

– Prometo que voltarei.

Atravessam o corredor. Ao olhar para a direita e para a esquerda, uma última nota se impõe, algo que não havia percebido ao entrar: fica surpreso com a grande diversidade entre os chimpanzés. Achava que um chimpanzé se pareceria com seu vizinho. Não é bem assim, de maneira nenhuma. Eles têm aparência e postura próprias; pelagem com cor e padrão próprios; face com tonalidade, compleição e expressões próprias. Repara que cada um constitui algo que não imaginava antes: um indivíduo dotado de personalidade única.

À porta da instalação, Bob chega discretamente ao lado de Peter, com a expressão confusa e preocupada:

– Nós vendemos os animais – sussurra –, mas não por esse...

Lemnon o afasta:

– Sai, sai!

Voltam para o carro. Peter chega a um acordo rápido com Lemnon. Voltará em uma ou duas semanas, o mais rapidamente que puder; precisa de tempo para fazer os preparativos necessários. Promete enviar um cheque de mil dólares como depósito. Lemnon concorda em providenciar os papéis.

Quando o carro se afasta, Peter se vira e olha pelo retrovisor. Lemnon ainda exibe um sorriso de triunfo. Mas a expressão muda quando se volta para Bob. O subordinado evidentemente receberá uma dura reprimenda. Peter sente-se mal por ele.

– A visita foi boa? – pergunta o motorista.

Peter se recosta, aturdido.

– Foi interessante.

Mal pode acreditar no que acabara de fazer. Que fará com um chimpanzé em Ottawa? Mora em um apartamento, a cinco andares do chão. Os outros moradores aceitarão conviver com um grande e pesado animal no prédio? Seria até mesmo permitido possuir um chimpanzé no Canadá? E como ele suportará os invernos canadenses?

Balança a cabeça. Faz pouco mais de seis meses que Clara morreu. Não lera em algum lugar que pessoas que sofreram uma grande perda devem esperar um ano antes de fazer mudanças importantes em sua vida? A dor fez com que ele perdesse o bom senso?

É um idiota.

De volta ao hotel, não conta a ninguém, nem aos anfitriões de Oklahoma nem a seus compatriotas, o que fizera. Nem diz nada para ninguém em Ottawa ao chegar à cidade, na manhã seguinte. Passa o primeiro dia em casa oscilando entre a descrença e a negação, e esquece por completo o ocorrido. No dia seguinte chega a uma excelente ideia: comprará o chimpanzé e o doará ao zoológico. Não está bastante seguro de que o Jardim Zoológico de Toronto disponha de chimpanzés, mas outro zoológico – o de Calgary? – decerto ficará com o animal. É um presente estupidamente caro, mas poderá fazê-lo em nome de Clara. Valerá cada centavo. Pronto, a questão está resolvida.

Acorda cedo na terceira manhã. Fica olhando o teto, com a cabeça apoiada no travesseiro. Odo o encarara com seus olhos vermelho-acastanhados e Peter lhe dissera: "Prometo que voltarei". Não fez essa promessa para largá-lo depois em algum zoológico; prometeu tomar conta dele.

Precisa seguir adiante com sua resolução. Para o inferno com tudo, não sabe bem por quê, mas *quer* seguir adiante.

Assim que tomou a decisão principal, as demais foram simples. Manda a Lemnon pelo correio o cheque de depósito por Odo.

É óbvio que não podem ficar em Ottawa. Em Oklahoma, a ciência era a desculpa para manter o chimpanzé em uma jaula. No Canadá, seria o tempo. Precisam de um clima mais ameno.

É bom pensar no plural de novo. Seria patético? Em vez de atirar-se agora nos braços de outra mulher, em um efeito rebote, segundo a expressão, tal como se fosse uma bola numa máquina de fliperama, não estaria fazendo coisa pior atirando--se nos braços uma *mascote*? Não lhe parece assim. Qualquer que seja o nome a ser dado para o relacionamento, Odo não é uma mascote.

Peter nunca imaginou que iria se mudar de novo. Ele e Clara nunca falaram sobre isso, mas não ligavam para o clima frio e a ideia era passar a velhice em Ottawa.

Para onde podem ir?

Flórida. Muitos canadenses vão morar ali depois que se aposentam, justamente com o propósito de fugir aos invernos gelados. Mas o lugar não lhe diz nada. Não quer viver entre um pequeno centro comercial, um campo de golpe e uma praia escaldante.

Portugal. A palavra lhe ilumina o pensamento. Sua origem é portuguesa. Sua família emigrou para o Canadá quando ele tinha dois anos de idade. Ele e Clara visitaram Lisboa. Adorou as casas azulejadas, os jardins luxuriantes, as colinas, as ruas repletas de charme europeu decadente. A cidade surgiu diante dele como uma noite de verão tardio, um misto de luz suave, nostalgia e ligeiro tédio. Só que Lisboa, assim como Ottawa, não é um lugar apropriado para um chimpanzé. Precisam de um local mais sossegado, com muito espaço e poucas pessoas.

Lembrou que seus pais vieram da área rural – as Altas Montanhas de Portugal. Um regresso a suas raízes? Pode até mesmo ter parentes distantes na região.

O destino se fixa em sua mente. A próxima etapa é lidar com o que o prende ao Canadá. Ele pondera acerca desses laços. Em determinada ocasião, representaram tudo o que tinha: a mulher, o filho, a neta, a irmã em Toronto, os parentes mais distantes, os amigos, a carreira – sua vida, em suma. Agora, com exceção do filho, está cercado por relíquias materiais: um apartamento com seus objetos, um carro, um *pied-à-terre* em Toronto, um escritório no Edifício Administrativo do Oeste, na Colina do Parlamento.

O coração pula animado com a ideia de se livrar de tudo isso. O apartamento hoje lhe é insuportável, cada cômodo como que marcado pelo sofrimento de Clara. O carro é apenas um carro, e o mesmo pode dizer sobre o estúdio de Toronto. E seu emprego de senador é uma sinecura.

A distância pode melhorar suas relações com Ben. Não vai passar o resto da vida em Ottawa esperando que o filho encontre mais tempo para ele. A irmã mais nova, Teresa, tem a própria vida em Toronto. Conversam frequentemente por telefone, de modo que não há por que interromper isso. Quanto à neta, Rachel, a julgar pela quantidade de vezes que a vê ou ela lhe telefona, poderia estar morando em Marte. Talvez fique tentada a visitá-lo algum dia, atraída pelo charme europeu. É uma esperança válida.

Respira fundo. Precisa cortar todos os laços.

Com alegria alarmante, começa a se livrar dos elos que o retêm, como passou a chamá-los. Quando ele e Clara se mudaram de Toronto para Ottawa, já se desfizeram de muitos pertences pessoais. Agora, em uma semana frenética, descarta o restante. Logo encontra um comprador para o apartamento em Ottawa – "Uma localização *fantástica!*", sorri o corretor –, bem como para o estúdio de Toronto. Envia os livros para um sebo, os móveis e aparelhos domésticos são vendidos, as roupas doadas para caridade, os papéis pessoais entregues aos Arquivos Nacionais, os bibelôs e as bugigangas simplesmente jogados fora. Ele paga as contas, solicita o desligamento do telefone e demais serviços e cancela a assinatura do jornal. Obtém um visto para Portugal. Transfere dinheiro para um banco português e toma providências para abrir uma conta. Ben o ajuda, zeloso, todo o tempo resmungando sobre por que diabos Peter abriria mão de sua vida ordenada.

Peter dá as costas a tudo carregando apenas uma mala de roupas, um álbum de fotos, alguns apetrechos de acampamento, um guia de Portugal e um dicionário inglês-português.

Reserva o voo. Parece mais fácil viajar com o chimpanzé diretamente dos Estados Unidos a Portugal. Menos fronteiras a serem cruzadas com um animal exótico. A companhia aérea lhe diz que podem transportá-lo, desde que ele providencie a jaula e o animal seja pacífico. Consulta um veterinário sobre como sedar um chimpanzé.

Por meio de amigos, consegue um comprador para seu carro onde queria vendê-lo, na cidade de Nova York.

– Eu o levarei pessoalmente – informa pelo telefone ao homem do Brooklyn. Não diz que fará um ligeiro desvio por Oklahoma para chegar lá.

Cancela todos os compromissos futuros – com comitês do Senado, com amigos e familiares, com o médico (seu coração não anda muito bem, mas providencia uma provisão de medicamentos e uma nova receita), com todo mundo. Escreve cartas a todos com os quais não falou pessoalmente ou pelo telefone.

– Você sugeriu que eu desse uma escapada – diz ao senador.

– Você certamente seguiu à risca minha recomendação. Por que Portugal?

– O clima mais quente. Meus pais vieram de lá.

O senador o olha fixamente.

– Peter, você tem outra mulher?

– Não, não tenho. Passou longe.

– Tudo bem, se está dizendo.

– Como poderia ter encontrado uma mulher em Portugal vivendo em Ottawa? – indaga. No entanto, quanto mais nega a conexão romântica, menos o senador parece acreditar nele.

Não conta a ninguém a respeito de Odo, nem para a família nem para os amigos. O chimpanzé permanece um segredo luminoso em seu coração.

Ocorre que tem uma consulta no dentista. Passa sua última noite no Canadá dormindo em um motel e no dia seguinte faz uma limpeza nos dentes. Diz adeus ao dentista e parte.

É uma viagem longa através de Ontário, Michigan, Ohio, Indiana, Illinois e Missouri até Oklahoma. Para não se cansar muito, faz o percurso em cinco dias. Durante a viagem – de uma mercearia em Lansing, em Michigan, e de uma lanchonete em Lebanon, Missouri –, telefona para o Instituto para a Pesquisa de Primatas, a fim de se certificar de que estão cientes de sua chegada iminente. Fala com a jovem pesquisadora que avisara Lemnon sobre o telefonema, aquela que o distraíra e com isso lhe permitira visitar a instalação dos chimpanzés. Ela lhe assegura de que tudo está pronto.

Depois da última noite em Tulsa, Peter segue para o instituto, chegando ali no meio da manhã. Estaciona o carro e perambula até o lago. Na ilha principal duas pessoas parecem ensinar a língua de sinais a um chimpanzé. No centro, um grupo de três chimpanzés vagueia indolente no solo. Sentado entre eles está Bob, cuidando de um espécime, cujo ombro inspeciona. Peter o chama e acena. Bob acena em resposta, levanta-se e avança para o barco a remo parado na margem. O animal de que tratava o acompanha. Salta com tranquilidade no barco e senta-se no banco. Bob empurra a embarcação e começa a remar.

A meio caminho, quando o barco se vira, o chimpanzé, cuja visão estava obstruída por Bob, o avista. Ele guincha e bate no banco com o punho. Peter pisca os olhos. *Seria...?* sim, é sim. Odo é maior do que a imagem que formara em sua lembrança. Do tamanho de um cachorro grande, porém mais largo.

Antes de o barco chegar à margem, Odo salta, quica uma vez no chão e singra o ar na direção de Peter. Ele não tem tempo de reagir. O chimpanzé bate com força em seu peito, envolvendo-o com os braços. Peter cai para trás, aterrissando de modo desajeitado sobre as costas. Sente grandes lábios úmidos e dentes duros e lisos pressionando-lhe o rosto. Odo o atacara!

Ouve a gargalhada de Bob.

– Ora, ora, ele certamente ficou apegado. Calma, Odo, calma. Está bem?

Peter não consegue responder à pergunta. Treme da cabeça aos pés. Mas não sente dor. Odo não o mordeu. Em vez disso, o chimpanzé o soltara e sentara-se a seu lado, ombro contra ombro. Começa a brincar com o cabelo de Peter.

Bob se ajoelha a seu lado.

– Está bem? – repete.

– S-s-sim, acho que sim – Peter responde. Levanta-se lentamente. Incrédulo, sem fôlego, arregala os olhos. O estranho rosto escuro, o corpo largo e peludo, a pressão quente do animal inteiro bafejando em sua nuca... não há grades entre eles, nenhuma proteção, nenhuma segurança. Não se atreve a rechaçar o chimpanzé. Fica sentado no lugar, alerta e paralisado, com o olhar perdido.

– Que ele está fazendo? – pergunta enfim. Odo ainda mexe em sua cabeça.

– Ele o está catando – Bob responde. – Grande parte da vida social dos chimpanzés se resume a isto: eu o cato e você me cata. É como eles se relacionam. Assim também se livram dos carrapatos e pulgas. Mantêm-se limpos.

– Que devo fazer?

– Nada. Ou pode retribuir o gesto, se quiser.

Um joelho está bem diante dele. Estica a mão trêmula e acaricia o pelo.

– Veja, eu lhe mostrarei como – diz Bob.

Bob senta-se no chão e, com ímpeto muito maior, começa a esfregar as costas de Odo. Com a borda da mão, percorre o pelo do chimpanzé no sentido oposto à disposição natural dos pelos, expondo as raízes e a pele nua. Depois de repetir o movimento duas ou três vezes, encontra um bom trecho e se põe a trabalhar com a outra mão, arranhando e retirando pele morta, fragmentos de terra e outros detritos. No fim das contas, uma atividade envolvente. Bob parece ter se esquecido de Peter.

Peter começa a se recompor. Não é desagradável o que a criatura está fazendo em sua cabeça. Pode sentir seus dedos macios pressionando-lhe o crânio.

Volta-se para o rosto de Odo. Numa resposta imediata, o chimpanzé passa a olhar para ele. A distância entre os rostos deve ser de uns vinte centímetros, os olhos fixos um no outro. Odo solta um guincho fraco, ofegando sobre o rosto de Peter; em seguida, dobra os lábios superiores, revelando uma fileira de dentes graúdos. Peter fica tenso.

– Ele está sorrindo – Bob esclarece.

É somente nesse momento que o jovem, que sabe interpretar tão bem as emoções do animal, compreende as de Peter. Ele pousa a mão em seus ombros.

– Ele não o machucará. Aprecia a sua companhia. Se não gostasse do senhor, ele o deixaria de lado.

– Desculpe-me por tê-lo metido em apuros da última vez.

– Não se preocupe com isso. Valeu a pena. Este lugar não presta. Independentemente de onde for com Odo, será melhor para ele do que ficar aqui.

– Lemnon está?

– Não. Voltará depois do almoço.

Um golpe de sorte. Nas horas seguintes, Bob lhe oferece um minicurso a respeito de Odo. Passa ensinamentos básicos sobre os sons e as expressões faciais dos chimpanzés. Peter aprende sobre guinchos e grunhidos, latidos e gritos, sobre fazer beiço, o franzir e o estalar dos lábios, sobre as muitas funções do arquejo. Odo pode ser tão barulhento quanto o vulcão Krakatoa ou tão silencioso quanto um raio de sol. Não domina a língua de sinais americana, mas conhece algumas palavras em inglês. E, como sucede com os seres humanos, o tom, o gestual e a linguagem corporal exercem um papel importante na expressão dos significados. As mãos do macaco também falam, assim como sua postura e a disposição dos pelos, e Peter precisa ouvir o que eles têm a dizer. Um beijo e um abraço são o que são, um beijo e um abraço, para serem desfrutados, apreciados e talvez retribuídos, ao menos o abraço. A melhor face de Odo é quando abre ligeiramente a boca, as feições relaxadas; ela pode ser acompanhada por um dos prazeres da linguagem dos chimpanzés, a risada, um arquejo vivo, quase silencioso, a alegria expressa por inteiro sem o áspero *rá-rá-rá* da risada humana.

– É uma língua completa – diz Bob acerca da comunicação entre os chimpanzés.

– Não sou muito bom com idiomas estrangeiros – Peter divaga em voz alta.

– Não se preocupe. Odo o compreenderá. Fará questão disso.

Bob conta que a criatura aprendeu a usar o penico, mas adverte que o penico precisa estar à vista. Chimpanzés não aguentam segurar muito tempo. Bob fornece quatro penicos para Peter distribuir pelo território de Odo.

A jaula, que deve ser o meio de transporte de Odo e seu ninho noturno, não cabe no carro. Eles a desmontam e a colocam no porta-malas. Odo viajará no assento da frente.

Em certo momento Peter vai ao banheiro. Senta-se sobre a tampa do vaso sanitário e põe a cabeça entre as mãos. Foi assim no início da paternidade? Não se lembra de ter se sentido tão sobrecarregado. Levar o recém-nascido Ben para casa foi uma experiência inebriante. Ele e Clara não sabiam o que estavam fazendo – algum pai sabe? Mas não teve problemas. Criaram Ben com amor e zelo. E não tinham medo dele. Queria muito que Clara estivesse com ele agora. *Que estou fazendo aqui? É uma loucura.*

Saem para passear com Odo, para deleite do chimpanzé. Odo vasculha o terreno em busca de bagas, trepa em árvores, pede colo (com um grunhido e um alçar de braços, como uma criança) para Peter, que atende o pedido, cambaleando e tropeçando até ficar prestes a cair. Odo se agarra a ele com os braços e as pernas de tal maneira que Peter sente como se tivesse um polvo de duzentos quilos nas costas.

– Posso lhe dar a coleira e a guia de seis metros se quiser, mas são inúteis – Bob afirma. – Se ele estiver em uma árvore, vai puxá-lo como se fosse um ioiô. E se acaso o senhor estiver a cavalo, ele puxará o cavalo também. Os chimpanzés são inacreditavelmente fortes.

– Como consigo controlá-lo?

Bob reflete por alguns segundos antes de responder:

– Não quero ser indiscreto, mas é casado?

– Fui – Peter devolve, de maneira sóbria.

– E como controlava a sua mulher?

Controlar Clara?

– *Eu não controlava.*

– Exatamente. Vocês se entendiam. E, quando não se entediam, discutiam e lidavam com o problema. Aqui é o mesmo. Há pouco que possa fazer para reprimi-lo. Terá de lidar com isso. Odo gosta de figos. Acalme-o com figos.

Durante o diálogo, Odo estava vasculhando um arbusto. Emerge dali e senta-se ao lado de Peter, a seus pés. Com audácia, pensa, Peter estica a mão e acaricia a cabeça de Odo.

– É preciso caprichar no contato físico – diz Bob. Ele se agacha diante do chimpanzé. – Festa de cócegas, Odo, festa de cócegas? – sugere, com os olhos arregalados. Começa a fazer cócegas nos flancos do chimpanzé. Logo os dois estão rolando loucamente pelo chão, Bob gargalhando e Odo guinchando e gritando de alegria.

– Venha, venha! – Bob grita. No instante seguinte Peter e Odo estão se debatendo. O animal de fato possui uma força hercúlea. Há vezes em que ergue Peter do chão com as pernas e os braços antes de lançá-lo de volta ao solo.

Quando a brincadeira termina, Peter se ergue, trôpego. Está desgrenhado, um dos sapatos caiu, perdeu dois botões da camisa, o bolso da frente rasgou e está coberto por mato, gravetos e manchas de terra. Foi um embaraçoso episódio juvenil, impróprio para um homem de sessenta e dois anos... e absolutamente emocionante. Sente desaparecer o medo que tinha do chimpanzé.

Bob volta-se para ele.

– O senhor não terá problemas – diz.

Peter sorri e assente com a cabeça. Recusa a coleira e a guia.

Quando Lemnon chega, só resta completar a transação comercial. Peter entrega o cheque, que Lemnon inspeciona meticulosamente. Em troca lhe confia vários papéis. Um documento declara que ele, Peter Tovy, é o proprietário legal de um chimpanzé macho, *Pan troglodytes*, Odo. Vem autenticado por um advogado de Oklahoma City. Outro é de um veterinário especializado em animais selvagens; concede ao animal um atestado de boa saúde e garante que todas as vacinas estão em dia. A terceira é uma autorização de exportação do Serviço de Pesca e Vida Selvagem dos Estados Unidos. Todos têm a devida aparência oficial, com assinaturas e timbres em relevo.

– Tudo bem, acho que está certo – Peter diz. Lemnon e ele não se cumprimentam, e Peter vai embora sem dizer outra palavra.

Bob põe uma toalha no assento do passageiro. Abaixa-se e abraça Odo. Depois se levanta e gesticula para que suba no carro. Odo obedece sem hesitar, acomodando-se no assento.

Bob segura a mão do chimpanzé e a leva até o rosto.

– Adeus, Odo – diz, com a voz embargada pela tristeza.

Peter senta-se no banco do motorista e liga o motor.

– Devemos pôr o cinto de segurança? – pergunta.

– Por que não? – Bob responde. Ele se inclina e passa a alça sobre a cintura de Odo. Prende com a fivela. A alça lateral fica muito alta, passando pelo rosto de Odo. Bob a coloca atrás da cabeça do chimpanzé, que não se incomoda com os preparativos.

Peter sente o pânico fervilhar dentro de si. *Não posso seguir em frente. Vou cancelar tudo isso.* Abaixa o vidro e acena para Bob.

– Tchau, Bob. Obrigado de novo. Você foi de grande ajuda.

Demora mais para dirigir de Oklahoma City a Nova York do que demorou para chegar a Oklahoma City. Segue em uma velocidade moderada para não assustar Odo. E, enquanto na viagem de Ottawa a Oklahoma City saltou de um assentamento humano a outro – Toronto, Detroit, Indianapolis, St. Louis, Tulsa –, agora evita todos os centros urbanos possíveis rumo à cidade de Nova York, mais uma vez para poupar o animal.

Gostaria de dormir em um leito apropriado e tomar um bom banho, mas está quase certo de que nenhum dono de motel alugará quartos para um casal humano-símio. Na primeira noite, sai da estrada e estaciona o automóvel perto de uma casa de fazenda abandonada. Monta a jaula, mas não tem certeza de onde deve colocá-la. No teto do carro? Para fora do porta-malas? Um pouco distante, no "território" do animal? No fim, põe a jaula, com a porta aberta, perto do carro, deixando a janela do passageiro aberta. Fornece um cobertor para Odo e deita-se no banco traseiro. Ao cair da noite, o chimpanzé entra e sai, fazendo barulho considerável, saltando sobre o banco de trás algumas vezes, praticamente aterrissando sobre Peter, até acomodar-se na outra ponta do banco traseiro, perto dele. Odo não ronca, mas sua respiração é poderosa. Peter não dorme bem, não apenas porque o animal evidentemente o incomoda, mas também por causa de persistentes temores.

Aquele é um animal grande e forte, desenfreado e descontrolado. *Em que eu fui me meter?*

Nas noites seguintes dormem ao largo de uma campina, no trecho final de uma estrada sem saída, onde quer que seja quieto e isolado.

Uma noite inspeciona com maior atenção os papéis que Lemnon lhe entregara. Entre eles há um relatório que fornece uma visão geral da vida de Odo. Fora "capturado quando recém-nascido" na África. Não há menção sobre o voluntário do Peace Corps, apenas diz que Odo em seguida passou algum tempo com a NASA, em um lugar chamado Centro Médico Aeroespacial Holloman, em Alamogordo, no Novo México. Depois foi transferido para o Centro Nacional Yerkes de Pesquisa de Primatas, em Atlanta, na Geórgia; e para o LEMSIP, Laboratório de Medicina Experimental e Cirúrgica de Primatas, situado em Tuxedo, Nova York, antes de ser enviado para o Instituto Lemnon para a Pesquisa de Primatas. Que odisseia! Não espanta que Bob tenha dito que era um nômade.

Peter se demora em certas palavras: "médico"... "biologia"... "laboratório"... e especialmente "medicina experimental e cirúrgica". *Experimental?* Transferiram-no de um Auschwitz médico a outro, e isso depois de lhe terem tirado a mãe quando era um bebê. Peter se pergunta o que aconteceu com a mãe de Odo. Mais cedo, enquanto catava o animal, percebera uma tatuagem no peito. Somente naquela área pode-se ver a pele negra por baixo do pelame espesso, e ali, no canto superior direito, descobriu dois dígitos enrugados – o número 65 – gravados sobre um papel inaceitável.

Volta-se para Odo:

– Que fizeram com você?

Segue adiante e volta a catá-lo.

Certa tarde, no viçoso estado de Kentucky, depois de encher o tanque, avança para a extremidade de uma área de lazer, atrás do posto de gasolina, para que possam comer. Odo sai do carro e trepa em uma árvore. A princípio Peter sente alívio com o chimpanzé fora do seu caminho. Mas depois não consegue fazer com que ele desça. Receia que Odo siga para a árvore seguinte, depois para a próxima, e desapareça. Mas ele não se move. Apenas fita a floresta em cuja margem está suspenso. Parece ébrio de alegria diante de tamanho refúgio verdejante. Um chimpanzé flutuando em um mar de folhas verdes.

Peter espera. O tempo passa. Não tem nada para ler nem sente vontade de ouvir o rádio. Tira uma soneca no banco de trás. Pensa em Clara, no filho desencantado, na vida que deixou para trás. Vai ao posto comprar comida e água. Senta no carro e contempla a disposição do posto de gasolina, o prédio principal um dia pintado com cores vivas hoje desbotado, a extensão de asfalto, o ir e vir de carros, caminhões e pessoas, a área de lazer, a margem da floresta, a árvore em que Odo se acomodou, e, desse modo, permanece sentado ali, apenas vigiando o animal.

Ninguém percebe o chimpanzé na árvore exceto as crianças. Enquanto os adultos se ocupam de ir ao banheiro, encher o tanque do carro e alimentar a família, as crianças olham ao redor. Sorriem. Algumas apontam e alertam os pais. Um olhar cego, distraído, é tudo o que ganham. As crianças acenam para Odo ao partir.

Cinco horas depois, com o sol se pondo, Peter ainda está de olho no chimpanzé. Odo não o está ignorando. Na realidade, quando não se distrai com a atividade no posto de gasolina, fica olhando para ele com o mesmo calmo interesse com que Peter o observa.

Ao crepúsculo, a temperatura cai um pouco, mas ainda assim o chimpanzé não apeia. Peter abre o porta-malas e retira o saco de dormir e o cobertor de Odo. A criatura guincha. Peter se aproxima da árvore e ergue o cobertor. Odo desce para apanhá-lo. Depois, sobe na árvore e se aninha na manta.

Peter deixa frutas, fatias de pão com pasta de gergelim e uma jarra de água ao pé da árvore. Quando anoitece, deita-se para dormir no carro. Está exausto. Inquieta-se com a possibilidade de Odo fugir à noite ou, pior, de atacar alguém. Mas adormece com um último e agradável pensamento: é provavelmente a primeira vez desde a infância africana que Odo repousa sob o céu estrelado.

Pela manhã, as frutas e as fatias de pão sumiram e a jarra de água está pela metade. Quando Peter sai do carro, Odo desce da árvore. Ele ergue os braços em sua direção. Peter senta-se no chão e eles se abraçam e se catam mutuamente. Peter dá a Odo um desjejum de leite achocolatado e sanduíches de salada de ovo.

Em dois outros postos de gasolina pelo caminho, repete-se a mesma cena com as árvores. Peter é obrigado a ligar duas vezes para a companhia aérea a fim de mudar a reserva, por um custo em cada ocasião.

Durante o dia, enquanto cruzam os Estados Unidos, de quando em quando se pega virando a cabeça para olhar o passageiro, frequentemente espantado por estar viajando de carro com um chimpanzé. E tem a impressão de que Odo, de outra forma muito surpreso com o desenrolar da paisagem, faz a mesma coisa, gira a cabeça a intervalos regulares para lançar um olhar sobre ele, sempre espantado que esteja em um veículo ao lado de um ser humano. E assim, em um estado mútuo e constante de espanto e deslumbramento (e algum temor), eles se dirigem para a cidade de Nova York.

O nervosismo de Peter aumenta à medida que se aproximam da metrópole. Receia que Lemnon lhe tenha pregado uma peça e que o pararão no aeroporto John F. Kennedy para confiscar Odo.

Sem piscar, com a mandíbula distendida, o chimpanzé olha fixo para a cidade. Numa via vicinal para o aeroporto, Peter estaciona o carro. Agora vem a parte difícil. Precisa injetar no animal um poderoso sedativo para animais chamado Sernalyn, prescrito pelo veterinário. Odo o atacará em represália?

– Olhe! – diz ele, apontando. Odo olha. Peter lhe espeta o braço com a seringa. Odo mal parece notar a picada e em poucos minutos fica inconsciente. No aeroporto, por causa da natureza de sua carga, deixam que Peter se dirija a uma seção especial para descarregar Odo. Ele monta a jaula e, com considerável esforço, empurra o corpo desfalecido de Odo sobre um cobertor no piso dela. Peter se demora, enganchando os dedos nas grades. E se Odo não despertar?

A jaula é posta em uma carreta e levada pelo labirinto do JFK. Um segurança acompanha Peter. Após o oficial da alfândega ter inspecionado todos os documentos e verificado a passagem, levam Odo embora. Peter é informado de que, com a permissão do capitão, poderá ir ao porão da aeronave durante o voo para dar uma olhada no animal.

Ele se afasta correndo. Vai a um lava a jato, limpa o veículo por dentro e por fora e se dirige ao Brooklyn. O futuro comprador mostra ser um homem difícil que enfatiza cada defeito do carro e desvaloriza cada qualidade. Mas Peter não exerceu a política por quase vinte anos a troco de nada. Ouve o homem sem dizer nenhuma palavra, para então repetir o preço acordado. Quando o homem se prepara para discutir, Peter diz:

– Está bem. Venderei para o outro interessado. – Entra no carro e dá a partida.

O homem vai até a janela.

– Que outro interessado? – indaga.

– Depois de concordar em vender para você, outra pessoa ligou. Eu disse que não poderia vender, pois já tinha me comprometido. Mas será melhor para mim se você não quiser. Ganharei mais dinheiro desse modo. – Ele engata a marcha e começa a descer o pátio de acesso.

O homem acena.

– Espere, espere! Ficarei com ele – grita. O homem paga rapidamente.

Peter apanha um táxi e volta ao aeroporto. Importuna a companhia aérea com suas inquietações acerca de Odo. Eles lhe asseguram que não, não esquecerão de pôr o chimpanzé na aeronave e que este será transportado na parte superior do compartimento de carga, pressurizada e aquecida, e que não, não receberam nenhum informe de que ele tenha se mexido e sim, o animal dá todos os sinais de estar vivo e que não, Peter não pode vê-lo ainda e, sim, logo que o aparelho estiver em altitude de cruzeiro eles pedirão autorização para que Peter possa ir visitá-lo.

Após uma hora de voo, o capitão concede a permissão e Peter se dirige à traseira do avião. Uma porta estreita lhe dá acesso ao compartimento superior. A luz se acende. Ele avista a jaula de imediato, presa à parede da aeronave por meio de correias. Está separada da bagagem da primeira classe. Corre para lá. Fica aliviado ao ver que o peito de Odo sobe e desce de maneira uniforme. Passa a mão pela grade e sente o corpo quente do chimpanzé. Teria entrado na jaula para catá-lo, mas a aeronave pôs na porta o seu próprio cadeado.

Peter permanece ao lado da jaula o voo inteiro, ausentando-se apenas para ir ao banheiro e fazer as refeições. Os comissários parecem não se incomodar com a sua presença ali. O veterinário lhe assegurou que o Sernalyn não provoca *overdose* nos chimpanzés. Duas vezes durante o voo ele aplica uma dose adicional do medicamento. Odeia ter de fazer isso, mas não quer que Odo desperte em um lugar tão estranho e barulhento. Poderia entrar em pânico.

Basta, Peter pensa. Promete que nunca mais submeterá Odo a procedimentos tão infames. O animal merece algo melhor que aquilo.

Uma comissária de bordo entra no compartimento meia hora antes do pouso. Peter deve retornar a seu assento. Ele faz o que ela manda e prontamente cai no sono.

Quando o avião pousa pela manhã bem cedo no aeroporto lisboeta da Portela, Peter lança um olhar sonolento pela janela, e é ele quem sente o pânico crescer. *Tudo isso é um equívoco. Vou voltar atrás.* Que será de Odo, porém? Lisboa certamente tem um zoológico. Poderia abandonar o chimpanzé em sua jaula na entrada, um animal enjeitado.

Uma hora depois, após todos os outros passageiros terem apanhado a bagagem e partido, ele ainda espera na área de desembarque. Passa a maior parte dessa hora em um cubículo do banheiro perto da esteira de bagagem, chorando baixinho. Se apenas Clara estivesse com ele! Ela o confortaria. Mas se ela estivesse por perto, ele não estaria em apuros.

Por fim, um homem de uniforme o localiza.

– O senhor é o homem do macaco? – pergunta, em português.

Peter olha para ele, sem compreender.

– Macaco? – o homem repete, fingindo coçar as axilas enquanto faz *uh-uh-uh*.

– Sim, sim! – Peter assente com a cabeça.

Enquanto passam pelas portas de segurança, o homem tagarela amistosamente em português. Peter assente, mas não compreende uma palavra sequer. Lembra-se de como soa o idioma a partir de longínquas conversas entre seus pais: um murmúrio arrastado e lamentoso.

No meio do hangar, vê a jaula sobre um carrinho de bagagem. Alguns funcionários do aeroporto estão reunidos ao redor. Mais uma vez o coração de Peter dispara em seu peito, mas agora com alegria. Os homens estão tagarelando sobre o *macaco* com evidente interesse. Os funcionários fazem perguntas, diante das quais Peter só pode balançar a cabeça com ar de desculpas.

– Ele não fala português – diz o homem que foi buscá-lo.

Sobrevém a linguagem de sinais.

– O que senhor vai fazer com ele? – pergunta outro homem, acenando as mãos diante dele, com as palmas para cima.

– Vou para as Altas Montanhas de Portugal – Peter responde. Recorta um retângulo no ar com um dedo para dizer "Portugal", e aponta para a parte superior à direita do retângulo.

– Ah, as Altas Montanhas de Portugal. Lá em cima com os rinocerontes – responde o homem em português.

Os outros riem. Peter faz que sim, embora não entenda a graça. *Rinocerontes?*

No final as obrigações se impõem. Seu passaporte é examinado e carimbado; os documentos de Odo são assinados, carimbados e separados, um conjunto para ele, outro para eles. Pronto. O homem se prepara para empurrar o carrinho de bagagem. O estrangeiro e seu *macaco* estão liberados.

Peter empalidece. No frenesi das duas últimas semanas, esqueceu-se de providenciar um detalhe: a locomoção dele e de Odo de Lisboa à região serrana de Portugal. Precisam de um carro, mas não fez nenhum preparativo para adquirir um.

Ele estende as palmas das mãos para cima. *Pare*.

– Preciso de um carro. – Ele sacode os punhos para cima e para baixo, imitando as mãos em um volante.

– Um carro?

– Sim. Onde posso comprar um, onde? – Peter esfrega o indicador contra o polegar.

– O senhor quer comprar um carro? – o funcionário pergunta em português.

Comprar: parece certo.

– Sim, sim, comprar um carro, onde?

O homem chama outro e os dois discutem. Escrevem em um pedaço de papel, que entregam a Peter. Citroën, está escrito, com um endereço. Peter sabe que *"citron"* é a palavra francesa para "limão". Espera que não seja um mau presságio.

– Perto, perto? – pergunta, aproximando a mão em concha na sua direção.

– Sim, é muito perto. Táxi.

Peter aponta para si mesmo, depois para longe e de volta para si.

– Vou e volto.

– Sim, sim. – Os homens assentem com a cabeça.

Ele sai em disparada. Trouxe consigo uma quantia substancial de dinheiro vivo, tanto em dólares americanos quanto canadenses, além de cheques de viagem. E está com seu cartão de crédito, como segurança adicional. Troca todo o seu dinheiro por escudos e salta em um táxi.

A concessionária Citroën não fica muito distante do aeroporto. Os carros se parecem com estranhos rocamboles. Um apresenta linhas agradáveis, mas é muito caro e amplo para as suas necessidades. Enfim decide levar um modelo muito básico, uma engenhoca cinzenta e desajeitada, que parece ter sido feita de latas de atum. Não tem absolutamente nenhum adicional, rádio, ar-condicionado, encostos de braço, câmbio automático. Não dispõe nem mesmo de vidros elevados por maçanetas. As janelas se dividem em duas horizontalmente, sendo que parte de baixo se encaixa na de cima, como uma aba, por meio de dobradiças. Também não há teto de metal nem janela traseira de vidro, apenas um pedaço de tecido robusto que pode ser removido e enrolado, incluindo uma janela de plástico transparente. Ele abre e fecha a porta. Sente que o veículo é fraco e rudimentar, mas o vendedor expressa grande entusiasmo pela máquina, tecendo louvores aos céus com as mãos.

Peter se pergunta qual é o nome, que não se trata de um nome de maneira alguma, apenas um código alfanumérico: 2CV. Teria preferido um carro americano. Mas precisa do automóvel sem mais delongas, antes de Odo despertar.

Peter interrompe o vendedor com um aceno de cabeça – ele comprará o carro. O homem abre um sorriso e o conduz a seu escritório. Inspeciona a carteira de motorista internacional, preenche documentos, apanha o dinheiro e liga para a empresa de cartão de crédito.

Uma hora depois Peter se dirige ao aeroporto, com uma placa temporária grudada na parte interna da janela traseira do automóvel. O câmbio é duro, com a alavanca se projetando do painel, o motor é barulhento e a corrida, turbulenta. Peter estaciona o carro e se dirige ao hangar.

Odo ainda dorme. Peter e o funcionário do aeroporto transportam a jaula para o carro. Transferem o chimpanzé para o assento traseiro. Logo surge um problema. Mesmo desmontada, ela não cabe no minúsculo porta-malas do 2CV. Não há como amarrá-la sobre o teto flexível. Precisa abandoná-la. Peter não se incomoda. Trata-se de um incômodo, e, de mais a mais, Odo não quis saber dela. O funcionário é receptivo à ideia de ficar com a jaula.

Peter verifica pela última vez se não está esquecendo nada. Está de posse do passaporte e dos documentos, além do mapa de Portugal; a bagagem foi enfiada no porta-malas, o chimpanzé acomodado no banco de trás – está pronto para partir. Mas está exausto, sedento e faminto. Apruma-se.

– Qual a distância para as Altas Montanhas de Portugal?

– Para as Altas Montanhas de Portugal? Cerca de dez horas – é a resposta em português.

Peter usa os dedos para ter certeza de que entendeu. Dez dedos. Dez horas. O homem faz que sim. Peter suspira.

Consulta o mapa. Como nos Estados Unidos, decide evitar os grandes centros. Isso significa afastar-se da costa e dirigir pelo interior. Depois de uma cidade chamada Alhandra há uma ponte sobre o Tejo. Depois disso, o mapa promete povoações tão minúsculas que recebem o mínimo de designação cartográfica, um reles círculo preto com um centro escuro.

Duas horas mais tarde, depois de apenas uma rápida parada em um café num lugar chamado Porto Alto, para beber, comer e comprar suprimentos, não consegue mais manter os olhos abertos. Chegam a Ponte de Sor. É uma localidade agradavelmente animada. Fixa o olhar desejoso em um hotel; teria adorado parar ali. Em vez disso, segue em frente. De volta para a zona rural, dobra para uma vicinal sossegada e estaciona perto de um olival. O carro se parece com uma bolha cinzenta prestes a ser soprada paisagem afora. Deixa a comida ao alcance de Odo. Pensa em desenrolar o saco de dormir nos assentos dianteiros, mas os bancos ficam muito distantes um do outro. Nem mesmo reclinam um centímetro. Inspeciona o solo ao redor. Muito rochoso. Finalmente se dirige para a parte traseira do automóvel e empurra o corpo pesado de Odo para o chão. Deita-se sobre o banco de trás em posição fetal e rapidamente cai no sono.

Quando acorda, no final da tarde, Odo está sentado bem perto de sua cabeça, quase em cima dela. Está olhando em torno. Sem dúvida se pergunta que novo truque os seres humanos armaram contra ele desta vez. Onde está agora? Aonde foram parar os edifícios altos? Peter pode sentir o calor do corpo de Odo contra o seu. Ainda está cansado, mas a ansiedade o desperta. Odo ficará frustrado e agressivo? Se ficar, não há como Peter escapar de sua fúria. Ergue-se com cuidado.

Odo o envolve com os dois braços. Peter devolve o abraço. Ficam agarrados por muitos segundos. Peter dá de beber a Odo e o alimenta com maçãs, pão, queijo, presunto, todos os itens desaparecendo em rápidas bocadas.

Peter se dá conta de um grupo de homens a distância, caminhando em sua direção pela estrada. Levam pás e enxadas sobre os ombros. Ele passa para o assento do motorista. Odo pula para o banco do passageiro a seu lado. Peter liga o carro. Odo guincha com o ronco do motor, mas fora isso permanece imóvel. Peter faz uma conversão e volta para a estrada.

Como a maioria dos imigrantes, seus pais saíram das Altas Montanhas em um estado de miséria, determinados a proporcionar aos filhos uma vida diferente, melhor, no Canadá. Como se estancassem uma ferida, voltaram as costas às suas origens. Em Toronto, deliberadamente esquivaram-se de seus conterrâneos portugueses. Forçaram-se a aprender bem o inglês e não legaram aos filhos nem o idioma nem a cultura nativos. Em vez disso, encorajaram-nos a se deslocarem em círculos cada vez mais amplos e se regozijaram quando eles não desposaram um compatrício.

Apenas nos últimos anos, com o sucesso dessa engenharia identitária, é que seus pais cederam um pouco e permitiram que ele e sua irmã Teresa obtivessem um vislumbre de sua vida de outrora. Sopraram uns poucos nomes e esboçaram uma geografia nebulosa, centrada em um topônimo: Tuizelo. Foi dessa localidade que seus pais vieram, e vai ser ali que ele e Odo se estabelecerão.

Mas ele desconhece o país. É um canadense rematado. Enquanto dirigem pela luz evanescente do dia, descobre como é bela a paisagem, como é ativa a ruralidade. Por toda parte há rebanhos e manadas, colmeias e vinhais, terra lavrada e pomares. Vê gente carregando lenha nas costas e asnos transportando cestos no dorso.

A noite os detém e os faz dormir. Ele passa para o exíguo assento traseiro. Tarde da noite, tem a vaga impressão de que Odo abre a porta e sai, mas está tão nocauteado pelo sono que não vai averiguar.

Pela manhã encontra o chimpanzé dormindo no topo do carro, no teto de tecido. Peter não o desperta. Em vez disso, lê o guia de viagem. Descobre que a estranha árvore que vê em toda parte – frondosa, robusta, o tronco marrom escuro com exceção de onde a casca preciosa foi removida – é o sobreiro, de onde se extrai a cortiça. Das regiões que foram desnudadas brilha um rico castanho-avermelhado. Jura para si mesmo jamais beber vinho de garrafas cujas rolhas não sejam de cortiça.

Visigodos, francos, romanos, mouros – todos estiveram ali. Uns mal causaram algum tumulto e já seguiram adiante. Outros permaneceram tempo suficiente para construir pontes e castelos. Então, em uma matéria complementar, descobre essa "anomalia da fauna do norte de Portugal": o rinoceronte ibérico. Foi isso o que o homem do aeroporto quis dizer? Essa relíquia biológica, descendente dos rinocerontes peludos das primeiras eras glaciais, perdurou em Portugal em bandos escassos até o início da era moderna, fato confirmado com a morte do último espécime conhecido, em 1641. Forte e de aparência feroz, mas sobretudo benigno – um herbívoro, afinal, difícil de zangar-se e rápido em perdoar –, cresceu em desajuste com os tempos, incapaz de se adaptar ao espaço reduzido a que ficou confinado, de modo que desapareceu, apesar dos relatos ocasionais de gente que afirma tê-lo visto. Em 1515, dom Manuel I enviou um rinoceronte ibérico de presente ao papa Leão X. O guia traz uma reprodução da xilogravura de Dürer, na qual o animal aparece "incorretamente desenhado com um único chifre". Ele examina a imagem. O animal parece magnífico, arcaico, incomum, atraente.

Odo desperta enquanto Peter prepara o desjejum no fogareiro. Ao ver Odo sentar-se, ou melhor, ao vê-lo se erguer sobre o teto do automóvel para observar os arredores, Peter mais uma vez se espanta com a sua situação. Se estivesse sozinho em terra estrangeira, teria sido insuportável; morreria desamparado. Mas, por causa desse estranho companheiro, a solidão mantém-se a distância. Quanto a esse ponto, sente-se profundamente grato. Mesmo assim, não pode ignorar a outra emoção que o preocupa no momento, que parece liquefazer suas entranhas: o medo. Não consegue explicar a súbita eclosão desse sentimento. Nunca foi dado a ataques de pânico, mas talvez seja essa a sensação. O medo penetra nele, abrindo cada poro, acelerando e encurtando a respiração. Então, Odo desce do carro, perambula de quatro para sentar-se e admirar o fogareiro, com disposição amigável, e o medo desaparece.

Depois do café da manhã, pegam a estrada de novo. Passam por aldeias com casas de pedra, ruas de paralelepípedo, cães adormecidos e asnos atentos. Lugarejos sossegados, com poucos homens e mulheres vestidos de preto, todos mais velhos. Sente que o futuro sobreveio como a noite nessas povoações, silenciosamente e sem causar alarde, cada geração muito parecida com a anterior e a seguinte, apenas encolhendo em termos numéricos.

No início da tarde, de acordo com o mapa, chegam à região das Altas Montanhas de Portugal. O ar torna-se mais fresco. Fica espantado. Onde estão as montanhas? Não imaginava ver os picos nevados dos Alpes, mas também não esperava uma ondulante e desolada savana, com suas florestas ocultas por vales, sem nenhum cume em parte alguma. Ele e Odo percorrem planaltos de enormes rochedos cinzentos, cada qual erguendo-se solitário em meio ao campo. Algumas dessas pedras talvez atinjam a altura de uma casa de dois andares. Talvez, para um homem sentado ao lado de uma delas, possam parecer uma montanha, mas se trata de um exagero. Os rochedos deixam Odo igualmente intrigado.

Tuizelo surge no fim de uma estrada serpenteante, na orla de uma floresta, oculta por um vale. As ruas estreitas de paralelepípedo dirigem-se para uma pequena praça com uma humilde fonte gorgolejante no centro. Em um lado da praça está uma igreja; do outro, um café, que também parece servir de pequeno armazém e padaria. Essas duas instituições, cada qual negociando suas próprias mercadorias, estabeleceram-se em meio a modestas casas de pedra com sacadas de madeira. Somente as hortas são amplas, extensas como campos arados, e bem cuidadas. Aqui e ali, por toda parte, galinhas, cabras, ovelhas e cães sonolentos.

Peter é tomado de pronto pela tranquilidade e pelo isolamento da aldeia. E seus pais vieram dali. Na realidade, ele nasceu ali. Mal pode acreditar nisso. A distância entre esse local e a casa no centro de Toronto, em Cabbagetown, onde cresceu, parece incomensurável. Não guarda lembrança de Tuizelo. Seus pais partiram quando ele era pequeno. Todavia, tentará viver ali.

– Chegamos – anuncia. Odo olha em torno com uma expressão absorta.

Comem sanduíches e bebem água. Peter avista um pequeno grupo de pessoas em uma horta. Alcança o dicionário. Pratica a frase algumas vezes.

– Não se mexa. Fique no carro – diz para Odo. O chimpanzé afunda tanto no assento que mal se pode vê-lo de fora.

Peter sai do automóvel e acena para a turma. Ela acena em resposta. Um homem grita uma saudação. Peter dirige-se a um pequeno portão para unir-se ao grupo. Cada aldeão avança para cumprimentá-lo com um sorriso estampado no rosto.

– Olá – ele diz para cada um.

Quando a cerimônia termina, ele recita timidamente sua frase:

– Eu quero uma casa, por favor – diz, devagar, em português.

– Uma casa? Por uma noite? – pergunta um deles.

– Não – ele responde, com o auxílio do dicionário. – Uma casa *por*... viver.

– Aqui, em *Tuizelo*? – diz outro, as feições sardentas expandindo-se com a surpresa.

– Sim – responde Peter –, uma casa aqui em Tuizelo por viver. Certamente o controle imigratório ignora estas plagas.

– Meu Deus! O que é aquilo? – pergunta uma mulher, esbaforida. Ele adivinha que o horror impresso no tom de sua voz nada tenha a ver com sua solicitação para residir na aldeia. Ela está olhando além dele. Peter se vira. Com toda a certeza Odo subiu no teto do carro e os está observando.

O grupo emite muitos ruídos de espanto e medo. Um homem apanha a enxada e de algum modo a brande no ar.

– Não, não, ele é amistoso – diz Peter em inglês, as palmas erguidas para tranquilizá-los. Ele percorre o dicionário. – Amigável! Amigável!

Repete a palavra algumas vezes, caprichando no acento tônico para acertar a pronúncia. Volta para o carro. O grupo queda paralisado. Odo já conseguiu atrair mais atenção. Dois homens no café cravam os olhos no chimpanzé, assim como uma senhora na entrada de sua casa e outra à sacada.

Peter tinha esperança de introduzir Odo *aos poucos* na vida na aldeia, mas a ideia é estúpida. Não se pode dosar o assombro.

– Amigável, amigável! – repete para os circunstantes.

Ele acena para Odo, que desce do carro e anda apoiado na articulação dos dedos até a horta onde ele se encontra. O chimpanzé decide não atravessar o portão e salta sobre o muro de pedra. Peter fica a seu lado, acariciando-lhe uma das pernas.

– Um macaco – ele diz para o grupo, como que para confirmar o que viam. – Um macaco amigável.

O grupo olha fixamente enquanto ele e Odo aguardam. A senhora que avistou Odo em primeiro lugar é também a primeira a serenar.

– E ele mora com o senhor? – ela pergunta. O tom é cândido, marcado pelo espanto.

– Sim – ele responde, sem saber o que significa a palavra "mora".

Um aldeão decide que já viu o bastante. Ele se vira para ir embora. O vizinho tenta interrompê-lo, mas, ao fazê-lo, tropeça. O resultado é que dá um forte puxão na camisa do primeiro enquanto procura se reequilibrar. O outro momentaneamente perde o próprio equilíbrio, solta um grito, dá uma cotovelada para desvencilhar-se da mão do vizinho e se afasta bufando. Odo imediatamente percebe a tensão, ficando de pé e seguindo com os olhos a partida do homem. De pé sobre o muro como agora se encontra, ele se eleva sobre o grupo da horta. Peter percebe a apreensão.

– Está tudo bem – sussurra para Odo, puxando-o por uma das mãos –, está tudo bem. – Peter fica apreensivo. O incidente poderia fazer o chimpanzé fugir ao controle?

Odo não se descontrola. Ele senta, produzindo alguns *uh-uh--uhs* de curiosidade em um tom crescente. Alguns rostos no grupo sorriem ao ouvir o som, talvez encorajados pelo estereótipo; chimpanzés de fato fazem *uh-uh-uh*.

– De onde é que ele vem? O que é que faz? – pergunta a mesma mulher.

– Sim, sim – responde Peter, sem saber a quê. – Eu quero uma casa em Tuizelo por viver com macaco amigável.

A essa altura, já surgiram outros aldeões. Estão reunidos a uma distância segura. Odo mostra-se tão curioso acerca dos camponeses quanto estes acerca de Odo. Ele ginga sobre o muro com o olhar atento, convidativo, soltando alguns *uhs* e *aarrrhhhs* em tom baixo.

– Uma casa...? – Peter repete, acariciando Odo.

O grupo da horta por fim começa a considerar o pedido. Conversam uns com os outros; Peter consegue ouvir a palavra "casa" ser repetida junto com o que parece ser o nome de pessoas.

A confabulação se amplia quando uma senhora se vira e grita para outra parada perto do carro. A aldeã responde e logo outro diálogo tem início. De tempos em tempos, disparam-se trocas verbais entre a turma reunida ao redor do carro e os que se encontram na horta. O motivo da separação é claro: entre os dois grupos há o portão, e guardando o portão como uma sentinela está o chimpanzé.

Peter imagina que talvez seja bom aprimorar o pedido. Melhor seria uma casa nas cercanias da vila. Consulta o dicionário.

– Uma casa... nas bordas de Tuizelo... nas proximidades – ele solicita, mais ou menos endereçando o pedido à mulher que aludiu a Odo em primeiro lugar, mas com a intenção de ser ouvido por todos.

A discussão recomeça, até que a mulher, que de bom grado assumiu o papel de interlocutora, anuncia o resultado:

– Temos uma casa que provavelmente vai servir para si e para o seu macaco.

Ele não entende nada exceto "uma casa" e "seu macaco". Acena positivamente com a cabeça.

A mulher sorri e dirige um olhar crítico para o portão. De imediato Peter o atravessa e cutuca Odo para que ele desça do muro. O chimpanzé salta para o chão a seu lado. Os dois andam alguns passos na direção do carro. O grupo da horta se aproxima do portão enquanto os que estavam perto do veículo se afastam. Ele se volta para a mulher e aponta para várias direções. Ela indica a direita, no sentido do alto da vila. Ele segue esse caminho. Felizmente Odo permanece a seu lado. A mulher o acompanha a uma distância segura. Os aldeões que estavam na frente se dispersam, assim como as galinhas e os cães. Salvo as galinhas, todos os habitantes da vila, humanos e animais, decidem acompanhar os recém-chegados. Peter se vira o tempo todo para assegurar-se de que está indo pelo caminho certo. A mulher, conduzindo os aldeões uns quinze passos atrás, faz que sim e confirma que está no caminho certo ou então o redireciona com a mão. E assim, conduzindo a turma enquanto na verdade a está seguindo, Peter atravessa a aldeia com Odo. Bem-comportado, ele perambula de quatro a seu lado, embora se mostre bastante interessado nas galinhas e nos cães.

Ultrapassam a aldeia. As ruas de paralelepípedo se transformam em uma estrada de terra. Depois de uma curva, cruzam um regato raso. As árvores ficam mais escassas e o planalto começa a surgir. Logo a mulher grita e aponta. Chegam à casa.

Não difere muito das outras na vila. É uma estrutura de pedra de dois andares, em formato de L, com um grande muro de pedra completando os dois lados do L, compondo uma casa com um pátio anexo. A mulher o convida a entrar, enquanto fica do lado de fora com seus companheiros. Ela indica que se pode alcançar o segundo andar por intermédio de uma escada externa de pedra. Aponta para Odo e para uma porta no andar térreo. Peter abre a porta; não tem cadeado, apenas um trinco. Não fica contente com o que vê. Além de estar repleto de tralha, o aposento está imundo, coberto de pó. Então, percebendo um anel ligado à parede, nota que a porta que acabara de abrir se divide horizontalmente em duas, e compreende. Aquele andar é um redil, um estábulo, um recinto para animais domésticos. Vira várias casas como aquela no caminho, mas somente agora atinara com o seu propósito. Os animais – ovelhas, cabras, porcos, galinhas, burros – vivem abaixo de seus donos, que dessa forma conseguem mantê-los a seu lado e seguros, tirando proveito do aquecimento gerado pelo rebanho no inverno. O que também explica a escada externa. Fecha a porta.

– Macaco – a mulher diz em um tom prestativo do outro lado do muro baixo de pedra.

– Não – Peter responde, balançando a cabeça. Aponta para o alto.

O grupo faz que sim com a cabeça. O macaco do estrangeiro quer viver no andar de cima? Está acostumado com o luxo?

Ele e Odo sobem a escadaria de pedra. O patamar superior, de madeira e com cobertura, é grande o bastante para ser chamado de sacada. Peter abre a porta. Também não dispõe de cadeado. Os assaltos não parecem ser um problema em Tuizelo.

Fica mais satisfeito com o andar superior. É rustico, mas parece servir. Tem um pavimento de pedra (fácil de limpar) e poucos móveis (menos para quebrar). As paredes são bastante grossas e caiadas de modo irregular, mostrando as saliências, mas estão limpas; parecem-se com um mapa plausível das Altas Montanhas de Portugal. A planta da casa é simples. A porta se abre para um aposento principal, que abrange uma mesa de madeira com quatro cadeiras, algumas prateleiras encravadas na parede e uma lareira de ferro. De um lado dessa sala, no alto do L, separada por uma meia-parede, fica a cozinha, equipada com uma pia grande, um fogão a gás, um balcão e outras prateleiras. O primeiro quarto contém um armário em cuja porta há um espelho roído pela idade. O segundo abriga uma cama com um colchão há muito arruinado, um pequeno criado-mudo, uma cômoda e um banheiro primitivo com pia e sanitário seco e empoeirado. Não se veem banheira nem chuveiro.

Peter volta para a sala, examinando a parte inferior das paredes. Examina o teto de cada aposento. Não há tomadas nem qualquer tipo de luminária. Na cozinha confirma o que imaginara *não* ter visto; com efeito, não há geladeira. O lugar tem eletricidade. Também não há conector para telefone. Suspira. Gira a torneira da cozinha. Nenhum barulho de água quebra o silêncio. Duas das janelas estão rachadas. Tudo parece encardido e empoeirado. Uma onda de cansaço o envolve. Do Senado canadense, onde viveu cercado pelas amenidades do mundo moderno da capital, para esta habitação do tempo das cavernas nas franjas do nada. Do conforto da família e dos amigos para um lugar onde é um estranho que não fala o idioma.

Odo o livra desse seu iminente colapso emocional. O chimpanzé está evidentemente encantado com as novas descobertas. Emite guinchos alegres e balança a cabeça ao deslocar-se de uma ponta à outra do pavimento. Peter se dá conta de que é a primeira habitação que ele vê fora das jaulas onde viveu durante toda a vida adulta. Muito maior e arejada do que qualquer coisa que tenha conhecido. E melhor do que os veículos em que estivera morando na última semana. Odo pensou ter trocado viver em uma jaula suspensa por viver numa jaula sobre rodas. Para os padrões de um animal cativo, a casa é o Ritz.

Com uma boa luz, pense só: há janelas em todas as paredes. O sol será sua lâmpada. E há encanto – e economia – na ideia de iluminar o local toda noite com velas e lampiões. E, se há encanamento, deve ter havido água corrente outrora, o que sem dúvida pode ser recuperado.

Peter se dirige a uma das janelas que dão para o pátio. Descerra-a. Os aldeões aguardam pacientes do outro lado do muro. Ele acena e sorri para eles. Como será "bom" em português? Consulta o dicionário:

– A casa é boa... muito boa! – grita.

Odo se aproxima dele na janela. Num estado de grande excitação repete o que Peter acabara de dizer, ainda que em seu próprio idioma, o qual, para os ouvidos de seu companheiro e da gente reunida abaixo, resulta num grito aterrorizante. Os aldeões se acovardam.

– Macaco... macaco – ele procura a palavra – macaco... é feliz!

Os aldeões irrompem em um aplauso. O que aumenta a alegria de Odo. Ele grita novamente em alegria animal, e salta pela janela.

Peter se debruça alarmado, as mãos estendidas. Olha para baixo. Não consegue avistá-lo. Os aldeões emitem um *ohh* e um *ahhh* de surpresa e ligeira inquietação. Dirigem o olhar para o alto.

Peter se precipita escada abaixo, unindo-se ao grupo. Odo se agarrara à beirada do telhado de xisto e, galgando as pedras da parede externa, subira ao topo da casa. Está agora encarapitado na cumeeira, olhando com prazer ilimitado os seres humanos no chão, a aldeia, as árvores próximas, o mundo vasto à sua volta.

O momento é propício para concluir a negociação com os aldeões. Peter apresenta-se à líder. Seu nome é Amélia Duarte; deve dirigir-se a ela como dona Amélia, ela lhe diz. Ele a faz compreender que gostaria de morar na casa. (Casa de quem? pergunta-se. Que aconteceu com os que ali viveram?) Em português arrevesado pergunta sobre as janelas, o encanamento e acerca da limpeza do local. Tudo será providenciado, segundo dona Amélia. Ela gira as mãos algumas vezes. "Amanhã, amanhã." E quanto será? O mesmo: "Amanhã, amanhã".

A todos ele repete a ladainha: "Obrigado, obrigado, obrigado". Odo solta um grito, ecoando a mesma gratidão. Por fim, depois de Peter ter apertado as mãos de cada um, os aldeões se afastam, com os olhos fixos no telhado.

Odo está sentado no que Peter já reconhece ser a posição de descanso: pés afastados, antebraços apoiados nos joelhos, mãos pendentes entre as pernas, a cabeça alerta olhando em torno. Após a partida dos aldeões e com o chimpanzé demostrando prazer continuado por estar onde está, Peter desce para buscar o carro.

– Já volto – grita para Odo.

De regresso à residência, ele desembala os poucos pertences. Depois, prepara um jantar adiantado usando os apetrechos de *camping*, o que requer que encontre um balde e vá até a fonte da aldeia para buscar água.

Pouco depois chama o chimpanzé. Como Odo não aparece, Peter se aproxima da janela. Nesse instante, a cabeça do animal surge, de revés. Odo está agarrado à parede externa da casa.

– O jantar está pronto – diz Peter, mostrando a Odo uma panela com ovos cozidos e batatas.

Eles comem em silêncio meditativo. Depois Odo sai pela janela de novo.

Desconfiado do velho colchão, Peter ajeita seu tapete de acampamento e saco de dormir na mesa da sala.

Agora nada tem a fazer. Passadas três semanas – ou foi uma vida inteira? – de atividade intensa, não precisa fazer nada. Uma sentença muito comprida, ancorada em sólidos substantivos, com inúmeras orações subordinadas, muitos adjetivos e advérbios, e conjunções ousadas que lançaram a frase em uma nova direção, além de interlúdios inesperados, por fim se encerrou com um tranquilo e surpreendente ponto-final. Por cerca de uma hora, sentado no alto da escadaria, bebericando uma caneca de café, cansado, um pouco aliviado, um pouco preocupado, ele contempla o ponto-final. Que lhe trará a próxima sentença?

Acomoda-se no saco de dormir sobre a mesa. Odo permanece no telhado até escurecer e então retorna pela janela, a silhueta recortada pelo luar. Grunhe de prazer ao descobrir que tem um colchão todo seu no quarto. Logo a casa se aquieta. Peter adormece imaginando que Clara está deitada a seu lado.

– Queria que você estivesse aqui – sussurra para ela. – Acho que gostaria da casa. Vou arrumá-la direito, com muitas plantas e flores. Eu amo você. Boa noite.

Pela manhã, uma delegação está parada diante da casa, a equipe do "amanhã", comandada por dona Amélia. Armada de baldes, esfregões e panos de chão, com martelos, chaves inglesas e muita determinação, começa a consertar a residência. Quando o trabalho se inicia, Peter tenta ajudar, mas as pessoas balançam negativamente a cabeça e o afastam com delicadeza. Ademais, é preciso cuidar do chimpanzé. A delegação fica nervosa com ele por perto.

Peter e Odo saem para um passeio. Todos os olhares, de seres humanos ou animais, voltam-se para eles e neles se fixam. O olhar não é hostil, de forma alguma; sempre vem acompanhado de uma saudação. Peter mais uma vez se deslumbra com as hortas. Nabos, batatas, abobrinhas, abóboras, tomates, cebolas, repolhos, couves-flores, couves-galegas, beterrabas, alfaces, alhos-porros, pimentões, feijões-verdes, cenouras, pequenos canteiros de centeio e milho... ali está, em grande escala, uma indústria caseira de alimentos. Odo arranca um pé de alface de uma horta e o devora. Peter bate palmas para chamá-lo. Odo está com fome. E ele também.

Param diante do café da aldeia. O pátio está deserto. Não se arrisca a entrar no estabelecimento, mas naturalmente não haveria problema em ser servido do lado de fora? Consulta o dicionário, ao lado de uma das mesas. O homem do balcão sai, os olhos arregalados e alertas, mas com uma fisionomia amistosa.

— Como posso servi-lo? — pergunta.

— Dois sanduíches de queijo, por favor, e um café com leite — Peter articula.

— Claro que sim, imediatamente — o homem responde. Embora se desloque com cautela, limpa uma das mesas perto deles, o que Peter toma como um convite para que se sentem.

— Muito obrigado — Peter diz em português.

— Ao seu serviço — retruca o homem ao voltar para o café.

Peter se senta. Espera que Odo permaneça sentado no chão a seu lado, mas o chimpanzé crava os olhos na cadeira de metal. Trepa na que está mais próxima. Dali examina o solo, balança a cadeira, bate no apoio para os braços, explorando os usos e capacidades gerais do mecanismo. Peter olha para o café. No interior, os fregueses estão olhando para eles. Ali fora, as pessoas começam a se reunir em um círculo amplo.

— Quieto, quieto — murmura para Odo.

Aproxima-se do chimpanzé e começa a catá-lo. Mas Odo não parece de modo algum aflito ou apreensivo. Pelo contrário, a julgar pela expressão faceira e a viva curiosidade, está de bom humor. É a gente ao redor que carece de traquejo social, por assim dizer.

— Olá, bom dia — Peter grita.

Devolvem-lhe o cumprimento.

— De onde o senhor é? — pergunta um homem.

— Canadá — ele responde.

Murmúrios de aprovação. Há muitos imigrantes portugueses no Canadá. É um bom país.

— E o que está a fazer com um macaco? — indaga uma senhora.

É uma pergunta para a qual não tem resposta, seja em inglês, seja em português.

— Eu vive com ele — responde simplesmente. É o máximo que consegue dizer.

Chega o pedido. Com a atenção de um toureiro, o homem deposita o café e os dois pratos longe de Odo.

O chimpanzé solta um ronco alto, esticando o braço para pegar os dois sanduíches, que devora em um instante, para o deleite dos aldeões. Peter sorri. Olha para o atendente.

— Outro dois sanduíches por favor — solicita. Lembra-se de que o café também é um armazém. — E, para o macaco, dez....

— Dez bananas? — pergunta o homem.

Ah, é a mesma palavra do inglês.

— Sim, dez bananas, por favor.

— Como desejar.

Se os aldeões se divertiram com Odo comendo os dois sanduíches, enchem-se de um júbilo mais intenso diante da reação dele com as bananas. Peter imaginou que estivesse comprando um suprimento para alguns dias. Mas não. Nada disso. Ao ver os frutos, o chimpanzé emite um grunhido de êxtase e se põe a devorar cada uma delas, as cascas voando, e teria comido os dois novos sanduíches se Peter não tivesse se apressado a pegar um deles. Para acompanhar, Odo engolfa a xícara de café de Peter, primeiro mergulhando o dedo para testar a temperatura. Depois de tê-la lambido por inteiro, ele a balança na boca, brincando com ela com a língua e lábios, como se fosse uma bala de hortelã gigante.

Os aldeões sorriem e gargalham. *O macaco do estrangeiro é engraçado!* Peter está satisfeito. Odo os está conquistando.

No auge da animação, num ato que Peter pressente ser destinado a mostrar que está completamente inserido no clima de descontração geral, Odo pega a xícara na mão, fica de pé na cadeira, urra e joga o recipiente no chão com força descomunal. A xícara se estilhaça em mil pedaços.

Os aldeões quedam paralisados. Em um gesto de paz, Peter ergue a mão para o atendente.

– Desculpe – diz.

– Não há problema.

E, para a plateia, acrescenta:

– Macaco amigável é feliz, muito feliz.

Amigável e feliz, mas algo agressivo. Ele paga, acrescenta uma gorjeta generosa, e os dois vão embora, com a multidão cautelosamente se afastando.

Quando regressam à residência, nos arredores da vila, encontram-na transformada. Consertaram-se as janelas; o encanamento passou a funcionar; o fogão ganhou um novo botijão; limparam-se integralmente todas as superfícies; nas prateleiras da cozinha dispuseram-se potes, panelas, pratos e talheres – usados, lascados, provenientes de jogos distintos, mas perfeitamente funcionais; há um novo colchão, com lençóis limpos, dois cobertores de lã, e toalhas dobradas sobre a cama. Dona Amélia está ajeitando um vaso cheio de flores sobre a mesa da sala de estar.

Peter leva a mão ao peito.

– Muito obrigado – diz.

– De nada – responde dona Amélia.

O embaraço mútuo com a questão do custo é rapidamente resolvido. Ele esfrega o dedão e o indicador, apontando para o botijão, os utensílios de cozinha e na direção do quarto. Em seguida, procura no dicionário a palavra "aluguel", que lhe parece estranha em português. Em cada caso, dona Amélia propõe um valor com evidente nervosismo e em cada caso Peter está convencido de que ela faz um cálculo três ou quatro vezes menor. Ele concorda de imediato. Dona Amélia o faz compreender que está disposta a lavar a roupa e vir uma vez por semana limpar a casa. Ele hesita. Não há muito a ser limpo, e que mais vai fazer com o seu tempo? Mas pensa melhor. Ela será sua ligação com o resto da vila. Mais importante, será a ligação com Odo, a embaixadora do chimpanzé. E lhe ocorre que os habitantes de Tuizelo provavelmente não são gente rica. Ao empregá-la, injetará mais dinheiro na economia local.

– Sim, sim – concorda. – Quanto?

– Amanhã, amanhã – responde Dona Amélia, sorrindo.

O próximo passo se refere à administração. Precisa cuidar de seus negócios e dos de Odo. Há a questão de abrir formalmente uma conta no banco e acertar as transferências vindas do Canadá, de conseguir uma placa definitiva para o carro. Onde fica o banco mais próximo?

– Bragança – ela responde.

– Telefone? – pergunta. – Aqui?

– Café – ela responde. – Senhor Álvaro.

Ela lhe dá o número.

Bragança fica a cerca de uma hora. Com que deveria se preocupar mais: levar o chimpanzé a um centro urbano ou deixá-lo ali, sozinho? Essas tarefas administrativas precisam ser feitas. E, em qualquer caso, seja na cidade, seja na aldeia, não tem nenhum controle verdadeiro sobre Odo. Independentemente do que fizer, precisa confiar na cooperação do animal. Só espera que Odo não se afaste muito da casa nem se meta em confusão.

Dona Amélia e o grupo de auxiliares se retiram.

– Fique, fique. Volto logo – ele diz para Odo, que, no momento, está brincando com uma rachadura nas lajotas do piso.

Ele sai da casa, fechando a porta, embora saiba que Odo consegue abri-la com facilidade. Entra no carro e parte. Olhando pelo retrovisor, avista Odo subindo no telhado.

Em Bragança, compra suprimentos: velas, lampiões, querosene; sopa; mantimentos, incluindo leite longa vida, que não necessita de refrigeração; diversos itens de uso doméstico e pessoal. E cuida de seus negócios no banco. A placa lhe será enviada por correio, no endereço do café.

No correio de Braganca, faz dois telefonemas para o Canadá. Ben diz estar feliz por o pai ter chegado bem.

– Qual é o número? – indaga.

– Não há telefone – Peter responde –, mas posso lhe dar o número do café da aldeia. Você pode deixar uma mensagem com eles, que lhe telefono em seguida.

– Que quer dizer com não há telefone?

– Quero dizer isso mesmo. A casa não dispõe de telefone. Mas o café tem um. Anote o número.

– Tem água encanada?

– Sim. É fria, mas encanada.

– Ótimo, e eletricidade?

– Bem, para falar a verdade, não.

– Sério?

– Sim.

Há uma pausa. Pressente que Ben está esperando explicações, justificativas, defesas. Não apresenta nenhuma. Por conseguinte, o filho prossegue na mesma disposição.

– E quanto às ruas... são pavimentadas?

– Com paralelepípedos, na realidade. Como vai o trabalho? E Rachel? Como está a velha Ottawa?

– Por que você está fazendo isso, pai? Que está fazendo aí?

– É um lugar agradável. Seus avós são daqui.

Encerram a ligação com a graça de gente aprendendo a dançar com perna de pau. Prometem tornar a se falar em breve, e a conversa futura representa um alívio diante daquela que estão tendo.

Ele tem uma conversa mais animada com sua irmã, Teresa.

– Como é a aldeia? – ela pergunta. – Sente-se em casa?

– Não, nem mesmo quando falo a língua. Mas é tranquila, rural, antiga... agradavelmente exótica.

– Achou a casa de nossa família?

– Não. Acabei de me instalar. Eu não tinha nem três anos quando fomos embora. Não creio que faça muita diferença se nasci nesta ou naquela casa. É só uma casa.

– *Okay*, senhor Sentimental, e quanto à série de primos há tempos perdidos?

– Ainda estão escondidos, esperando para dar o bote.

– Suponho que ajudará se você dourar um pouco a pílula com Ben. Sabe, diga-lhe que está regando a árvore genealógica, cuidando de suas raízes. Ele está absolutamente perplexo com sua súbita partida.

– Me esforçarei mais.

– Como se sente com relação a Clara? – indaga em tom mais brando.

– Converso com ela em minha cabeça. É onde ela vive agora.

– Está cuidando da saúde? Como anda o coração?

– Batendo.

– Folgo em sabê-lo.

Quando chega a Tuizelo, Odo ainda está no telhado. Ele guincha alto ao ver o carro e dispara em sua direção. Depois de muitos guinchos de saudação, o chimpanzé carrega as sacolas de suprimentos para a casa, andando ereto com meneios laterais. A intenção prestativa resulta no rompimento das sacolas e nas compras espalhadas por toda parte. Peter recolhe tudo e leva para a casa.

Arruma a cozinha. Transporta a mesa da sala para um lugar mais aprazível, fazendo o mesmo com a cama do quarto. Odo o observa o tempo todo sem emitir um pio. Peter sente-se um pouco apreensivo. Ainda precisa se acostumar com isso, com o olhar atento do chimpanzé. Seus olhos varrem os arredores como a luz de um farol, ofuscando-o enquanto ele balança sobre as águas. Esse olhar contemplativo é um umbral para aquilo que não consegue ver. Pergunta-se o que o chimpanzé está pensando e em que termos. Talvez Odo tenha questões parecidas sobre ele. Talvez também o veja como um umbral. Mas duvida. É mais provável que Odo o veja como uma curiosidade, uma esquisitice da natureza, um primata vestido com esmero que dá voltas em torno desse primata natural, como que hipnoticamente atraído.

Pronto. Tudo está no lugar. Olha em torno. Mais uma vez sente como se chegasse ao fim de uma sentença. Inquieta-se. Olha fixo pela janela. A tarde avança e o tempo parece ter piorado. Não tem importância.

– Vamos passear – diz para Odo. Pega a mochila e saem. Não quer lidar com a atenção insistente dos aldeões, de modo que sobem a estrada, na direção do planalto, até que encontram uma trilha que desce pela floresta. Odo avança de quatro, a postura pesada mas tranquila, a cabeça tão baixa que, de longe, parece acéfalo. Assim que entram na floresta, fica excitado com os grandes carvalhos e castanheiras, o grupamento de tílias, elmos, álamos e pinheiros, os muitos arbustos e moitas, a explosão de samambaias. Dispara na frente.

Peter se move num ritmo regular, muitas vezes ultrapassando Odo quando este se demora. Então, o chimpanzé o ultrapassa a galope. A cada vez, percebe como Odo o toca ao passar, um tapa no dorso da perna, nada forte ou agressivo, mais para conferir. *Que bom, você está aí.* Depois, o animal se demora de novo e Peter ganha a vantagem mais uma vez. Em outras palavras, Peter anda pela floresta enquanto Odo dança por ela.

O animal está à cata de alimento. Bob, do IPR, contou-lhe a respeito, sobre como, dada a oportunidade, o chimpanzé vasculharia a despensa da natureza à cata de brotos, flores, frutos silvestres, insetos, basicamente qualquer coisa comestível.

Começa a chover. Peter encontra um pinheiro alto e se refugia sob sua copa. A proteção é imperfeita, mas não se importa, porque trouxera o poncho impermeável. Ele o veste e senta-se sobre uma camada de agulhas de pinheiro, com as costas apoiadas no tronco da árvore. Aguarda a chegada de Odo. Quando vê o chimpanzé correndo pela trilha, chama-o. Odo para e olha. Sem nunca ter visto um poncho antes, não sabe aonde fora parar o corpo de Peter.

– Venha, venha – este diz.

Odo acocora-se por perto. Embora ele não se importe com a chuva, Peter extrai o segundo poncho da mochila. Ao fazê-lo, acaba erguendo o próprio. Odo sorri. *Ah, eis a parte que estava faltando!* Ele corre para o seu lado. Peter passa o poncho pela cabeça de Odo. São agora dois rostos desprovidos de corpo, observando. Acima deles, as árvores se erguem em um formato de funil, como uma tenda indígena, o espaço despedaçado e partido pelos galhos.

O odor de pinho é forte. Eles ficam sentados, observando a chuva e as múltiplas consequências: as gotas que crescem na ponta das agulhas dos pinheiros antes de cair, como se obedecessem a um critério; a formação das poças, completas com rios comunicantes; o ensurdecimento de todos os sons salvo o tamborilar da água; a criação de um mundo opaco e úmido de verde e castanho. Ficam surpresos ao ver um javali selvagem passar correndo. A maior parte do tempo apenas ouvem o silêncio vívido, ofegante, da floresta.

Voltam para a casa quase à noite. Peter encontra fósforos e acende uma vela. Antes de ir para a cama acende o fogão a lenha. Ajusta-o para temperatura baixa.

Na manhã seguinte acorda cedo. Durante a noite, Odo vagara em torno do colchão ora ocupado no quarto, antes de ir embora; ele prefere dormir sozinho, pelo que Peter fica grato. Sai à procura do chimpanzé e o encontra dormindo no alto do armário, no quarto ao lado, ferrado no sono em um ninho formado por uma toalha e algumas roupas de Peter, com uma das mãos entre as pernas e a outra apoiando a cabeça.

Peter se dirige para a cozinha. Põe uma grande panela de água para ferver. No dia anterior descobrira uma tina quadrada de metal, de cerca de um metro com beirada baixa e uma série de sulcos no fundo. A chave para uma higiene adequada em uma casa sem banheira. Assim que a água aquece, ele faz a barba; em seguida, fica de pé sobre a tina e se lava. A água respinga nas lajotas de pedra. Precisará de um pouco de prática para conseguir tomar um bom banho de esponja. Enxuga-se, veste-se e arruma a casa. Agora, o café da manhã. Água para o café. Quem sabe Odo não gosta de mingau de aveia? Despeja leite e flocos de aveia em uma panela, levando-a a uma das bocas do fogão.

Volta-se para pegar o café e se assusta ao ver Odo na entrada da cozinha. Há quanto tempo estaria agachado ali, observando-o? Os movimentos do chimpanzé são silenciosos. Seus ossos não estalam e ele não tem garras nem cascos que fazem barulho. Peter terá de se acostumar com isso também, com a ubiquidade de Odo na casa. Dá-se conta de que não liga para isso. Antes a presença de Odo do que a própria privacidade.

– Bom dia – diz.

O chimpanzé sobe no balcão da cozinha e se acomoda perto do fogão, sem medo das chamas. A água para o café não desperta interesse. O foco de sua atenção é a panela com o mingau. Quando ela começa a ferver, Peter abaixa o fogo e mexe a mistura com uma colher de pau. A boca do chimpanzé se retesa. Ele estica a mão e agarra a colher. Começa a mexer com cuidado, sem derramar o mingau ou derrubar a panela. A colher dá voltas e mais voltas, os ingredientes rolando, rodopiando. Odo olha para ele.

– Você está indo bem – Peter sussurra, assentindo com a cabeça.

Os flocos de aveia são grandes e crus. Ele e Odo passam os quinze minutos seguintes observando o mingau engrossar, cativados pelo funcionamento da química do alimento. Na realidade, os *dezesseis* minutos seguintes. Sendo um cozinheiro moroso e sem inspiração, Peter segue precisamente as instruções, cronometrando-as. Quando acrescenta nozes partidas e uvas-passas, Odo olha deslumbrado como um aprendiz ao ver o feiticeiro revelar os ingredientes da poção mágica. Odo continua a mexer, paciente e incansável. Apenas quando Peter desliga o acendedor e tampa a panela para deixar o mingau resfriar é que o chimpanzé dá sinais de impaciência. As leis da termodinâmica lhe parecem uma amolação.

Peter arruma a mesa. Uma banana para ele, oito para Odo. Dois copos de café com leite, uma colher de sopa de açúcar em cada um. Duas tigelas de mingau de aveia. Uma colher para ele, cinco dedos para Odo.

A refeição vai muitíssimo bem. Um festim regado a grunhidos de aprovação, demonstrações de prazer e lambidas nos dedos. Odo observa a tigela de Peter. Peter a segura bem junto ao peito. Amanhã deitará mais aveia à panela. Lava a louça e guarda as tigelas e a panela.

Apanha o relógio no quarto. Não são nem mesmo oito da manhã. Olha para a mesa na sala. Não há relatórios para ler, cartas para escrever, nenhum trabalho burocrático de espécie alguma. Não há reuniões a serem organizadas ou às quais comparecer, nenhuma prioridade a ser estabelecida ou detalhes a serem resolvidos. Não há chamadas a fazer ou receber, ninguém para visitar. Não há agenda, programa, plano. Para um trabalhador, não resta coisa alguma.

Por que então medir o tempo? Tira o relógio. Ontem já percebera como o mundo anuncia as horas. Os pássaros proclamam a aurora e o entardecer. Os insetos contribuem para a harmonia: o canto estridente das cigarras, como uma broca de dentista, o trinir batráquio dos grilos, entre outros. O sino da igreja também ajuda a seccionar o dia. E, finalmente, o próprio planeta é um relógio giratório; para cada quadrante do dia, uma qualidade de luz. A concordância desses muitos ponteiros é aproximada, mas o que ele ganha com o tique-taque do ponteiro dos minutos? O senhor Álvaro, do café, será o seu guardião dos minutos, se houver necessidade. Peter deposita o relógio na mesa.

Volta-se para Odo. O chimpanzé se aproxima. Peter senta-se no chão para catar o chimpanzé. Em resposta, Odo cata seu cabelo, as bolas de lã do cardigã, os botões da camisa, qualquer coisa que possa catar. Lembra-se da sugestão de Bob de esmigalhar uma folha seca na cabeça para conceder ao animal um desafio.

Esses cuidados deixam Peter confuso. O chimpanzé é tão familiarmente estranho: a sua imagem, mas também outra. Há ainda o calor vivo emanando da criatura, sentido tão de perto, a batida do coração na ponta de seus dedos. Peter fica fascinado.

Todavia, enquanto recolhe do pelo de Odo sementes, carrapichos, terra e fragmentos de pele seca, sua mente se perde no passado. Mas logo se enfada. Com exceção de Clara, Ben e Rachel, seu passado está estabelecido, concluído, não vale a pena vasculhar. Sua vida sempre foi um acaso. Não que não tivesse dado duro toda vez, mas nunca houve um objetivo maior. Estava contente com seu trabalho no escritório de advocacia, mas saltou do barco quando lhe ofereceram a oportunidade de entrar na política. Sempre preferiu as pessoas aos papéis. O sucesso eleitoral foi mais propriamente uma sorte das urnas, já que viu um bom número de bons candidatos falharem e medíocres serem bem-sucedidos, dependendo do clima político da ocasião. Seu percurso foi bom – dezenove anos na Câmara dos Comuns, oito vitórias nas eleições – e atendeu bem às necessidades dos eleitores. Depois foi alçado ao Senado, onde trabalhou de boa-fé nos comitês, imperturbável diante do tumulto movido pelas manchetes da câmara inferior. Quando era jovem, nunca imaginou que a política seria a sua vida. Mas tudo isso está distante agora. Não importa o que fez ontem, a não ser a ousadia de ter convidado Clara para sair, muitos anos atrás. Quanto ao amanhã, salvo algumas esperanças modestas, não alimenta grandes planos para o futuro.

Bem, então, se o passado e o futuro não exercem grande apelo, por que não se sentar no chão e cuidar do chimpanzé enquanto o chimpanzé cuida dele? Sua mente volta ao momento presente, para a tarefa em questão, para o enigma na ponta de seus dedos.

– Então, ontem, no café, por que atirou a xícara no chão? – ele pergunta enquanto maneja o ombro de Odo.

– Aaaooouuuhhhhh – o macaco responde com um som redondo, fechando lentamente a boca.

Bem, o que significa isso na língua dos chimpanzés? Peter considera várias possibilidades:

Quebrei a xícara para provocar mais riso nas pessoas.
Quebrei a xícara para fazer as pessoas pararem de rir.
Quebrei a xícara porque estava feliz e excitado.
Quebrei a xícara porque estava ansioso e infeliz.
Quebrei a xícara porque um homem tirou o chapéu.
Quebrei a xícara por causa do formato de uma nuvem no céu.
Quebrei a xícara porque queria mingau.
Não sei por que quebrei a xícara.
Quebrei a xícara porque quá-quá-quá-quá-quá.

Curioso. Ambos possuem cérebro e olhos. Ambos têm linguagem e cultura. Contudo, o chimpanzé faz algo simples como jogar uma xícara no chão e o homem se espanta. Suas ferramentas de entendimento, o jugo da óbvia relação de causa e efeito, uma reserva de conhecimentos, a linguagem, a intuição, pouco ajudam na elucidação do comportamento do animal. Para explicar por que Odo faz o que faz, Peter é obrigado a confiar em conjecturas e especulações.

Fica incomodado com o fato de o chimpanzé ser essencialmente incognoscível? Não, não fica. Há recompensa no mistério, um constante assombro. Não sabe dizer, não tem como dizer, se essa é a intenção de Odo, a de que ele se assombre, mas uma recompensa é uma recompensa. Aceita-a com gratidão. Essas recompensas chegam de maneira imprevisível. Uma seleção aleatória:

Odo o encara.
Odo o ergue do chão.
Odo se acomoda no banco do carro.
Odo examina uma folha verde.
Odo se levanta depois de dormir no topo do carro.
Odo pega um prato e o deposita na mesa.

Odo vira a página de uma revista.

Odo descansa apoiado no muro do pátio, absolutamente imóvel.

Odo corre de quatro.

Odo quebra uma noz com uma pedra.

Odo vira a cabeça.

Em cada ocasião, a mente de Peter faz um clique como uma câmera e uma fotografia indelével fica registrada em sua memória. Os movimentos de Odo são fluidos e precisos, de amplitude e força rigorosamente adequadas a suas intenções. E esses movimentos são inteiramente espontâneos. Odo não parece refletir quando os está executando, apenas os executa, puramente. Como isso faz sentido? Por que o pensamento, a marca humana, nos torna desajeitados? Mas, pensando nisso, os movimentos do chimpanzé na realidade têm um paralelo humano: o de um ator excepcional apresentando um espetáculo grandioso. A mesma economia de meios, o mesmo impacto formidável. Mas a apresentação é o resultado de um treinamento rigoroso, um artifício tenazmente obtido por parte do ser humano. Entretanto Odo faz – *é* – de modo fácil e natural.

Eu deveria imitá-lo, Peter pondera.

Odo sente – disso tem certeza. Em sua primeira noite na aldeia, por exemplo, Peter estava sentado no alto das escadas. Odo estava no pátio, examinando o muro de pedras. Peter foi preparar uma xícara de café. Odo aparentemente não o viu sair. Em segundos, precipitou-se escada acima, cruzando a porta em disparada, os olhos à procura de Peter, um *uh* inquisidor nos lábios.

– Estou aqui, estou aqui – Peter disse.

Odo grunhiu satisfeito, numa onda de emoção que se espraiou até Peter.

O mesmo ocorreu no dia anterior, durante a caminhada na floresta, a maneira como Odo corria pela trilha, à sua procura, claramente movido pela necessidade de encontrá-lo.

É esse, então, o estado emocional do chimpanzé. Desse estado emocional, alguns pensamentos práticos parecem advir: Onde você está? Aonde você foi? Como posso encontrá-lo?

Não sabe por que Odo requer a sua presença, a sua presença específica. É outro mistério.

Amo sua companhia porque você me faz rir.
Amo sua companhia porque você me leva a sério.
Amo sua companhia porque você me faz feliz.
Amo sua companhia porque você diminui minha ansiedade.
Amo sua companhia porque você não usa chapéu.
Amo sua companhia por causa do formato da nuvem no céu.
Amo sua companhia porque você me faz mingau.
Não sei por que amo sua companhia.
Amo sua companhia porque quá-quá-quá-quá-quá.

Odo se mexe, arrancando Peter da hipnótica atividade de catá-lo. Ele estremece. Há quanto tempo estiveram no chão nesse jeito? Difícil dizer, já que não está usando o relógio.

– Vamos visitar o senhor Álvaro.

Caminham até o estabelecimento. Não apenas quer tomar café, mas também combinar entregas regulares de mantimentos. Sentam-se no pátio. Quando o senhor Álvaro surge, Peter solicita dois cafés. Quando estes lhe são servidos, levanta-se e diz:

– Posso... falar... um momento?

Claro que pode falar comigo, o proprietário do café assinala com a cabeça. Para surpresa de Peter, o senhor Álvaro puxa uma cadeira e senta-se à mesa. Peter volta a sentar-se. Lá estão os três. Se Odo sacasse um baralho, jogariam pôquer.

Embora seu português seja hesitante, a mensagem é fácil de entender. Combina com o senhor Álvaro entregas semanais de laranjas, nozes, uvas-passas e, especialmente, figos e bananas. O proprietário lhe faz compreender que, dependendo da estação, não terá problemas em obter maçãs, peras, cerejas, frutas vermelhas e castanhas de seus confrades aldeões, assim como toda espécie de hortaliça. Ovos e carne de frango, se o macaco gostar desses alimentos, podem ser providenciados o ano inteiro, assim como a linguiça local. O pequeno armazém sempre dispõe de enlatados e bacalhau salgado, assim como pão, arroz, batatas e queijos, tanto regionais quanto os do extremo sul, e demais laticínios.

– Vamos ver do que gosta? – sugere o senhor Álvaro. Ele se levanta e regressa com um prato do café. Há uma peça de queijo branco sobre ele, salpicada de mel. Deposita-a diante do chimpanzé. Um grunhido, um rápido movimento da mão peluda e o queijo mclífero desaparece.

Em seguida, o senhor Álvaro traz uma grande fatia de pão de centeio, em que despejou o conteúdo de uma lata de atum, com óleo e tudo.

Mesma coisa. Em um instante. Com grunhidos mais altos.

Por fim, o senhor Álvaro experimenta iogurte de morango. Demora um pouco mais para sumir, mas apenas por causa da consistência gelatinosa do acepipe e do estorvo causado pela embalagem de plástico. Mesmo assim, este é extraído, lambido e sorvido num instante.

– O seu macaco não vai morrer de fome – conclui o senhor Álvaro.

Peter é obrigado a verificar o dicionário. Não, não vai.

Voraz, portanto... mas não egoísta. Já sabe disso. As belas flores que dona Amélia arrumou com tanta graça no vaso? Antes de devorá-las, Odo lhe ofereceu um lírio branco.

Retornam para casa, mas o dia lhes faz um aceno. Peter forra a mochila de provisões e eles saem, para o planalto desta vez. Assim que chegam lá, saem da estrada e atingem o descampado. Entram em um território que, tecnicamente, é tão selvagem quanto o

Amazonas. Mas o solo é fino e pobre; o ar, seco. A vida grassa cautelosa por lá. Nos sulcos do solo, rasos demais para abrigar florestas, há uma vegetação mais robusta e espinhosa – tojo, urze e similares –, obrigando o homem e o chimpanzé a navegar pelos canais labirínticos da vegetação para transpô-los, mas, ao chegar à savana, em meio às Altas Montanhas de Portugal propriamente ditas, por milhas e milhas alastra-se apenas um capim dourado, sobre o qual caminham com facilidade.

Trata-se de um território mais uniforme do que o céu. Um território onde ficam expostos diretamente aos elementos, pois é a única coisa que se altera.

Destacam-se, tanto no sentido literal quanto no impacto que causam sobre eles, os estranhos rochedos que avistaram a caminho de Tuizelo. Estendem-se tão longe quanto a vista pode alcançar. Cada um atinge de três a cinco vezes o tamanho de uma pessoa comum. Para dar uma volta em um deles são necessários uns bons quarenta passos. Erguem-se oblongos como obeliscos, ou assentam-se bojudos como bolas de massa geológica. Cada um permanece isolado, sem rochas menores ao redor, nenhum intermediário descartado. Há apenas grandes rochedos e capim áspero e mirrado. Peter conjectura sobre a origem dessas formações rochosas. Excreções congeladas de antigos vulcões? Mas como é estranha a dispersão, como se um vulcão cuspisse nacos de lava como um fazendeiro que espalha sementes sobre a terra, preocupado com uma distribuição regular. Esses rochedos são mais provavelmente o resultado da ação trituradora de geleiras, supõe. A exposição à rolagem de uma delas pode explicar as suas superfícies irregulares.

Agrada-lhe muito o planalto. Sua amplitude é de tirar o fôlego, inebriante, empolgante. Suspeita que Clara tivesse gostado. Teriam feito caminhadas vigorosas. Muitos anos atrás, quando Ben era pequeno, acampavam todos os verões no Algonquin Park. O cenário do parque não poderia ser mais diferente das serras lusitanas, mas o efeito era semelhante, um mergulho na luz, no silêncio e na solidão.

Um rebanho de ovelhas materializa-se do éter, tímido, mas avançando como um exército invasor. Ao avistá-lo, e mais ainda, ao avistar Odo, o batalhão ovino se divide ao meio em torno deles, proporcionando-lhes um amplo espaço para manobrar. Por alguns minutos, as ovelhas convertem-se em uma orquestra amadora tocando o único instrumento que conhecem: o sino. Seu maestro distraído aproxima-se, feliz por encontrar companha. Inicia uma longa conversa, inteiramente despreocupado com o fato de Peter não falar o seu idioma e estar acompanhado de um grande chimpanzé. Depois de um bom papo, ele os abandona para cuidar do rebanho, que desapareceu com a mesma seriedade com que havia surgido. O silêncio e a solidão retornam.

Depois, topam com um riacho, um barulhento bebê fluvial embalado em capim e granito. O córrego balbucia e borbulha como se tivesse acabado de acordar. Assim que o atravessam e deixam para trás, desaparece de seus sentidos. Mais uma vez são restituídos ao silêncio e à solidão.

Odo fica fascinado pelos rochedos. Fareja-os com grande interesse, para depois, em geral, dar uma boa olhada em torno. Seu nariz teria transmitido algo a seus olhos?

Peter prefere andar a meio caminho entre os rochedos, a uma distância que lhe permita ganhar perspectiva. Esse não é o impulso de Odo. O chimpanzé caminha de uma pedra a outra em linha reta, como se estivesse completando os pontos de um imenso traçado. Um rochedo é farejado, contornado, contemplado e, em seguida, abandonado por outro, bem em frente. Esse rochedo subsequente pode estar próximo ou distante, em um ângulo de deflexão que pode ser aberto ou fechado. Odo decide convicto. Peter não é avesso a caminhar desse jeito pelo planalto. Cada rochedo apresenta formato artístico próprio, textura própria, formação de líquen própria. Indaga-se apenas acerca da falta de variedade na abordagem. Por que não se arremeter ao mar aberto, entre os cardumes? O capitão não tolera a sugestão. Ao contrário da floresta, onde cada um desfrutou de sua liberdade, no planalto o chimpanzé o incita a ficar perto, grunhindo e bufando com desprazer quando ele se afasta. Obediente, Peter o acompanha.

Depois de uma fungada particularmente intensa em um dos rochedos, Odo decide conquistá-lo. Sobe pela parede sem nenhum esforço. Peter está perplexo.

– Ei, por que esse aí? Que tem de especial? – grita.

O rochedo não parece distinto de nenhum outro, ou melhor, parece tão banalmente diferente quanto cada um é com relação aos demais. Odo olha para Peter. Chama-o em tom baixo. Peter decide arriscar a escalada. Para ele, a façanha é mais complicada. Não dispõe da força do chimpanzé. E, embora a altura não pareça grande, vista do solo, assim que dá alguns passos fica com receio de despencar. Mas não cai. As muitas ranhuras e fendas na rocha lhe garantem a segurança. Quando está ao alcance, Odo o pega pelo ombro e o ajuda a subir.

Peter caminha até o meio do rochedo. Senta-se e espera o coração parar de tamborilar no peito. Odo age como se fizesse a vigilância de um navio, percorrendo o horizonte longínquo, mas também esquadrinhando a área próxima. Peter pode dizer, a partir da tensão entusiasmada, que Odo está adorando a atividade. Seria a altura, sem nada ao redor para lhe bloquear a visão? Ou estaria em busca de algo específico, um sinal da terra, vindo de longe? Peter não sabe. Acomoda-se para a espera, lembrando-se das escapadas de Odo no alto das árvores em Kentucky. Delicia-se com a visão, olhando para as nuvens, sentindo o vento, examinando a variação da luz. Ocupa-se de tarefas domésticas simples, já que trouxe o fogareiro – o preparo do café, o cozimento de uma refeição de macarrão com queijo. Passam cerca de uma hora agradável no alto do rochedo.

Para ele, a descida é mais angustiante do que a subida. Para Odo, com a mochila pendurada na boca, não passa de uma tranquila caminhada.

Quando entram em casa, Peter está exausto. Odo ajeita o ninho. Trata-se de uma atividade rápida e casual, seja para uma soneca, seja para dormir à noite. Não envolve um esforço maior do que dobrar uma toalha ou cobertor em espiral, com o acréscimo de alguns itens quando é o ninho noturno. Naquela noite, Odo adiciona uma das camisas de Peter, e as botas que ele usou o dia todo. Odo também varia de local. Até o momento, já dormiu no alto do armário; no chão, ao lado da cama de Peter; no topo da cômoda; na mesa da sala; em duas cadeiras unidas; no balcão da cozinha. Agora arma o ninho na mesa da sala.

Ambos vão dormir cedo.

Na manhã do dia seguinte, Peter segue na ponta dos pés até a cozinha para preparar uma xícara de café. Senta-se com a xícara fumegante na frente de Odo, observando-o dormir, esperando.

O tempo passa, como nuvens no céu. Transcorrem semanas e meses como se fossem um único dia. O verão apaga-se no inverno, o inverno rende-se à primavera, minutos distintos de uma única hora.

Diminui o contato com o Canadá. Certa manhã, Peter chega ao café e o senhor Álvaro lhe entrega um pedaço de papel. A mensagem nunca passa de um nome, em geral Ben ou Teresa. Desta vez, é do senador. Peter vai ao telefone, na ponta do balcão, e liga para o Canadá.

– Até que enfim – diz o parlamentar. – Deixei três recados na semana passada.

— Deixou? Desculpe-me, não me entregaram.

— Não se preocupe. Como está Portugal? — A voz crepita por causa da distância. Um fogo distante na noite escura.

— Bem. Abril é bonito por aqui.

Súbito, a ligação se torna terrivelmente clara, como um sussurro quente e imperioso. — Bom, como você sabe, não estamos indo bem nas pesquisas.

— É mesmo?

— Sim, Peter, tenho de ser franco. O trabalho mais proveitoso de um senador pode ser realizado longe do Senado, mas espera-se que um senador, ainda assim, compareça ao parlamento pelo menos de vez em quando.

— Você está certo.

— Faz nove meses que você não aparece por aqui.

— Verdade.

— E não tem feito nenhum trabalho para o Senado.

— Não tenho. De nenhum tipo, proveitoso ou não.

— Você apenas desapareceu. Mas seu nome ainda faz parte da lista do Senado. — O senador limpa a garganta. — E está vivendo com um... hã... um macaco.

— Um chimpanzé, na verdade.

— A história circulou. Esteve nos jornais. Escute, sei que foi realmente difícil com Clara. Creia em mim, sinto muito pelo que passou. Mas, ao mesmo tempo, é difícil justificar para os contribuintes canadenses que pagam o seu salário de senador que esteja encarregado de um zoológico no norte de Portugal.

— Concordo plenamente. É vergonhoso.

— Tornou-se uma espécie de questão. O líder do partido não está nada satisfeito.

— Renuncio formalmente ao Senado do Canadá.

— É a coisa certa a fazer... a não ser que queira voltar, é claro.

— Não quero. E devolverei o salário que recebi desde que fui embora de Ottawa. Nem toquei nele. Tenho vivido das minhas economias.

— Melhor ainda. Pode enviar-nos uma mensagem por escrito?

Dois dias depois chega um recado ao café: Teresa.

— Você renunciou. Li nos jornais. Por que não quer voltar ao Canadá? – pergunta. – Estou com saudades. Volte. – O tom da voz é quente, fraternal. Ele também sente falta dela, dos telefonemas regulares de uma distância não tão longa, dos jantares a dois quando ele morava em Toronto.

Contudo, desde que se mudou com Odo para Tuizelo, não considerou seriamente a ideia de regressar ao Canadá. Os membros de sua própria espécie agora lhe provocam um sentimento de fastio. São barulhentos demais, hostis demais, arrogantes demais, muito pouco confiáveis. Prefere muito mais o silêncio intenso da presença de Odo, a lentidão meditabunda em tudo o que faz, a profunda simplicidade de seus recursos e objetivos. Mesmo que isso signifique que a humanidade de Peter lhe seja jogada na cara toda vez que esteja com Odo, a urgência irrefletida de suas próprias ações, a complexa mixórdia de seus próprios recursos e objetivos. E a despeito do fato de que Odo, quase todo dia, o arraste para ir ter com integrantes de sua espécie. Odo é insaciavelmente sociável.

— Ah, não sei.

— Tenho uma amiga solteira. Ela é bonita e simpática. Já pensou nisso, em dar uma nova oportunidade ao amor e à família?

Não tinha pensado nisso. O coração está fechado para essa alterativa, de amar o único, o particular. Ele amou Clara com toda fibra de seu ser, mas agora nada mais lhe resta. Ou melhor, aprendeu a viver com a ausência dela, e não sente nenhuma vontade de preencher esse vazio; seria como se a perdesse pela segunda vez. Em vez disso, prefere ser gentil com todo mundo, um tipo menos pessoal, mais largo, de amor. Quanto ao desejo físico, sua libido não o provoca mais. Pensa em suas ereções como se fossem as últimas espinhas adolescentes; depois de anos cutucando e espremendo, elas enfim desapareceram e ele permanece invulnerável ao desejo carnal. É capaz de se lembrar do como do sexo, mas não do porquê.

— Desde a morte de Clara, não tenho seguido por esse caminho — diz. — Não posso...

— É o chimpanzé, não é?

Ele não responde.

— Que faz com ele o dia todo? — pergunta.

— Saímos para caminhadas. Às vezes lutamos. Na maior parte do tempo, apenas apreciamos a companhia um do outro.

— Você *luta* com ele? Como com uma criança?

— Ah, por sorte Ben nunca teve essa força. Saio machucado dessas escaramuças.

— Mas qual a razão disso, Peter? Dessas caminhadas, das lutas e da companhia?

— Não sei. É... o que seria?... interessante.

— *Interessante*?

— Sim. Intenso, na realidade.

— Você está apaixonado — a irmã diz. — Apaixonou-se pelo chimpanzé, e essa paixão tomou conta de sua vida. — Ela não está criticando, não está atacando... mas há uma mordacidade na observação.

Ele reflete sobre o que ela acabara de dizer. Estaria apaixonado por Odo? Se se trata de amor, é um amor exigente, que sempre requer que esteja atento, que esteja alerta. Isso o incomoda? Nem por um minuto. Então, que seja amor. Um amor singular, se for o caso. Um amor que o priva de qualquer privilégio. Ele possui a linguagem, a cognição, sabe como amarrar um cadarço – mas para quê? Meros truques.

E um amor tingido pelo medo, ainda e sempre. Porque Odo é muito mais forte. Porque Odo é um estranho. Porque Odo é incognoscível. Trata-se de uma minúscula e inerradicável parcela de medo, ainda que não seja incapacitante ou mesmo fonte de muita preocupação. Nunca sente terror ou ansiedade com Odo, nada tão *persistente*. Acontece mais precisamente assim: Odo surge sem emitir o menor ruído, aparentemente do nada, e entre as emoções sentidas por Peter – surpresa, espanto, prazer, alegria – há a vibração do medo. Nada pode fazer a respeito, salvo esperar que a vibração desapareça. É uma lição que aprendeu, a de tratar o medo como uma emoção poderosa, mas tópica. Somente tem medo quando precisa ter. E Odo, apesar de sua capacidade de dominar, nunca lhe deu nenhum real motivo para temer.

E, se for amor, então o sentimento implica certo tipo de *encontro*. O que o impressiona não é a indistinção entre o humano e o animal que esse encontro sugere. Há muito tempo aceitou essa confusão. Nem é a ligeira, limitada ascensão de Odo a seu *status* presumivelmente superior. Que Odo tenha aprendido a fazer mingau, que aprecie folhear revistas, que responda adequadamente a algo que Peter tenha dito apenas confirma uma imagem conhecida da indústria do entretenimento: os macacos sabem macaquear, para nossa frívola diversão. Não, o que o surpreende é a *sua* descida na direção do suposto *status* inferior de Odo. Porque foi isso o que aconteceu. Enquanto Odo dominava o singelo truque humano de fazer mingau, Peter aprendia a difícil habilidade animal de não fazer nada. Aprendeu a se libertar da corrida do tempo e a contemplar o próprio tempo. Até onde sabe é isso o que Odo faz a maior parte do dia: ser no tempo, como alguém sentado à margem do rio, observando as águas correrem. É uma lição difícil de ser aprendida, a de apenas sentar ali e *ser*. No princípio ansiava por distrações. Costumava escapar para suas lembranças, repassando os mesmos filmes em sua cabeça, afligindo-se com os arrependimentos, ansiando pela felicidade perdida. Mas está ficando melhor em permanecer no estado iluminado de repouso à beira do rio. Portanto, essa é a verdadeira surpresa: não que Odo procure ser como ele, mas que ele tenha procurado ser como Odo.

Teresa está certa. Odo *tomou conta* de sua vida. Ela se refere ao fato de ter de cuidar dele, de limpar a casa. Mas é muito mais do que isso. Foi tocado pela graça do chimpanzé, e não há como voltar a ser um simples ser humano. É amor, então.

– Teresa, suponho que todos nós procuremos momentos em que as coisas adquiram sentido. Aqui, liberto, encontro esses momentos todo o tempo, todos os dias.

– Com seu chimpanzé?

– Sim. Às vezes imagino que Odo *respire* o tempo, inspirando e exalando. Sento-me a seu lado e o observo tecer um cobertor feito de minutos e horas. E quando estamos no alto do rochedo observando o pôr do sol, ele faz um gesto com a mão, somente um movimento no ar, e eu juro que está afinando um ângulo ou aplainando a superfície de uma escultura cujo formato não consigo distinguir. Mas isso não me incomoda. Estou na presença de um tecelão do tempo e de um fabricante de espaço. E isso me basta.

Da outra extremidade da ligação vem um longo silêncio.

– Não sei o que dizer, meu irmão – Teresa declara, por fim. – Você é um homem adulto que passa os dias na companhia de um chimpanzé. Talvez precise de ajuda psicológica, não de uma namorada.

Não é mais fácil com Ben.

– Quando você voltará para casa? – ele pergunta, insistente.

Será que seu filho, além da irritação, esteja expressando uma necessidade de tê-lo por perto?

– Estou em casa – responde. – Aqui é minha casa. Por que não vem me visitar?

– Quando eu tiver tempo.

Peter nunca menciona Odo. Quando Ben soube de Odo, teve um ataque de raiva gelada. Foi como se o pai tivesse revelado ser *gay* e fosse melhor não fazer perguntas para evitar os detalhes desagradáveis.

Para sua surpresa, a neta, Rachel, mostrou ser a mais compreensiva de todos. Os dois se dão bem, nos antípodas. A distância a encoraja a revelar seus segredos adolescentes. Para ela, ele *é* seu avô *gay* e, no mesmo tom que tagarela sobre os rapazes, pergunta-lhe esbaforida sobre Odo e a convivência. Quer visitá-lo para conhecer o namorado atarracado e peludo, mas tem colégio, acampamento de férias, e Portugal fica muito longe de Vancouver e, sem que a mencione, há também a mãe relutante.

Com exceção de Odo, ele está sozinho.

Assina diversos clubes de livros e revistas. Faz com que a irmã lhe envie caixas de livros de bolso – romances pitorescos e movimentados – e de revistas velhas. Odo é um leitor tão contumaz quanto ele. A chegada de uma *National Geographic* é saudada com guinchos altos e palmadas no chão. Odo folheia lentamente a revista, examinando cada página. Encartes e mapas são uma fonte particular de interesse.

Um dos livros favoritos de Odo, descoberto anteriormente, é o álbum de fotos da família. Peter entretém Odo repassando sua infância e o início da idade adulta com o chimpanzé; o crescimento e o envelhecimento dos familiares, os novos membros, os amigos, as ocasiões especiais registradas em um instantâneo. Quando Peter chega a uma certa idade, Odo o reconhece com um arquejo de surpresa. Bate enfaticamente na foto com o dedo negro e olha para ele. Quando Peter vira as páginas, voltando no tempo, e aponta para versões cada vez mais jovens de si próprio, mais magro, os cabelos mais escuros, a pele firme, capturadas em cor e depois, antes, em preto e branco, Odo perscruta com maior intensidade. De salto em salto, chegam à fotografia mais antiga de Peter, tirada em Lisboa, antes da mudança dos pais para o Canadá, quando ele era uma criança de dois anos de idade. O retrato lhe parece ter sido tirado em um outro século. Odo fixa o olhar com grande ceticismo.

As poucas outras imagens nas páginas iniciais evocam gente dos primeiros anos de seus pais, em Portugal. A maior, abrangendo uma página inteira, é o retrato de um grupo, as pessoas de pé ali reunidas, rígidas em frente a um muro caiado. Peter não consegue identificar a maioria desses parentes. Seus pais devem ter dito quem eram, mas os esqueceu. São de tanto tempo atrás e de tão longe que acha difícil acreditar que de fato estiveram vivos. Odo parece participar de seu senso de incredulidade, mas com uma vontade maior de acreditar.

Uma semana depois Odo volta a abrir o álbum. Peter espera que ele reconheça a foto de Lisboa, mas o chimpanzé olha para ela com uma expressão vazia. Somente quando refazem a jornada de volta ao tempo, foto por foto, é que mais uma vez reconhece Peter como bebê. Mas torna a esquecer quando olham o álbum depois. Peter se dá conta de que Odo é um ser do momento presente. Com respeito ao rio do tempo, não se preocupa nem com sua nascente nem com o seu delta.

Para Peter, revisitar a vida é uma atividade agridoce. Ela o enche de nostalgia. Algumas fotos evocam pontadas de reminiscências que o deixam arrasado. Uma noite, diante de um instantâneo da jovem Clara segurando o bebê Ben, começou a chorar. Ben é minúsculo, vermelho, enrugado. Clara parece exausta mas eufórica. A mão mais diminuta do mundo segura seu dedo mindinho. Odo olha para ele, sem jeito mas preocupado. Ele abaixa o álbum e o abraça. Após um momento, Peter estremece. Por que está chorando? Qual é o propósito? Nenhum. O choro apenas se torna um obstáculo para a clareza. Abre o álbum de novo e fixa o olhar na foto de Clara e Ben. Resiste ao apelo fácil da tristeza. Em vez disso, concentra-se no fato, imenso e simples, de seu amor por ambos.

Começa a escrever um diário. Registra ali suas tentativas de compreender Odo, os hábitos e as idiossincrasias do chimpanzé, o mistério geral da criatura. Também anota as novas expressões portuguesas que aprendeu. Em seguida, há reflexões sobre a vida na aldeia, a vida que está levando, a soma de tudo.

Habitua-se a sentar-se no chão, com as costas na parede, sobre um dos cobertores de lã que comprou. Lê no chão, escreve, cata Odo e é catado, às vezes cochila e às vezes apenas fica sentado ali, no chão, sem fazer coisa nenhuma. Sentar-se e levantar-se é cansativo, mas lembra-se de que é um bom exercício para um homem de sua idade. Quase sempre Odo está a seu lado, encostado de leve nele, cuidando de seus assuntos de chimpanzé – ou intrometendo-se nos de Peter.

Odo reorganiza a casa. No balcão da cozinha, os talheres estão alinhados fora das gavetas, faca com faca, garfo com garfo, e assim por diante. Xícaras e tigelas foram dispostas sobre o balcão, de cabeça para baixo e encostadas na parede. O mesmo com outros objetos domésticos: não pertencem ao alto das prateleiras nem servem para ficar nas gavetas, mas sim mais ao alcance das mãos, alinhados contra a soleira da parede, na caixa de livros e revistas, ou distribuídas aqui e acolá, no chão.

Peter devolve os itens a seu lugar devido – ele é um homem organizado –, mas logo Odo retifica sua ação, à maneira simiesca. Peter remói a situação. Restitui os sapatos aonde normalmente os guarda, perto da porta, e o estojo de óculos na gaveta, depois desloca algumas revistas para um local diferente, junto da parede.

Bem atrás dele, Odo pega os sapatos e os coloca sobre o mesmo ladrilho de pedra onde os havia posto antes, em seguida devolvendo o estojo de óculos a seu ladrilho designado e as revistas ao local escolhido na parede. Ah!, pensa Peter. Não é uma desordem então. É um sistema de espécie diferente. Bem, o chão fica interessante assim. Abandona seu senso de organização. Tudo faz parte da vida agachado.

De tempo em tempo precisa restituir itens aos aposentos do andar de baixo. Aparentemente um espaço para a guarda e a manutenção de animais, e para o armazenamento de implementos necessários para a vida no campo, o lugar agora está repleto até o teto com o lixo de gerações – os aldeões são acumuladores patológicos. Odo adora o estábulo. É uma coleção de tesouros que não cessa de estimular sua curiosidade.

E além há a aldeia, um local com milhares de pontos de interesse para Odo. Os paralelepípedos, por exemplo. As jardineiras. Os muitos muros de pedra, facilmente escaláveis. As árvores. Os telhados interligados, pelos quais Odo tem um carinho especial. Peter receia que os aldeões se incomodem com um chimpanzé passeando por cima de suas casas, mas a maioria nem se dá conta, e aqueles que se dão olham e sorriem. E Odo se move com ágil destreza, não faz barulho nem desloca telhas. Seu telhado favorito é o da velha igreja, do qual tem uma bela vista. Quando está lá, Peter às vezes entra no templo. É um modesto local de devoção, com paredes nuas, um altar simples, um estranho crucifixo obscurecido pelo tempo e, do outro lado da nave, além do último banco, uma prateleira com vasos de flores nas extremidades, um santuário indispensável aos muitos santos empoeirados da cristandade. Peter não tem nenhum interesse pela religião organizada. Na primeira visita, um exame de dois minutos o satisfez. Mas a pequena igreja é um local silencioso e oferece a mesma vantagem do café: um lugar adequado para sentar-se. Costuma acomodar-se em um banco perto de uma janela do qual pode avistar a calha que Odo usará ao descer do telhado. Nunca entra na igreja com Odo; prefere não arriscar.

Em geral, na aldeia, são as pessoas que interessam Odo. Elas perderam a desconfiança. Odo tem uma afeição especial pelas mulheres. Teria sido uma mulher o membro do Peace Corps que o trouxe da África? As funcionárias do laboratório teriam causado uma impressão mais positiva nele nos primeiros tempos? Ou se trata de simples biologia? Seja qual for a razão, ele sempre se aproxima delas. Como resultado, as viúvas da aldeia, que no início tinham medo do chimpanzé, fechando a cara, transformaram-se nas pessoas que se lhe mostram mais devotadas. Odo responde com amabilidade a todas, fazendo caretas e sons que as tranquilizam e as faz abrir-se mais com ele. É um arranjo adequado, as mulheres baixas e vergadas, vestidas de negro, e o animal baixo e vergado, com seu pelo preto. À distância seria possível confundi-los.

Com maior probabilidade, as mulheres – com efeito, todos os aldeões – primeiramente envolvem Odo em uma conversa animada. Em seguida, quando se voltam para Peter, usam um vocabulário muito simples e infantil, a voz alta, as expressões e gestos exagerados, como se ele fosse o idiota da aldeia. Afinal, ele não *fala* português.

Dona Amélia se torna a discípula mais próxima de Odo. Logo não há mais necessidade de que eles saiam da casa quando ela vai fazer a limpeza. Na verdade, é o oposto: sua visita semanal é o momento em que Odo fica em casa sem problemas e Peter pode sair para realizar tarefas. Da hora em que ela chega, o chimpanzé fica a seu lado enquanto ela anda pela casa cuidando das obrigações domésticas, que tomam cada vez mais tempo sem que isso lhe custe nenhum escudo a mais. Ele possui a casa mais imaculada, quase nua, de Tuizelo, conquanto singularmente organizada, pois dona Amélia respeita o senso de arrumação de Odo. Enquanto trabalha, passa o tempo tagarelando com Odo em um português melífluo.

Ela diz para Peter que Odo é "um verdadeiro presente para a aldeia".

Ele faz suas próprias observações acerca da aldeia. O aldeão mais rico é o senhor Álvaro; como comerciante, dispõe da maior renda. Em seguida vêm os proprietários de terra, que a cultivam. Depois, os pastores, donos de seus rebanhos. Por fim os trabalhadores, que nada possuem com a possível exceção de suas casas e que se põem a serviço dos que têm trabalho a lhes oferecer. São os mais pobres da vila e também os que dispõem de maior liberdade. Povoando cada nível dessa hierarquia estão os familiares jovens e velhos, todos trabalhando de alguma maneira, de acordo com sua capacidade. O padre, um homem simpático chamado padre Elói, distingue-se, já que nada possui, mas tem negócios com toda gente. Ele se desloca por todos os escalões. No geral, os habitantes de Tuizelo são monetariamente pobres, embora essa condição não se revele de imediato. Em muitos aspectos são autárquicos, cultivando seu próprio alimento, tanto animal quanto vegetal, fabricando e consertando sua própria roupa e mobília. O escambo – de mercadorias e serviços – é ainda uma prática comum.

Peter observa uma estranha tradição local, que nunca vira em lugar nenhum. Nota-a pela primeira vez em um funeral, à medida que a procissão percorre a aldeia até a igreja: um número de enlutados anda ao revés. Parece ser uma expressão de pesar. Ao longo das ruas, em torno da praça, escada acima, movem-se de costas, com os rostos pesarosos voltados para baixo enquanto cismam a sua dor. De tempos em tempos viram a cabeça para olhar sobre os ombros e manter-se na direção correta, mas outros também os ajudam, dando-lhes a mão. Intrigado pelo costume, Peter fez perguntas a respeito. Nem dona Amélia nem ninguém soube dizer de onde vem ou por que exatamente se faz assim.

O café é o local preferido do chimpanzé na aldeia. Os aldeões se habituaram a verem-no sentado na mesa ao ar livre, desfrutando de cafés com muito leite.

Em um dia chuvoso ele e Odo estão de pé em frente ao café. Acabaram de chegar de uma longa caminhada. Estão com frio. A chuva encharcou as mesas e as cadeiras ao ar livre. Ele hesita. O senhor Álvaro está ao balcão. Ao vê-los, ergue a mão e gesticula para que entrem.

Sentam-se num canto do salão. O estabelecimento é típico de sua espécie. Há um balcão com pires amontoados, cada um com sua colherinha e sachê de açúcar, prestes a receber a xícara de café. Atrás ficam as prateleiras forradas de garrafas de vinho e licor. Na frente do balcão situam-se as mesas redondas com suas cadeiras de metal complementares. A televisão, sempre ligada, mas felizmente com o volume baixo, domina o ambiente.

Para surpresa de Peter, Odo não se interessa pelo aparelho. Ele observa os pequenos homens correndo atrás da bola minúscula ou, de preferência, casais olhando um para o outro com grande intensidade – o chimpanzé prefere as novelas ao esporte –, mas somente por um curto período de tempo. O grande interesse no espaço aquecido são as pessoas que estão ali, ao vivo. A televisão é destronada enquanto os fregueses olham para Odo e Odo olha para eles. Enquanto isso, Peter e o senhor Álvaro se entreolham. Sorriem. Peter ergue dois dedos para indicar o pedido habitual. O senhor Álvaro faz que sim a cabeça. Depois disso, tornam-se *habitués* no café, dispondo até de uma mesa favorita.

Ele e Odo costumam sair para longas caminhadas. Odo nunca mais pediu para ser carregado como em Oklahoma. Ele agora é incansável. De quando em quando, porém, ele ainda procura o abrigo das árvores, empoleirando-se em galhos bem altos. Só resta a Peter aguardar paciente, embaixo. Como mantêm silêncio na floresta, salvo quando encontram clareiras de musgo esponjoso, perfeito para alegres contendas, avistam texugos, lontras, fuinhas, porcos-espinhos, ginetas, javalis, lebres e coelhos, perdizes, corujas, corvos, íbis, gaios, andorinhas, pombas e pombos, outros pássaros, certa vez um lince tímido e, doutra feita, um raro lobo ibérico. Em cada ocasião, Peter acha que Odo sairá correndo atrás deles, uma corrida farfalhante pela vegetação rasteira, mas, em vez isso, ele permanece paralisado, com o olhar fixo nos animais. A despeito da evidente riqueza da floresta, ambos preferem explorar o planalto aberto.

Uma tarde, depois de voltar de um passeio, deparam-se com dois cães em um riacho, nos arredores da aldeia. A localidade está cheia de vira-latas tímidos. Os dois cães estão bebendo. Odo os observa com vívido interesse, sem exibir receio. Os cães não parecem doentes, mas estão magros. Quando percebem o homem e o chimpanzé, ficam tensos. Odo emite um guincho baixo e se aproxima. Os cães se agacham, eriçando o pelo do dorso. Peter fica inquieto, mas os cães não são particularmente grandes e ele conhece a força do chimpanzé. Mesmo assim, um confronto violento não seria bonito. Antes que algo aconteça, os cães se viram e saem correndo.

Poucos dias depois, Peter está sentado em uma cadeira no patamar superior da escadaria, quando avista dois focinhos enfiados no portão. São os mesmos cães. Odo está perto dele, montado no alto da mureta. Ele também vê os cães. Odo desce imediatamente até o pátio para abrir o portão. Os cães se afastam. Ele guincha baixinho e se agacha. Os cães acabam entrando no pátio. Odo se mostra deleitado. Aos poucos, após idas e vindas, entre ganidos e *uh-uhs*, o espaço entre o chimpanzé e os dois cães começa a diminuir, até que Odo afunda a mão nas costas do maior deles, um vira-latas preto. O chimpanzé começa a catá-lo. Peter suspeita que há muito a ser feito nesses cães que passam a vida toda ao ar livre. O cão preto está todo agachado, nervoso mas obediente, e Odo se põe a trabalhar escrupulosamente no pelo, começando na base da cauda.

    Peter entra. Uns minutos depois, ao olhar de novo pela janela da cozinha, vê que o cão se virou, expondo a barriga. Odo está meio erguido sobre ele, os pelos em pé, a mão pairando como garra sobre a barriga do cão. O cachorro está ganindo com os olhos fixos na mão peluda. Peter fica assustado. Odo lhe parece terrível. Que está acontecendo? Um momento atrás estava encorajando o cãozinho nervoso de um modo diligente e amistoso. Agora o vira-lata se virou, expondo o ventre macio, com efeito mostrando-se ao chimpanzé tão miseravelmente assustado que nem parece mais disposto a defender a própria vida. Peter move-se para a janela da sala. *Que devo fazer? Que devo fazer?* Tem visões de Odo eviscerando um cão uivante. Além do que poderia sentir o pobre animal, como reagiriam os aldeões? Uma coisa é gritar de vez em quando, quebrar uma xícara ou vagabundear pelos telhados, mas eviscerar um cão é outra muito diferente. Não se mimam os cães da aldeia como os animais de estimação da América do Norte, mas todos têm donos que os alimentam com sobras de comida e cuidam informalmente deles. Ao passar para a segunda janela da sala, vê que o cão se convulsiona no solo, contorcendo as pernas traseiras. Peter alcança a porta e salta para o patamar, com um grito preso na garganta. Algo o faz deter-se um momento. O quadro se altera. Ele deixa cair a mão estendida. Odo está fazendo cócegas no cão. O animal sacode-se com júbilo canino, enquanto o chimpanzé ri junto.

    Depois disso, outros cães aparecem. Por fim, a matilha chega a doze no total. Peter nunca os alimenta; ainda assim, toda manhã eles se esgueiram para dentro do pátio e aguardam silenciosos, sem emitir um ganido ou lamúria. Quando Odo surge na janela ou no patamar, ficam a um só tempo excitados e a postos, por estranho que isso pareça. A atenção faz com que os cães permaneçam, enquanto a falta dela faz com que acabem indo embora, apenas para voltarem esperançosos na manhã seguinte.

A interação entre o chimpanzé e os cães varia bastante. Por vezes relaxam nas pedras quentes do pátio, os olhos fechados, o único movimento sendo o subir e o descer da respiração; o único som, uma fungada eventual. Então Odo ergue um braço e bate em um cão, mostrando os dentes de baixo num sorriso. Ou se levanta e faz uma exibição de andar empertigado, estapeando o chão e batendo o pé, bufando, guinchando e grunhindo. O tapinha, o sorriso e a exibição são sinais da mesma coisa: é hora de brincar! A brincadeira pode se dar com Odo indo ao encalço dos cães, ou com os cães perseguindo Odo, ou, mais comumente, com todo mundo correndo atrás de todo mundo. Trata-se de uma bagunça alegre e impetuosa, em que os cães correm, viram-se, giram, rolam, pulam e disparam, enquanto Odo esquiva-se, salta ou freia, quica nos muros ou se desloca sobre eles, tudo acompanhado pelo barulho ensurdecedor de latidos caninos e gritos simiescos. O chimpanzé é excepcionalmente ágil. Não há canto de onde não possa escapar, nenhum cão que não consiga derrubar. Observando-o, Peter percebe quanto Odo se controla quando luta com ele. Se Odo brincasse com ele do modo como brinca com os cães, acabaria no hospital. A diversão dura até Odo ir ao chão, sem fôlego. Os cães, ofegantes, com a saliva escorrendo, fazem o mesmo.

Peter observa com interesse a distribuição dos animais em repouso. Toda vez há uma disposição diferente. Quase sempre um deles dorme com a cabeça em Odo, enquanto os outros ficam por perto, amontoados uns sobre os outros ou espalhados aqui e acolá. Às vezes Odo olha para ele e afunila os lábios na forma de um *uh*, como fez no dia em que se encontraram, mas sem emitir nenhum som, de modo a saudá-lo sem despertar os cães.

Mas, ainda que seja divertida, essa brincadeira com os cães é por vezes de arrepiar, literalmente. Há sempre uma sensação de nervosismo, de uma inquietação facilmente despertada. Os cães costumam entocar-se antes de sair em fuga. Peter se pergunta por que os animais sempre voltam.

Um dia eles estão deitados sob o brando sol português, aparentemente sem nenhuma preocupação no mundo, quando um tumulto irrompe, com muitos ganidos e latidos. Odo está no centro da confusão. Está se exibindo, como fez outras vezes. Com um grito aterrorizante, arreganhando os dentes, atira-se sobre um cão, autor da ofensa misteriosa. O pobre vira-latas vira alvo de uma surra violenta. O cão solta ganidos lamentosos em tom alto. Essas súplicas são em grande parte abafadas pelos bramidos de Odo e pelos outros cães, que observam com emoção febril, ganindo, uivando, contorcendo-se e sacudindo-se em círculos com a cauda enfiada entre as pernas.

Peter observa do patamar, petrificado. O pensamento lhe ocorre: e se um dia Odo encontrar nele uma falha?

Então termina. Depois de um último tapa aterrador, Odo joga o cão para o lado e recua, de costas para o animal agredido. O vira-lata jaz prostrado, tremendo a olhos vistos. Os outros cães ficam mudos, embora ainda o encarem com o pelo eriçado e os olhos arregalados. A respiração de Odo diminui e o tremor do cão se torna intermitente. Peter supõe que o incidente tenha se encerrado, que cada animal agora vá se afastar para lamber suas feridas, reais ou imaginárias. Mas algo curioso ocorre. O cão infrator se apruma, cheio de dor. Com a barriga rente ao chão, rasteja até Odo e começa a ganir baixinho. Ele não desiste até que Odo, sem virar a cabeça, movimenta a mão e o toca. Quando o chimpanzé retira a mão, o cão torna a ganir. Odo repõe a mão no dorso do cão. Em seguida, ele se vira, se aproxima e começa a catá-lo. O vira-lata se vira para o lado e geme num tom mais baixo. As mãos de Odo lhe percorrem o corpo. Quando termina um dos lados, levanta o animal e gentilmente o vira para cuidar do outro lado. Quando termina, deita-se perto dele e os dois adormecem.

Na manhã seguinte, o mesmo cão, com aparência suja e extenuada, arrasta-se para o pátio. Ainda mais surpreendente, quando Odo se reúne com os cães, ele se deixa cair a seu lado, como se nada impróprio tivesse sucedido no dia anterior. E, durante os próximos dez dias, ficam juntos o tempo todo, tanto nas brincadeiras quanto nas horas de descanso.

Peter descobre que todo conflito entre Odo e os cães termina assim, com todas as tensões sendo reveladas e liquidadas, após o quê nada resta, nada permanece. Os animais vivem numa espécie de amnésia emocional centrada no momento presente. O tumulto e a perturbação são como nuvens de tempestade, explodindo com ar dramático, mas esgotando-se rapidamente e dando lugar ao céu azul, o permanente céu azul.

Os cães se acovardam, mas regressam no dia seguinte. Seria diferente com ele? Não sente mais um medo palpável de Odo. Ao mesmo tempo, o chimpanzé domina o ambiente. Não se pode ignorá-lo. Por vezes, o coração de Peter ainda acelera quando o vê. Mas não é medo, não pode mais chamá-lo assim. É mais um tipo de consciência perturbadora que não o faz querer escapar à presença do chimpanzé, mas, pelo contrário, faz com que se dirija a ela, porque Odo sempre se dirige à *sua* presença. Afinal, até onde sabe, Odo invariavelmente surge em um aposento porque Peter está lá, para início de conversa. E, independentemente do que possa estar fazendo antes da entrada de Odo, isso não preenche sua consciência como quando se ocupa dele. Sempre há aquele olhar que o engolfa. Sempre, sem atenuação, há aquele senso de deslumbramento.

Pronto, não teria respondido à pergunta sobre por que os cães regressam todos os dias? Há algo que mais lhes cative a mente, o ser? Não, não há. Assim, todas as manhãs, eles percorrem o caminho de volta para a casa – e toda manhã ele se alegra por acordar não muito longe de Odo.

Os cães têm piolhos, que passam para Odo. Peter usa um pente fino para retirar as lêndeas e os ovos. E Odo finalmente consegue o almejado desafio quando Peter também pega os piolhos.

Semanas depois, estão voltando de uma caminhada no domínio dos rochedos. O clima está excelente, o terreno discretamente exuberante em seu verdor primaveril, mas Peter se acha cansado e ansioso por repousar. Um café seria bom. Dirigem-se ao estabelecimento do senhor Álvaro. Peter senta-se, exausto. Quando chega seu café, passa a bebericá-lo. Odo permanece sentado em silêncio.

Peter olha para fora, e é como se um painel de vidro se estilhaçasse e ele pudesse ver com clareza o que ali se encontra. Mal pode acreditar. Ben, seu filho Ben, acabou de sair do carro e está de pé na praça. Espanto, preocupação – há algo errado? –, mas, no geral, pura e simples alegria paternal. Seu filho, seu próprio filho chegou! Faz quase dois anos que não o vê.

Levanta-se e sai correndo.

– Ben! – grita.

Ben se vira e avista o pai.

– Surpresa! – diz, abraçando-o. Ele também está visivelmente feliz. – Consegui duas semanas de férias e decidi ver o que anda fazendo neste lugar esquecido por Deus.

– Senti muito a sua falta – Peter diz, sorrindo. Seu filho parece tão incrivelmente jovem e vigoroso.

– Nossa! – Ben recua, uma expressão de pânico no rosto.

Peter se vira. É Odo, que, apoiando-se rapidamente sobre os nós dos dedos, com o rosto iluminado de curiosidade, aproxima-se deles. Ben parece prestes a dar a volta e correr.

– Está tudo bem. Ele não o machucará. Só está vindo para dizer oi. Odo, este é meu filho, Ben.

Odo os alcança, fareja Ben e bate em sua perna. Ben mostra-se evidentemente apreensivo.

– Bem-vindo a Tuizelo – Peter diz.

– Eles arrancam seu rosto a dentadas – Ben informa. – Eu li a respeito.

– Este aqui não.

Nos dez dias seguintes, Peter compartilha sua vida com o filho. Andam, caminham. Restabelecem obliquamente as relações, reparando a distância prévia mediante atos de respeitosa proximidade. Odo sempre deixa Ben apreensivo, preocupado com um eventual ataque. Uma vez pega Peter lutando com Odo, um circo exagerado e turbulento. Peter queria que o filho se juntasse a eles, mas Ben fica de fora, com a expressão tensa.

Certa manhã, quando estão arrumando a louça do desjejum, Odo surge ao lado deles, na cozinha, segurando um livro.

– O que você tem aí? – Peter indaga.

Odo o entrega. É um velho exemplar português, de capa dura; um romance policial de Agatha Christie, com capa chamativa, páginas moles e amareladas.

– Seria *Um encontro com o morto*? – pergunta Ben, tentando traduzir.

Peter verifica a página do *copyright*, que fornece o título correto em inglês. – Ah, *Appointment with Death*, encontro com a morte. Talvez devamos melhorar nosso português lendo o romance.

– Por que não? – Ben diz. – Você primeiro.

Peter apanha o dicionário e os três sentam-se no chão, o pai e o chimpanzé de modo simples e relaxados; o filho, um pouco menos à vontade, e mais desconfiado. Peter lê os primeiros parágrafos em voz alta, praticando não apenas sua compreensão, mas também sua pronúncia:

– *Você entende que ela tinha de ser morta, não entende?*
A pergunta flutuou no tranquilo ar noturno, pareceu pairar ali por um instante, até se afastar na escuridão, em direção do mar Morto.
Hercule Poirot parou um minuto com a mão no trinco da janela. Franziu o sobrolho e cerrou-a com um gesto determinado, impedindo assim a entrada do ar nocivo da noite! Hercule Poirot fora criado na convicção de que era melhor deixar o ar exterior lá fora, e de que aquela brisa noturna era especialmente perigosa para a saúde.

Odo está encantado. Fixa o olhar na página, nos lábios de Peter. De que é que o chimpanzé gosta? Do som de uma tônica forte? A novidade da longa fala, pronunciada com voz modulada, em vez dos monossílabos da conversa habitual? Seja o que for, enquanto Peter lê em voz alta, Odo fica parado, ouvindo com atenção, aninhado nele. Peter tem a sensação de que Ben também está intrigado, quem sabe até por seu português, mas mais provavelmente pela interação entre o pai e o chimpanzé.

Peter lê três páginas antes de desistir.
– Então, como é? – Ben pergunta.
– Compreendo o principal, mas de forma nebulosa. – Peter se vira para Odo. – Onde você encontrou o livro? – pergunta.

Odo aponta para a janela. Olhando para fora, Peter avista uma mala aberta no pátio. Adivinha de onde veio: o estábulo. Ele e Ben descem as escadas, com Odo a reboque. Odo tem um carinho especial pelas malas que desencava, o mistério que há nelas, o que revelam ao serem abertas – embora, no mais das vezes, não passe de roupas de cama e trajes velhos. Aquela, porém, à primeira vista, parece guardar uma mistura esquisita. Peter e Ben devolvem à mala, um por um, os objetos que Odo espalhara ao redor: um pedaço de pano vermelho, algumas moedas antigas, uma faca e um garfo, alguns utensílios, um brinquedo de madeira, um espelho de bolso, dois dados, uma vela, três cartas de baralho, um vestido preto, uma flauta e uma concha de ostra. Há um envelope lacrado, mas não selado. Parece vazio, mas Peter o abre, só para verificar. Fica intrigado ao encontrar um tufo de pelos ásperos, negros. Ele o toca – está duro e seco. Poderia jurar que pertence a Odo.

– Qual é o seu jogo? – pergunta ao chimpanzé.

Peter está prestes a fechar a mala, quando Ben diz:

– Espere, falta isso.

Ele lhe entrega uma folha de papel. Não há quase nada escrito ali, apenas quatro linhas em letra de forma e tinta preta:

> Rafael Miguel Santos Castro, 83 anos, oriundo de Tuizelo, nas Altas Montanhas de Portugal.

Peter olha a folha fixamente. A memória recebe um cutucão, fatos são hesitantemente recuperados, conexões feitas, até que a lembrança surge nítida: Rafael Miguel Santos Castro, *o irmão do vovô Batista*? No alto, à direita, figura uma data: *1º de janeiro, 1939*. A cronologia parece correta, a morte dele, na época com a idade de oitenta e três anos. O cabeçalho anuncia "Departamento de Patologia, Hospital de São Francisco, Bragança". Sente um calafrio. Depois de Clara, nunca mais quis nada com a patologia. Entretanto, não pode impedir que os olhos leiam as linhas escritas abaixo da informação básica de Rafael Castro:

Encontrei nele, com meus próprios olhos, um chimpanzé e um filhote de urso.

As palavras são inequívocas, mesmo em português. Abaixo, há uma assinatura parcialmente legível e um timbre oficial que mostra com clareza o nome do patologista: "Dr. Eusébio Lozora".

– O que diz? – pergunta Ben.

– Aqui diz... – A voz de Peter some quando torna a abrir o envelope e esfrega os pelos pretos entre os dedos. Vislumbra o conteúdo da mala. Que história a mala estaria tentando contar? O que o relatório da autópsia de Rafael, seu tio-avô por parte de mãe, estaria fazendo naquela residência? Ele não procurou saber sobre a casa de sua família. A descoberta de sua tênue conexão com a aldeia só geraria barulho e atenção, de que não gosta. Não quer se sentir como um nativo de volta ao lar. Mais apropriadamente, ele, assim como Odo, prefere viver no momento presente, e o momento presente não tem um endereço no passado. Mas agora se pergunta: seria aquela a sua casa? Poderia ser essa a explicação para a incúria em que a encontrou, a sua disponibilidade?

– Bem? – o filho insiste.

– Desculpe. Parece ser algum tipo de laudo patológico. Esse médico afirma, como devo dizer?, que encontrou um chimpanzé e um filhote de urso no corpo de um homem. É o que está escrito. Veja, é a mesma palavra: *um chimpanzé*.

– Quê? – Ben lança um olhar de incredulidade na direção de Odo.

– Decerto há uma metáfora aqui, uma expressão idiomática portuguesa, cujo significado me escapa.

– Decerto.

– O nome do falecido também é estranho. Um enigma para dona Amélia, talvez. Aqui, vamos levar a mala para cima.

– Deixe-me levá-la. Não vá se cansar.

Dirigem-se para a casa de dona Amélia. Peter leva o álbum de família, que Odo fica feliz de carregar. Dona Amélia está em casa. Ela saúda os dois homens com uma calma graciosa, sorrindo para Odo.

– Minha casa... a casa de quem? – Peter lhe pergunta.

– De Batista Reinaldo Santos Castro – ela responde. – Mas ele morreu há muito tempo. E a família – ela faz um gesto de varredura com o dorso da mão, acompanhado de um rápido movimento de explosão – mudou-se para longe. As pessoas vão embora e nunca mais voltam.

Batista Santos Castro... é isso, então. De modo inesperado, sem nenhum esforço, o locatário provisório localizou a casa onde havia nascido.

– O que ela disse? – Ben sussurra.

– Não entendi bem as palavras exatas, mas o gesto foi bem claro, depois da morte do homem que morava lá, faz muito tempo, a família partiu, foi embora, abandonou a aldeia, algo assim. – Ele se volta para dona Amélia. – E o irmão dele? – Peter pergunta.

– O irmão dele? – Dona Amélia repentinamente torna-se mais interessada. – O irmão Rafael Miguel era o pai do anjo na igreja. O pai! O pai!

O anjo na igreja? Peter não tem ideia do que ela está falando, mas no momento só lhe interessa a conexão familiar. Ele toma o álbum de Odo e o abre, preparado para desfazer-se de seu anonimato.

– Batista Santos Castro... sim? – ele diz, apontando um homem na primeira fotografia do álbum, o retrato do grupo.

Dona Amélia parece não acreditar que ele possua uma foto de Batista.

– Sim! – ela diz, arregalando os olhos. Apanha o álbum e devora a foto com os olhos. – Rafael! – exclama, indicando o outro homem. Ela aponta de novo. – E a esposa, Maria. – Então, sua respiração encurta. – É ela! A criança dourada! Outra foto dela! – proclama. Está mostrando uma criança pequena, uma mancha sarapintada de sépia espreitando por trás da mãe. Peter nunca viu dona Amélia tão empolgada.

– Batista... meu... avô – confessa. Ele aponta para Ben, mas não sabe a palavra em português para "bisavô".

– A criança dourada! – Dona Amélia praticamente grita. Não poderia estar menos interessada no fato de Batista ser seu avô e bisavô de seu filho. Ela o pega pela manga e arrasta-o para fora. Dirigem-se à igreja. À medida que caminham, a empolgação da mulher contagia os transeuntes. Outros aldeões, sobretudo mulheres, seguem-nos. Chegam à igreja em um bando, numa comoção de português estrepitoso. Aparentemente satisfeito com o alvoroço, Odo acrescenta alguns alegres guinchos.

– Que está acontecendo? – Ben pergunta.

– Não sei ao certo – responde Peter.

Entram na igreja e seguem pelo corredor esquerdo, do lado oposto ao altar. Dona Amélia os interrompe no santuário erguido atrás da igreja, na parede norte. Em frente da prateleira ladeada por vasos de flores estende-se uma comprida floreira em três camadas, cheia de areia. Velas finas cravejam a areia, algumas acesas, outras consumidas. Qualquer alinho que pudesse haver na distribuição é conturbado por dúzias e dúzias de pedaços de papel que cobrem a prateleira e o chão, alguns torcidos em rolinhos, outros em quadrados bem dobrados. Peter nunca se aproximara o bastante nas visitas anteriores para ver esse lixo espalhado. Na parede bem acima do meio da prateleira está afixado um retrato emoldurado, uma fotografia em preto e branco de um menininho. Um garotinho bonito. Olhando fixo para a frente, com expressão séria. Os olhos são incomuns, de uma coloração que, em meio ao claro-escuro da fotografia, combina com a parede branca do fundo. A foto parece ser muito antiga. Uma criança pequena de um tempo remoto.

Dona Amélia abre o álbum de fotos:

— É ele! É ele! — repete, indicando a criança na parede e a criança no álbum. Peter olha e examina, cotejando olhos com olhos, queixo com queixo, expressão com expressão. Sim, a senhora está certa; são de fato a mesma pessoa. Ele diz que sim, acenando com a cabeça, perplexo. Murmúrios de espanto vêm da multidão. Tomam-lhe o álbum das mãos e o passam em torno, todos procurando confirmar pessoalmente. Dona Amélia, radiante de euforia, mantém o olhar atento no álbum de fotos.

Depois de alguns minutos, torna a tomar posse dele.

— Pronto, já chega! Tenho de ir buscar o padre Elói. — Ela sai, apressada.

Peter passa pelas pessoas para se aproximar da fotografia na parede. A criança dourada. Mais uma vez a memória se agita. Uma história contada por seus pais. Vasculha a mente, mas é como as folhas de outono, varridas pelo vento, dispersas. Não consegue capturar nada, apenas a vaga lembrança de uma memória perdida.

Subitamente se pergunta: *onde está Odo?* Avista o filho ao lado de um grupo de aldeões, e o chimpanzé, no outro lado da igreja. Separa-se das pessoas e abre espaço com o filho até onde Odo se encontra. O chimpanzé olha para cima, grunhindo. Peter acompanha a direção do olhar. Odo está mirando o crucifixo de madeira sobranceiro ao altar, pendurado na parede de trás. O chimpanzé parece querer subir no altar, exatamente o tipo de cena que Peter receava que pudesse acontecer na igreja. Felizmente, nesse momento, dona Amélia irrompe com o padre Elói e aproxima-se deles a passos largos. A empolgação dela distrai Odo.

O padre os convida a se retirarem para a sacristia. Deposita uma pasta grossa sobre uma mesa redonda e os convida a se sentar. Peter mantém relações apenas cordiais com o religioso, sem nunca ter sentido que o padre estivesse tentando recrutá-lo para o rebanho. Senta-se, acompanhado de Ben. Odo se acomoda no peitoril da janela, a observá-los. Recortado contra a luz do dia, é impossível perceber suas expressões.

Padre Elói abre a pasta e espalha vários papéis sobre a mesa: documentos escritos à mão e datilografados, muitas cartas. O padre aponta para alguns dos cabeçalhos, dizendo "Bragança, Lisboa, Roma". As explicações são feitas com paciência, já que Peter é frequentemente obrigado a consultar o dicionário. Dona Amélia por vezes fica emocionada, com lágrimas nos olhos, em seguida sorri e ri. O padre se mantém mais constante em sua severidade. Ben permanece mudo e paralisado como uma estátua.

Quando saem da igreja, seguem direto para o café.

— Puxa, achei que a vida em uma aldeia portuguesa seria maçante — diz Ben, bebericando um expresso. — Que foi tudo aquilo?

Peter está inquieto.

— Bem, para começar, encontramos a casa de nossa família.

— Está brincando? Onde fica?

— Ocorre que é a casa onde estou morando.

— *Verdade?*

— Eles me puseram em uma residência vazia, que permaneceu fechada desde que a família a abandonou. Nunca foi vendida.

— Ainda assim, há outras casas vazias. Que tremenda coincidência!

— Mas ouça... o padre Elói e dona Amélia também me contaram uma história.

— Algo sobre um menininho, faz muito tempo; isso eu entendi.

— Sim, ocorreu em 1904. O garoto tinha cinco anos de idade. Era o sobrinho de meu avô Batista, o sobrinho de seu bisavô. Ele se ausentara da aldeia com o pai, o meu tio-avô Rafael, que estava ajudando um amigo em uma quinta. E, no momento seguinte, o menino estava a quilômetros de distância dali, à beira da estrada, morto. Os aldeões dizem que seus ferimentos imitavam os de Cristo na cruz: pulsos quebrados, tornozelos quebrados, um corte profundo no flanco, hematomas e lacerações. Espalhou-se a história de que um anjo o arrancou da lavoura para conduzi-lo a Deus, mas o anjo o teria deixado cair por acidente, o que explicaria os ferimentos.

– Você disse que ele foi encontrado na beira da estrada?
– Sim.
– Parece mais que ele foi atropelado.
– De fato, dois dias depois um carro veio dar em Tuizelo, o primeiro avistado em toda a região.
– Aí está.
– Alguns aldeões imediatamente acreditaram que havia uma ligação entre o carro e a morte do garoto. A história logo tomou tais proporções que passou a ser documentada. Mas não há provas. E como foi que um menino que estava ao lado do pai num momento apareceu na frente de um automóvel, a léguas de distância, no próximo?
– Deve haver uma explicação.
– Bem, eles interpretaram o acontecimento como obra divina. Independentemente de ter sido causado pela mão direta de Deus ou pela nova e estranha máquina de transporte, Deus estaria por trás. E há mais. O que é dourado deve ser substituído pelo que é dourado – informa Peter, proferindo a última frase em português.
– Que quer dizer?
– É um ditado local – Peter explica, traduzindo a frase. – Dizem que Deus lamentou a queda do menino e lhe deu poderes especiais. Aparentemente muitas mulheres inférteis rezaram para o menino e pouco depois engravidaram. Dona Amélia jura que foi o que aconteceu com ela. É uma lenda local. Mais do que isso. Há

um processo em curso para que Roma o declare venerável, e por causa das histórias de fertilidade que lhe são atribuídas, dizem que as chances são grandes.

— É mesmo? Temos um tio santo e você vive com um chimpanzé... esta é a situação que temos em nossa família estendida.

— Santo, não, venerável, dois graus abaixo.

— Desculpe-me, não sei distinguir meus veneráveis dos meus santos.

— Aparentemente, a morte do garotinho pôs toda a aldeia de cabeça para baixo. A pobreza é uma planta nativa daqui. Daí surgiu essa criança e ela foi como uma riqueza em vida. Todos passaram a adorá-la. Chamam-na de criança dourada. O padre Elói me contou que, quando ela morreu, os dias ficaram cinza e a aldeia perdeu toda a cor.

— Sim, com certeza. Deve ter sido inacreditavelmente perturbadora a morte de um menininho.

— Ao mesmo tempo, falam dele como se ainda estivesse vivo. Ele ainda os deixa felizes. Você viu dona Amélia... e ela nem mesmo o conheceu.

— E como esse menino se relaciona conosco, exatamente?

— Ele era primo da minha mãe, ou seja, meu primo em segundo grau, mas não sei bem. De todo modo, é da família. Rafael teve um filho tardio com sua mulher, Maria, o que significa que minha mãe era mais velha do que seu primo. Ela provavelmente estava na adolescência quando ele nasceu, assim como meu pai. Portanto, meus pais o conheceram. Foi o que deixou dona Amélia tão empolgada. Lembro-me vagamente da história que meus pais me contaram quando eu era pequeno, sobre a morte de uma criança na família. Eles sempre se calaram num ponto específico. Acho que partiram da aldeia antes de ele ter sido ressuscitado, por assim dizer. Suspeito que nunca souberam disso.

— Ou não quiseram saber.

— Também pode ser. Como a mãe da criança. Dizem que o pai e a mãe se puseram em lados opostos com respeito à história, o pai acreditando nos poderes do menino, e a mãe não.

— É uma história triste – diz Ben. – E esse negócio sobre o chimpanzé no cadáver?

— Não sei. Eles não o mencionaram.

Odo está sentado em uma cadeira ao lado deles, segurando uma xícara com as mãos, olhando pela janela.

— Bem, aí está o seu, sorvendo seu *cappuccino* como um verdadeiro europeu.

Quando voltam para casa, Peter percorre todos os aposentos, perguntando-se se sente alguma diferença com relação a eles. As paredes agora exalariam lembranças? Ouviria o som de pezinhos descalços correndo pelo chão? O jovem casal se materializaria, segurando uma criança pequena nos braços, com o futuro ainda envolvo em mistério?

Não. Sua casa não é assim. Sua casa é sua história com Odo.

Naquela noite, durante uma refeição frugal, ele e Ben olham de novo o álbum de fotografia, tentando decifrar o curioso relatório da autópsia feito pelo doutor Lozora sobre Rafael Miguel Santos Castro. Ben balança a cabeça, confuso.

Na tarde seguinte, caminham pela praça calcetada em direção à igreja. O dia está ameno como uma carícia. Voltam para o santuário iluminado por velas e para o retrato do menino de olhos claros. Ben murmura algo sobre ser parente da "realeza religiosa". Passam para um banco mais próximo do altar, para se sentarem juntos.

Súbito, Ben parece assustado.

— Pai! – diz, indicando o crucifixo.

— Que foi?

– Aquele crucifixo... se parece com um chimpanzé. Não estou brincando. Veja o rosto, os braços, as pernas.

Peter examina a peça.

– Você tem razão. Parece mesmo.

– Isso é loucura. *Que história é essa de chimpanzés?* – Ben olha em torno, nervoso. – Onde está o seu, por falar nisso?

– Está ali – Peter responde. – Pare de se preocupar com ele.

Ao saírem da igreja, Peter se vira para o filho.

– Ben, você me fez uma pergunta. Não sei o que é isso dos chimpanzés. Só sei que Odo preenche minha vida. Ele me traz alegria.

Odo sorri, em seguida ergue as mãos e as bate algumas vezes, produzindo um som abafado, como se chamasse discretamente a atenção. Tanto pai quanto filho observam, transfixados.

– É um diabo de um estado de graça – Ben comenta.

Eles voltam para a casa, mas Odo logo faz menção de querer caminhar. Ben decide não ir.

– Darei um passeio pela aldeia, para continuar restabelecendo relações com meus ancestrais – diz. Peter demora um momento para perceber que não há ironia na afirmação do filho. Teria ficado de bom grado com ele, mas é fiel a Odo, de maneira que acena para Ben, apanha a mochila e acompanha o animal.

Odo se encaminha para os rochedos. Andam calados, como de hábito, pelo campo. Peter segue atrás de Odo sem prestar muita atenção. De repente, o chimpanzé interrompe a marcha. Ergue-se sobre as pernas e fareja o ar, com o olhar treinado sobre um rochedo pouco adiante. Um pássaro está pousado no alto, observando-os. Os pelos do corpo de Odo se eriçam até ficarem totalmente retesados. Ele ginga de um lado para outro. Quando volta a ficar de quatro, balança para cima e para baixo sobre os braços com grande excitação, embora permaneça estranhamente silencioso.

No momento seguinte precipita-se até o rochedo. Num piscar de olhos subira até o topo. O pássaro há muito alçara voo. Peter fica perplexo. Que há com o pássaro que tanto o empolgou?

Pensa em ficar parado e deixar Odo se divertir no rochedo. Nada lhe apeteceria mais do que se deitar e tirar uma soneca. Mas Odo se vira e acena para ele do seu posto altaneiro. Claramente espera que Peter o siga. Ele caminha na direção da pedra. Na base, prepara-se para a escalada, respirando fundo algumas vezes. Quando se sente pronto, olha para o alto.

Assusta-se ao ver Odo bem em cima dele, pendurado na pedra completamente de cabeça para baixo. Odo o encara furioso com seus olhos vermelho-acastanhados, enquanto gesticula com uma das mãos, dobrando e desdobrando os longos dedos de uma maneira que Peter acha hipnotizante. Ao mesmo tempo, os lábios em forma de funil emitem um *uh-uh-uh* urgente mas silencioso. Odo nunca fez nada assim, nem nos rochedos nem em lugar nenhum. Fica chocado de ser convocado de modo tão imperioso pelo chimpanzé e, assim, de ser reconhecido de forma tão cabal. Sente como se passasse a existir a partir da não existência. É um ser individual, único, um ser convidado a *escalar*. Energizado, estica a mão para o primeiro apoio. Embora forrado de buracos e protuberâncias, aquele lado do rochedo é bastante vertical, de modo que Peter tem de se esforçar para içar o corpo cansado. À medida que sobe, Odo recua. Quando chega ao topo, deixa-se cair, arfando e suando. Não se sente bem. O coração bate em disparada no peito.

Ele e Odo estão sentados lado a lado, os corpos unidos. Peter olha na direção de onde veio. É uma escarpa abrupta. Vira-se para o outro lado, para onde Odo observa. A visão é a mesma de sempre, embora nada se perca pela familiaridade: a grande expansão de descampado que segue até o horizonte, coberta pelo capim amarelo-dourado, pontuada de rochedos escuros, um cenário de sóbria beleza exceto pelo céu, que se abre num exuberante desabrochamento crepuscular. O volume do ar acima deles é tremendo. Em seu interior, o sol e as nuvens brancas disputam sua partida final. A luz abundante é indescritivelmente deslumbrante.

Ele se volta para Odo. Imagina que o chimpanzé está contemplando o espaço acima e além. Mas não. O olhar de Odo se dirige para baixo e para perto. Está num frenesi de empolgação mas estranhamente contido, sem emitir nenhum guincho ou arquejo vibrante, ou gestos selvagens, apenas o balançar da cabeça, para cima e para baixo. Odo se debruça para olhar o sopé do rochedo. Peter não consegue enxergar o que ele está vendo. Quase não se dá ao trabalho de olhar – precisa descansar. Mesmo assim, deita-se de barriga para baixo e se desloca um pouco para a frente, garantindo que as mãos estejam bem apoiadas. Uma queda de uma altura como aquela causaria graves ferimentos. Espia da beira do cume para ver o que está chamando a atenção de Odo, lá embaixo.

O que ele vê não o faz ofegar, pois não ousa produzir nenhum ruído. Mas mantém o olhar fixo, sem piscar, e prende a respiração. Agora compreende a estratégia de Odo ao navegar pelos rochedos, por que o chimpanzé vai de pedra em pedra em linha reta em vez de perambular pelo descampado, por que ele sobe e observa, por que urge com o desajeitado ser humano para que não se afaste.

Odo estivera à procura, e agora Odo encontrou.

Peter fita o rinoceronte ibérico na base do rochedo. Sente como se contemplasse um galeão visto do ar, o corpo maciço e curvo, os dois chifres erguidos como mastros, a cauda agitando-se como uma bandeira. O animal não percebe que está sendo observado.

Peter e Odo entreolham-se. Reconhecem o assombro mútuo; ele, com um sorriso aturdido; Odo, com os lábios afunilados, um amplo sorriso nos dentes inferiores.

O rinoceronte estala a cauda e ocasionalmente gira a cabeça.

Peter procura estimar seu tamanho. Talvez tenha três metros de comprimento. Uma besta robusta, de larga ossatura. A couraça cinzenta, aparentemente rígida. A cabeça grande, com uma testa longa e inclinada. Os chifres são inconfundíveis como as barbatanas de um tubarão. Os olhos úmidos são surpreendentemente delicados, com longas pestanas.

O rinoceronte se esfrega no rochedo. Abaixa a cabeça e fareja a grama, mas não pasta. Contrai as orelhas. Depois, com um grunhido, sai galopando. O solo estremece. A despeito do peso, o animal se move com celeridade, seguindo diretamente para outro rochedo, depois outro, depois outro, até desaparecer.

Peter e Odo não se mexem por um longo tempo, não por medo do rinoceronte, mas porque não querem perder nada do que acabaram de ver, e a movimentação pode provocar o esquecimento. O céu resplandece de azuis, vermelhos e laranja. Peter se vê chorando baixinho.

Enfim torna a sentar-se no alto do rochedo. A ação requer esforço. O coração bate com violência dentro dele. Senta-se com os olhos fechados, a cabeça baixa, tentando respirar com calma. É a pior cardialgia que já sentiu. Solta um gemido.

Para sua vaga surpresa, Odo se vira e o enlaça, com um braço longo cingindo-o pelas costas, apoiando-o, outro contornando-lhe os joelhos, sobre os quais os braços de Peter se apoiam. É um abraço forte, completo. Peter acha o enlace reconfortante e se solta. O corpo de Odo é quente. Ele põe a mão trêmula no antebraço peludo do animal. Sente a respiração dele em seu rosto. Ergue a cabeça e abre os olhos para dirigi-los de soslaio a seu amigo. Odo está olhando diretamente para ele. *Puf, puf, puf*, o chimpanzé bafeja suavemente em seu rosto. Peter se contorce um pouco, não como se tentasse escapar, mais como uma ação involuntária.

Para de se mexer, o coração obstruído e inerte. O chimpanzé não faz nada durante vários minutos, depois recua, pousando-o gentilmente na pedra. Odo contempla o corpo de Peter e tosse, pesaroso. Fica ao lado dele por meia hora mais ou menos.

O chimpanzé se levanta e desce da rocha, quase sem amparar a queda com mãos e pés. No solo, desloca-se pelo descampado. Para e olha para o rochedo.

Em seguida, vira-se e sai correndo na direção do rinoceronte ibérico.

Este livro, composto com tipografia Electra LT Std e diagramado pela Alaúde Editorial Limitada, foi impresso em papel Norbrite sessenta e três gramas pela EGB – Editora Gráfica Bernardi no centésimo décimo oitavo ano do nascimento de Jorge Luís Borges. São Paulo, novembro de dois mil e treze.